新 源氏物語は読めているのか

帚木三帖・六条院・玉鬘

望月郁子 MOTIDUKI IKUKO
kasamashoin

笠間書院版

本書を読むまえに

①〝学生さん達の古注絶対視〟　昨今の学生さん達の源氏物語の勉強ぶりを見ていて、私が、これは大変！と思うのは、学生さん達の古注絶対視の強さです。ある巻を読もうとして、彼等のやることは、その巻の古注諸説を頭にきちんと詰め込む。と、それで終ってしまう。

古注は源氏物語の偉大な先行研究です。源氏物語の読み方は古注に従う以外にない。古注をしっかり身につけておけば、源氏物語全部をちゃんと理解できるはずだ、そういう前提で、学生さん達は、古注を叩き込まれもしているようです。

古注は、源氏物語成立後、…三百年・四百年…という時を経て成立しています。その時代・その時代で、人間の精神・思想は変化します。古注には、各時代の源氏物語の享受の実態が反映されているのでして、そういうものとして、古注は大切です。しかし、十一世紀前半を生きた人々の精神・思想が、古注によって解き明かされているでしょうか。

学生さん達は、古注を勉強したら、それを源氏物語の本文に返して、古注の解釈のままで、源氏物語の本文がすんなりと理解できるかどうか、吟味しなければなりません。それをしない限り、〝源氏物語の研究〟には至れません。

私は、源氏物語を読むに際し、古注類は脇に置きっ放しで、まずは源氏物語の本文と体当りし、本文だけを相手に読みをつきつめていく。その際〝先入観〟はつとめて振り棄てる。これを基本としています。そうすると、古注の解釈では説明不可能なことが、必ずといえそうな程出て来ます。

例を夕顔殺害者に取ります。某院で夕顔を殺したのは、六条御息所の怨念だとする細流抄の説が有名です。ところで、源氏物語の本文による限り、夕顔を生かしておけないのは一体誰でしょう。そう、頭中将の正妻筋であるはずです。その実、玉鬘巻の乳母の夢を手がかりに、帚木巻の雨夜の品定での頭中将が語った内気な女の話中の「さるたより（頼れる人・殺し屋）」が真判人であると、諭定できました（本書第二章付を見て下さい）。

一方、夕顔巻の段階での六条御息所と光源氏との関係ですが、「よそなりし御心までひのやうにあながちなることはなきも、いかなることにかと見えたり（夕顔第七段）」を手がかりに、本文の読み直しを試みた結果、答えは、二人は恋愛関係ではなく、空蝉物語の延長線上にある別の語りと見るべきだ、となりました（本書第四章を御覧下さいませんか）。

夕顔巻の書きはじめは、いかにも光が六条に熱を上げているかに思わせて、その実、六条は光が来ても挨拶にも出ないのです。

源氏物語は、読者が読み易いようには書かれていないのです。むずかしいと、つくづく思います。桐壺巻での源氏の生涯の占いですが、高麗の相人の「またその相違ふべし」は、謎のまま残され、若紫巻の光の夢の占いで、光にはヒントが与えられても、読者には通じず、澪標巻の宿曜の予言のあかしに至って、はじめて理解できることになっています。読みの現実の問題として、桐壺巻での謎を、澪標巻まで読者が意識し続けるのは、まずは不可能です。現代の我々は、きちんと読めないまま放置するとなるのでしょうか。

源氏物語は長編物語です。その為に、話のネタを、先に先にと繋げておく必要があります。その為の作者の工夫は極めて緻密に仕組まれているようです。まず、一つの巻の中で話が終ることはなく、どこかに続いていきます。どこで、どの巻のどの話とのつながりが出てきても、読者はそれをきちんと受けとめなければなりません。それを受けとめる読みの確実さが求められているわけです。恐ろしい作品ですね。

②〝源氏物語のテーマ〟　源氏物語にテーマはないとされていますが、書くという作業が、テーマなしに成立し得るでしょうか。私の第一冊目で、源氏物語のテーマを「皇統の血の堅持―立太子問題の犠牲者の鎮魂」と「女人往生・女人成仏」にしぼりました。第二冊・第三冊を通じて、この二つを大きなテーマとする確信を強めています。

③〝源氏物語成立の歴史的背景〟　源氏物語が成立した十一世紀初頭は、歴史上一回性の、極めて特殊な時期でした。即ち、一〇五二年に末世―太陽も月も地に落ち、世は闇になる―に突入すると信じられていました。絶望と恐怖の中、人々はニヒル・デカタンスになる一方、救いを求めて祈りに徹しもしたでしょう。伝教大師最澄が比叡山の根本中堂の御灯明を決して絶やさないようにと遺言し、それが守り伝えられているのも、末世突入と整合するお話です。道長は、長男に命じて宇治の平等院を建立させました。平等院完成は、一〇五二年です。その鳳凰堂に入って、頼道は極楽往生を願ったのでしょう。

源氏物語では、宇治十帖が暗くなっていくのです。宇治十帖に至ると帝王四代目となり、政治は天皇親政で安定しています。にもかかわらず、世の中が暗くなっていくのです。その暗さが何なのか。末世が近付く故と読まない限り、説明がつきません。

末世突入を迎える人々の精神の厳しさは、想像を絶します。

男性は極楽往生・成仏が出来ますが、女性は垢穢《くえ》・五障の身であって、極楽往生・成仏即ち極楽に行くことも、仏様に成ることも、全然保証されていないのです。紫式部が、女人往生・女人成仏を、女性一般の悲願として、物語の世界で実現に近付けるのは、当然すぎると云えましょう。

往生する為には、頼るべきお経があります。まずは、法華経第五巻の提婆達多品《だいばだったぼん》が語る〝龍女変成《りゅうにょへんじょう》〟があります。八才の龍女が釈迦に玉を捧げ、変成男子《へんにょうなんし》（女が男になる）を遂げて菩薩《ぼさつ》になるのです。源氏物語では、紫上が八才で物語に登場（若紫巻）・明石姫君が八才の正月に和歌公表（初音巻）・夕顔巻冒頭で秋好が八才です。特に明石姫君（後の中宮）は、父光源氏が須磨から明石に移り、明石君が若紫巻の予言通り〝海龍王（光）の妃〟となり、誕生した〝龍女〟です。五月五日の五十日の祝に、光は明石に使者を立て、〝変成男子〟を祈りました。成長された明石中宮には、龍女である中宮に導かれての、女房達までの女人往生実現の悲願が託されてもいます。宇治十帖における明石中宮は、皇統の血を引く女性を守るのですが、その中に浮舟が入ります。横川僧都を導師とする明石中宮は、僧都が救った女人が故八宮の姫君であったと知り、誰にも知らせず、僧都に然るべき布施を授け、それによって僧都が浮舟の血筋を知り、導師として浮舟を往生に導くのです。

一方、浄土経の『観無量寿経』も、源氏物語では重要です。阿弥陀信仰で、北山僧都・紫上・光源氏等が帰依しました。帚木巻の雨夜の品定の上中下各三分類、都合九品分類の分類基準が観無量寿経によることは申すまでもございません。

紫上は、終生を宗教に捧げた女性です。恐らく極く幼い時に、北山僧都が、仏との結縁《けちえん》の儀式を紫に授けたのでしょう（結縁後はセックス不能）。ストイック性の強い光が、紫の一生を守り通しました。大がかりな法事を催し、極楽の荘厳そのもののイメージを、参会者全員に植えつけ、「このイメージを大切にし、息を引き取る時に、これを頭に描いて死ねば、極楽に行けますよ」と、参会者一同を感激させる。そうできたのが紫上だと、私は思います。（第二冊目「紫の上考」）

このように、源氏物語のテーマの一つが「女人往生・女人成仏」であったのは、動かないと、私は信じています。もう一つのテーマ「皇統の血の堅持—立太子問題の犠牲者の鎮魂」ですが、世界が破滅するという末世突入時に、女性である自分達の往生・成仏と、本当に不幸だった方々の鎮魂（鬼をつくらないこと）とを、ことの中心に据えるのは、極めて自然なことだと思います。

④〝女人往生・女人成仏の行く方（本書「結」）〟　源氏物語成立当時、これを読む人々に、テーマが女人往生・女人成仏であることは、十二分に通じたでありましょう。

一方、「女人禁制」を大前提とする仏教界が、女人往生・女人成仏を認めるはずがないのも自明のことです。源氏物語は、テーマもろとも、異端の書として、仏教界から排斥されました。

作者は、そうなることは百も承知でした。紫式部日記の終りの方の一節「……いまは言忌し待らじ。人、といふともかくいふとも、ただ阿弥陀佛にたゆみなく經をならひ侍らむ。」が、それを証明しています。仏教界が、強烈に排斥しなければならなかったところにこそ、源氏物語の文学としての真価を読みとるべきです。

文学者の立場で、俊成が、「源氏見ざる歌詠みは遺恨の事なり」と云いました。これは歌に限るべきではありますまい。

大体、一〇五二年を間近に控えた人間の精神と、一〇五二年になって、「それ世は末世に及ぶと言へども日月は地に落ち給はず」とうそぶけた人々の精神との落差は計り知れません。一〇五二年以後の人々に、一〇五二年を間近にした源氏物語の精神、女人往生への悲願は、通じないと見なければならないでしょう。源氏物語を正当に理解するためには、一〇五二年以前に身をおいて読まなければなりますまい。なかなかむずかしいことです。（談）

はじめに

「〔一〕（源氏物語は読めているのか）「この小著の書名は筆者自身への問いである。」

これは、『源氏物語は読めているのか―末世における皇統の血の堅持と女人往生』笠間書院、二〇〇二年六月刊の「はじめに」の書き出しである。

同一の書名に「【続】―紫上考」を付して第二冊目を二〇〇六年一月刊行した。書名が反発をかうという御批判を敬愛する親切な読者何人もから戴いた。

今度世に問う第三冊目も、同一の書名に「新―帚木三帖・六条院・玉鬘」とする。「はじめに」の書き出しの「　」の中は変えない。表現を変えると、筆者自身の問題意識が変わってしまうからである。

筆者の方法は、先入観を極力排除し、源氏物語五十五帖（後述）全体を常に視野に収めて、源氏物語の本文をあくまで尊重し、本文のみを手がかりとすること、これも前二冊と変わらない。疑問にぶつかった時、先行研究・古注を最優先するのではなく、源氏物語の本文を熟読し、自分なりの見通し・案・結論を求めようと努める。

源氏物語の全帖数は、五十四帖とされてきたが、「雲隠《くもがくれ》」を一帖と見、五十五帖と見たい。「五」という数字は、源氏物語では、法華経第五巻の五に通じ、「提婆達多品《だいばだったほん》」の説く《女人往生》《女人成仏》への道である「竜女変成」「変成男子」に直結する。全帖数を五十五とするところに、源氏物語が意とするもの―《女人往生》

《女人成仏》への悲願―がこめられている。

以下、本書の範囲内での、筆者の見解の、従来の見方との違いに一言しておく。

① 帚木巻の冒頭の語りは、直前の巻である桐壺巻の終末部分に多くが重なっている。第二の巻は第一の巻から切り離されてはいない。和辻説はこの重なりを見落としている。（第一章一）

帚木巻と空蝉巻との切れ目は、光と空蝉小君とのホモ的関係の語りであり、時間的にも空間的にも切るに切れない。そこを切れ目とする意図は、二つの巻の繋がりを強調することが一つ。今一つは、男主人公光源氏のストイック性の強さを読者に印象付けるためと見る。（第一章三）

頭中将は、スキガマシキアダ人である。左馬頭の語る体験談の、指喰ひの女・浮気な女は、其々頭中将の介入により左馬頭との仲を傷つけられた。頭中将は、他者の女を横取りして恥とも思わず、女性を守る意識がほとんどない。（第二章）

帚木三帖において、源氏物語が男性主人公に求めているものとは、読者の期待・常識に反して、男の性的欲望の抑制・ストイック性の強化という、若い貴公子である光源氏にとって屈辱的で残酷な要求である。これは同時に女性サイドからすれば（朱雀院の女三宮の悲劇のように）女性を不幸せにしないために必要不可欠な条件である。ここに、読者の好みを超越した、この物語の独自性を認めなければならない。（第三章）これは、光源氏が後に新手枕において、紫の自我の主張を受け入れるための、必要不可欠な下地固めとなっている。（前著「【続】―紫上考」の第三章と呼応する。）

内容本位に見れば、桐壺巻執筆後、帚木三帖が現行順序順に執筆され、若紫巻に続いたと見るのが自然である。

武田説は、帚木三帖を専ら女性登場人物を軸に読み、男性主人公の体験の重要性を無視する立場からの論である。（第三章・第五章一）

男性の方々は、帚木・空蝉二帖は読む気にも成れず、「悪文」と決め付けて、以下を放り出したくなるのが、自然であろう。物語は、それを承知で、若い貴公子の教育に熱心である。

② 帚木巻の「内気な女」の語りは夕顔巻と切り離せず、某院で夕顔を殺害した不思議な女は、玉鬘巻の乳母の夢に繋がる。また、夕顔巻の〈巻末の結文〉は竹河巻の〈前口上〉に繋がると見る。

一つの巻の中でこと終われりとせず、先に先にと繋がりを延ばし広げるのが、源氏物語における、長編物語を語る上での手法である。帚木巻を語る時点で夕顔巻が、夕顔巻を語る時点で玉鬘巻が、さらに玉鬘巻以降の関連巻々の大枠・若菜上巻の玉鬘主催の光源氏の賀の祝い・竹河巻冒頭の語り手の責任明示の〈前口上〉が、早い段階（帚木巻か）で、プロットのアウトラインとして成立していた可能性は考慮されなければならない（第三章三）。とすれば、匂兵部卿・紅梅・竹河三帖は後期挿入の巻々ではありえないとなる。

玉鬘巻の乳母の夢に現われた「同じさまなる女」を夕顔殺害者として、夕顔巻・帚木巻の「内気な女」の語りにもどり、夕顔の「物怖じ」の原因となる恐ろしい体験の割り出しを試み、某院に現われた不思議な女性は、魔性の存在ではなく、生身の女で、雨夜の品定めでの頭中将の体験談中の「さるたより（四の君サイドの然るべく頼れる人―人を消せるその筋の女）」と見る。

時はまさに末世である。夕顔は無に撤して刹那に生きた。その美しさが光を引き付け、死後、なお、忘れられない女君となった。（第三章付）

③ 六条御息所と光源氏との関係を殆ど全面的に読み直した。そのきっかけは、

「…よそなりし御心まどひのやうに、あながちなることはなきも、いかなることにかと見えたり。（夕顔一四

七)」の解釈である。一回目の六条邸訪問では、「よそなりし御心まどひ(光は六条からヨソの存在として扱われ、途方にくれ)」光との面談を拒否する六条を「あながち」に呼び出して、来訪の意図を直接六条に伝えた。今回は、光は六条に会いたいとは言い出さない。六条は光が行っても、自分から挨拶に出ても来ないということである。こういう状況に対し、地の文は「いかなることにか」と読者に問い掛けている。謎である。

この謎は、葵巻における、前坊亡き後の桐壺帝の配慮(六条母娘に内裏住みを勧められたこと)に対する六条の述懐(葵五三)で証される。六条は前坊亡き後、故宮以外の男性との接触をすべきでないと心に決めていた。拒否された桐壺帝は、故宮の遺族の保護と六条邸の安全管理とを光に託したのであろう。光はヨソ者扱いに甘んじて、帝の意向に従った。六条に距離を置いている。女房社会のゴシップが、二人の仲を取り沙汰するが、六条と光との関係は恋愛とはほど遠い。二人の歌の贈答がそれを象徴している。

六条物語は、空蟬物語の延長線上にある別のタイプの語りであると見る。

前坊が廃太子である物語上の事実を語るに際し、作者は「廃太子」という語を使わない。「別れの櫛の儀」で、遺児新斎宮の年令によって、故宮の生存時期を証すという、前坊の鎮魂に撤した表現上の配慮がなされている。**(第四章)**

④ 従来、源氏物語は第一部・第二部・第三部と分けられ、第一部が藤裏葉まで、第二部が若菜上巻からとされてきた。池田亀鑑が、ここを境に、以下、光源氏の生涯に陰りが出てくるとした故と言う。しかし、若菜上巻では、明石女御が男子を出産し、以下子宝に恵まれ、光源氏の孫の世代の安定の基盤が固まっていく。陰りだけではない。従来の分け方にこだわらず、「世代交代」に注目したい。桐壺の左大臣・式部卿宮・藤壺が相次いで他界する薄雲巻を世代交代の巻と見ると、第二世代の人物の登場は、薄雲巻(冷泉帝)、少女巻(夕霧)、

玉鬘巻（玉鬘）、初音巻（明石姫君）…と続く。

玉鬘巻における玉鬘の登場を、第二世代の人物としての彼女の大きさ・位置付けの予告と見たい（**第五章〜第八章**）。光によって、新築なった六条院の丑寅町（花散里が主）の西の対に迎えられた玉鬘は、後の親・女親替わりと、「親」と自認する光の教育により、短期間に急成長し、臣下の理想的な姫君となる。

光と玉鬘との関係について、従来、光の心を専ら〈中年の男の情念〉と捕らえ、玉鬘は悩みながら唯々耐えたと見るのが、普通のようである。

光の故夕顔に対する思いは、並みのものではない。夕顔は光が二条院に迎えたいと思った最初の女性であり、その急死を光は自分の責任と信じている。玉鬘を六条院に迎えて、光は紫に夕顔との仲を打ち明け、「恋ひわたる身はそれなれど…」と詠み、紫は光の思いを認めた。光は玉鬘に故夕顔を重ねる。夕顔の鎮魂のために、遺児玉鬘を幸せにしたい。それができるのは光以外に存在しない、という意識もある。光は自分ほど性的抑制の効く男はいない（露骨な言い方をすれば、やたらに懐妊させることは絶対しない）と自認している。セックス拒否の紫上を北の方として現に夫婦生活をしてきた。「後の親」「母替わり」の意識でスキンシップ十分に紫を育てた体験もある。その体験を踏まえて玉鬘に接近し、親とは・男とはの教育をする（**第五章〜第八章**）。

一方、玉鬘は、光にされるままになっているのではない。自我が強く、光相手に相当はっきり自己主張のできる姫君である。光が故夕顔そっくりだと言って、玉鬘の「御手」をとる。母の記憶が一切無く、イメージも描けない玉鬘は、故母の代理を理由に接近する光を、「亡者と自分とを重ねないで」と抗議して、自分を護る。物語は、これ以前、胡蝶巻では「西の対の御方」「女君」と称したが、玉鬘のこの切り返し以後、蛍の巻では「姫君」に戻る。兵部卿宮の求めに対し、蛍を色事の小道具とした光の演出に、玉鬘は、亡母への恋慕の情を交えない、玉鬘本人に対する光の愛情を認識し、実父に自分の存在を知られた上で、こうであればという気持ちになる。蛍巻の物語論で、光も玉鬘も、既存の物語中に自分のようなものはないと、それぞれ相手をなじって引かない。これは、光と玉鬘との関係は源氏物語で初めて語られる新しいものだと、物語自らが語っていることになる。蛍巻では、光の「後の親」を認めない玉鬘であるが、常夏巻では「うしろめたき御心はあらざりけり（二三五）」と光を信用し、若菜上巻では「後の親」光の四十の賀の祝いを真っ先に実行する。玉鬘に限らず、源氏物語は全体として、人間の育て方論という色彩が濃厚である。

⑤（六条院）第五章〜第八章に渉って六条院の折々の栄華が語られるが、六条院は、光個人の栄華を誇示するために造営された豪邸ではない。前坊の鎮魂のための邸であり、遺児の中宮（秋好）の里下がりの邸である。鎮魂のために浄土でなければならないが、六条院には、宇治平等院の鳳凰堂のようなものがあるのではない。極楽往生をするには、臨終に〈浄土の荘厳〉をイメージできなければならないと言う。衆生に〈浄土の荘厳〉をイメージさせるべく荘厳な佛事を演出できる人間即ち「生ける仏」が必要である。初音巻で春の殿を「生ける仏のみ国」というのは、光源氏と紫上の二人の「生ける仏」への賛辞である。六条院の栄華は、宗教を抜いてはありえない。

⑥（付章　宇治八宮考）宇治八宮の年令は、死の直前まで伏せられている。そこまで読んで始めに戻り何歳で何があったかを決まるものは決めて、読み直さなければならない。主要登場人物の年令隠し―厄年に至って年令をうちあける―は、紫上にも在った。手法が共通している。

橋姫巻冒頭の「筋ことなるべきおぼえなどおはしけるを」と対応する本文を光の須磨蟄居中の本文に求めると、朧月夜相手の朱雀帝の言葉「今まで御子たちのなきこそさうざうしけれ。春宮（冷泉）を院（故桐壺院）ののたまはせしさまに思へど、よからぬことども出で来めれば心苦しう（須磨一九七）」がある。朱雀帝は「よからぬこと」と否定している。この「よからぬこと」の打ち明け話が、橋姫巻冒頭の上掲本文である。

この事実と年令隠しの二つを根拠に、宇治十帖の構想は、須磨巻〜澪標巻の段階、それ以前の物語り全体の構想の第一段階で、物語の主要部分の一つとして構想されていた可能性が大きい。

⑦宇治山の阿闍梨が、姫君達が合奏する弦楽器の音が宇治川の川波と響き合うのを聞き、「極楽思ひやられはべるや」という。阿闍梨は、八宮・大君を楽の奏者として極楽に導きたいと思っているらしい。とすれば、源氏物語五十五帖執筆の最大の悲願であると、筆者の見ている《女人往生》《女人成仏》への道は、前著二冊で述べた二つの道に加えて、今一つ「極楽における楽の奏者」への道が示されたとなる。（**付章四**）

⑧源氏物語成立の歴史的背景は、一〇五二年末世突入と切り離せない。一〇五二年に向かう人々の恐怖・絶望・緊張は想像に絶する。源氏物語はそういう精神状態のただ中で描かれた。その限定された時代精神を理解できるのは、その時代に生きた人間に限定されるであろう。「それ世は末世に及ぶといへども日月は地に落ちたまはず」と、人々が安堵した一〇五三年が、それ以前の精神理解上の決定的落差となる。以後の人間に源氏物語は、果たして受け付けることができたかどうか。源氏物語は読めているのかという問いの最大の壁がそこにある。（**付章一・結**）

目次

凡例

引用本文は『新編日本古典文学全集　源氏物語』小学館刊による。
所在は引用本文末尾に（巻名頁数）で示す。

第一章　帚木・空蟬両巻における光源氏の体験

源氏物語の主人公光源氏が女主人公紫の姫君と出会うのは若紫巻である。その前に、桐壺・帚木・空蟬・夕顔の四つの巻がある。

桐壺巻は桐壺帝を中心とする宮中の語りである。

桐壺巻から帚木巻に移ると、語り全体の雰囲気ががらりと変わる。「ただ人」光源氏が渉っていかなければならない臣下の世界となる。帚木・空蟬・夕顔の三帖を通して光源氏はさまざまの体験をする。

光源氏が一生の伴侶を決める若紫巻を理解するために、当該三帖を、若紫巻に至る下地として、理解すべきは理解しておかなければならない。

というと、紫上系・玉鬘系の巻々の区別、成立論を無視するのかとならざるを得ないが、まずは、帚木三帖の語りの内容そのものを理解し、内容上、若紫巻に直結するか否かの確認を優先したい。

ここでは、帚木・空蟬の二帖までに留め、次の順に論じたい。

一　帚木巻の冒頭部分

二　雨夜の品定における左馬頭の女性論　（左馬頭と頭中将の体験談は、「スキガマシキアダ人―帚木巻の頭中将」として第二章とする。）

三　光の空蟬との交渉

Ⅰ　光の本性
1「女にて見たてまつらまほし」
2ストイック性
3空蝉小君との光のホモ的関係
Ⅱ　巻の立て方―帚木巻と空蝉巻との繋がり
Ⅲ　老女房の役割―道化による人違えの後始末

一　帚木巻の冒頭部分

長編物語の二番目の巻の語り始めである。本文を省略せずにあげる。

光る源氏、名のみことごとしう、言ひ消《いけ》たれたまふ咎《とが》多かなるに、いとど、かかるすき事どもを末の世にも聞きつたへて、軽びたる名をや流さむと、忍びたまひける隠《かく》ろへごとをさへ語りつたへけん人のもの言ひさがなさよ。さるは、いといたく世を憚《はばか》りまめだちたまひけるほど、なよびかにをかしきことはなくて、交野《かたの》の少将《せうしやう》には、笑はれたまひけむかし。

（大意）光源氏は、名だけは光と仰山で、その光が消えそうな失敗が多いとか言われるが、その上、このような色事を末の世の現在まで言い伝え、軽率な方という評判を流そうと、実は秘密のお話までも語り伝えたとかいう方の無責任さ意地悪さはもう。…

実は本当に大層世間の評判を気になさり、真面目一本でおいでるので、女性に甘く興味を惹かれる男女関係はなくて、交野の少将には笑われなさったでしょう。

まだ中将などにものしたまひし時は、内裏《うち》にのみさぶらひようしたまひて、大殿には絶え絶えまかでたまふ。

忍ぶの乱れや、と疑ひきこゆることもありしかど、さしもあだめき目馴《めな》れたるうちつけのすきずきしさなどは好ましからぬ御本性《ほんじやう》にて、まれには、あながちにひき違《たが》へ心づくしなることを御心に思《おぼ》しとどむる癖《くせ》なむあやにくにて、さるまじき御《おほむ》ふるまひもうちまじりける。（帚木五三～五四）

（**大意**）まだ中将などでいらした時は、帝のお側でのお仕えに精を出しなさって、正妻葵上の住む左大臣邸には、足がとだえがちでいらした。左大臣に隠れての御乱行かと疑ってもみたが、女性に対して全く誠意の無い、その場限りの深入りなどはよしとなさらない御本性で、極稀に、止むに止まれず打って変わって、精根を使い尽くすことを心に懸けて突き詰める癖があいにくで、実は、許されるはずの無い勝手な御行為もないではない。

二段からなっている。

冒頭を「光る源氏」と語り出す。周知のことであるが、桐壺巻の最後は「光る君といふ名は、高麗人《こまうど》のめできこえてつけたてまつりけるとぞ言ひ伝へたるとなむ。（源氏ノ名前〈光る君〉ハ高麗人ガ称賛シテ名付ケタト言イ伝エラレテイテ）」で終わった。その「光る君といふ名」をそのまま、「光る源氏」が冒頭に据えられている。これは、先行の巻（桐壺巻）との直結である。

一段。「さるは」の前までは、光の対女性関係についての女房社会のゴシップを作者が「もの言ひさがなさよ（無責任デ意地悪ナオ喋リデ）」と批判し、「さるは（実ハ）」以下、真の光は、ゴシップとは違う、真面目一本で、興味をかきたてられる女性関係などはないという。光について、ゴシップと実相との乖離の理解が冒頭で読者に要求されている。とはいえ、ゴシップの中の「かかるすき事ども（コノヨウナ色ニ走ル事）」とはが、ここで明らかにされていない。謎であり、読者の想像に委ねられている。これは、読者をファーストインプレッション即ちゴシップの世界に誘い込む巧妙な手法である。素直に読めば、誰しもが「かかるすき事ども」とは、に引っ掛けられ、これが意識の片隅に残るであろう。光が好色だという意識が読者に定着しやすい。具体的に言えば、光源氏との個人関係を、女房社会がゴシップとしてまずとりあげたのは、朝顔である。朝顔は、皇統の血を護る意識がしっかりしており、光と自分とをゴシップから守り通した。その意味で、朝顔はゴシップと闘った女君である。対するに六条御息所は、光の六条邸訪問は前坊の遺児を護るための宿直的なものだと、知りもしない女房社会のゴシップに振り回され、光を巻き込み、六条御息所自身は深く傷ついた。（六条御息所を取り上げる際に、ゴシップと事実との乖離が必要である。）

　光源氏自身は、自分がゴシップ化されるのを常に警戒していた。

　二段。光が桐壺帝のお側でのお仕えに精を出し、葵上に足が遠退くという部分は、桐壺巻の最終（一七段）の「源氏の君は、上《うへ》の常に召しまつはせば（帝ガ何時デモ傍ニ居サセナサルノデ）、心やすく里住《さとず》みもえしたまはず（気楽ニ正妻葵上トノ生活モ出来ナサラナイ）。（四九）」と実質一致すること改めて言うまでもない。先行する巻の内容が次の巻に継続していることの明示である。これは、この先書かれる長編物語が、巻が変わっても内容は継続するという〈凡例〉の役割を担うものでもある。続けて「さしもあだめき目馴《めな》れたるうちつけのすきずきしさなどは好ましからぬ御本性《ほんじやう》（女性ニ対シテ全ク誠意ガ無ク、アリフレタ、ソノ場限リノ深入リナドハヨシトハナサラナイ御本性）」が強調される。一段の「さるは」以下と矛盾しない。

　最後の「さるまじき御《おほむ》ふるまひもうちまじりける。」が問題である。サルマジキはそんなことは決して許されないの意。フルマヒは、自由気ままな行為・行動をいう。このケルは実は〜であったの意。桐壺巻以降、帚木巻の始めまでのどこかで、光は藤壺に、父帝の許可なく、接近した可能性があると読むべきではないか。重要な一文である。事態は深刻な進み方をしているとなる。これと呼応するかのように、雨夜の品定の最後に、

　君は人ひとりの御ありさまを心の中《うち》に思ひつづけたまふ。これに、足らず、また、さし過ぎたることなくも

のしたまひけるかなとありがたきにも、いとど胸ふたがる。（九〇〜九一）

（**大意**）源氏の君は、藤壺お一人の御様子を心中に思い続けておいでる（今夜の女性論に照らして）過不足なくていらっしゃるのだなと、めったに無い御方なのだと判るにつけても、恋しさに胸が一杯になる。

と、光にとって最も大切な女君、藤壺に対する光の理解の広がりと深まり、思慮の強さが、こういう語り方で示される。大切なものほどあらわに語らない。「さるまじき御ふるまひ」的な言い方、これが源氏物語の語りの特色の一つである。

以上、長編物語の第二の巻帚木の巻頭である。直前の桐壺巻の最終部分と多くを重ねながら、藤壺との交渉の進展をほのかに証している。これだけの配慮が第二の巻帚木の冒頭の叙述に払われている。第二の巻が第一の巻と直結していることとの強調である。

和辻哲郎が、「帚木の発端は、後に来る物語を呼び起こすべき強い力を持っているが、それに先行する何の描写をも必要とするものではない。かくて我々は、帚木が書かれた時に桐壺の巻がまだ存在しなかったことを推定しなければならぬ。（「思想」大正十一年十一月）」として以後、現在なお和辻説は重視されている。これに触発されて成立論が展開され、現在に至っている。長編物語の第二の巻の巻頭はどうあらねばならないか、桐壺巻の巻末と第二の巻の冒頭との重なり、作者の周到な配慮を、和辻は一切無視している。長編物語の第二の巻を書くに当たって何がどう強調されているのか、後述のごとく、帚木三帖は、それをくどい程説くのであって、仮に、源氏物語が帚木から書き始められたのであれば、それらの強調は必要なかったとしかならない。

二　雨夜の品定における左馬頭の女性論

〈ただ人〉となった光に必要なのは、臣下との付き合い・臣下の世界・とりわけ男女の仲とはを知ることであろう。物語は、場面を宮中での光の宿直所、時を初夏の長雨の物忌みの一夜とし、光・頭中将・左馬頭・藤式部丞の四人の男の夜明しの会話という形式で、「いと聞きにくき（全ク平気デ聞イテイレナイ）こと多かり（帚木五八）」と前置きして、これを語っている。男四人の雨夜の物忌み・夜明しの語りは、夕顔巻に「ありし雨夜の品《しな》定《さだめ》（一四四）」と言われているが、〈品定〉の概念規定が明確でない。上中下三品の各々を上中下三生とする『観無量寿経』の九品浄土の分類を、人間の分類基準とする意と解しておく。女性である作者が男性だけの四人に、男女の仲・女性論を語らせるという場面設定自体が独自である。（頭の中将の〈好キガマシキアダ人〉ぶりを女性作者が語るには願ってもない場面設定である。体験談は本書第二章とする。）

左馬頭は物語登場時点で、「世のすき者にて、ものよく言ひとほれる（五八）」と、紹介されている。光を意識して語る左馬頭の主張の要点を、語られる順序に従って列挙する。それが将来、光によってどう生かされるか、繋がりの可能性がありそうな部分には、当該部分の頭にａｂ…を、末尾に当該女性名を記す。

中将の「中の品（受領階層）」を可とする主張を、光が財力が全てかと一笑に付した後、語りは左馬頭の独走となる。

左馬頭は、中将の話題を承けるかのように「もとの品、時世《ときよ》のおぼえうち合ひ、」とはじめるが、「心」が「おどろく」のは「めづらかなること」に対してであるとし、品論は展開させず、「…なにがしが及ぶべきほどならねば（私ゴトキ身分ノ低イ者ガ云々デキル方々デハゴザイマセンカラ）、上《かみ》が上《かみ》はうちおきはべりぬ（最高ノ方々ノ事ハ除外イタシマス）。（六〇）」で切り、「思ひの外」の「めづらし」さの感動を具体例をあげて説く（六〇〜六一）。

ａ　さて、世にありと人に知られず、さびしくあばれたらむ葎《むぐら》の門《かど》に、思ひの外《ほか》にらうたげならむ人の閉じられたらむこそ限りなくめづらしくはおぼえめ。…片かどにても、いかが思ひの外にをかしからざらむ。（六〇〜六一）…空蝉・夕顔・北山の紫

（大意） その人ありとも、世間に知られもせず、住む人もろくになく、荒れ果てて、門は蔓草が這い茂っている廃屋に、思い掛けないことに、見るからに可愛らしくて庇ってあげたくなる女性が、閉じこもって暮らしていた、そんな場合こそ、珍しさに心が踊るでしょう。…

話題を「わがものとうち頼むべき（生涯の伴侶）」の選びに絞り、政界の相互協力を例に、一家の中も「足らはであしかるべき大事どもなむかたがた多」く、「なのめにさてもありぬべき人」は少ない。「わが力入りをし直しひきつくろふべきところなく、心にかなふやうにもやと選《え》りそめつる人の定まりがたきなるべし。（六二）」と、万能完璧な女性を望むと、次から次へと女性を求めることにしかならないと言う（頭中将批判か）。理想通りではなくとも「見そめつる契り」を大切にし、二人の仲を長続きさせなければならないと説く。

b　かならずしもわが思ふにかなはねど、見そめつる契《ちぎ》りばかりを棄《す》てがたく思ひとまる人はものまめやかなりと見え、さてたもたるる女のためも、心にくく推《お》しはからるるなり。（六二）…葵上・末摘花

（大意） 必ずしも男の理想通りでなくても、二人が出会った縁だけを、捨てたくなっても決して捨ててはならないものと思って、自分にブレーキをかける男は、女性に対して誠意があると他目にも見え、そうして夫婦関係が保たれている女性にとっても、できた女性と推測されるものなのです。

特に、若い女は、自分の欠点をうまく隠して、男を近付け、「とりなせばあだめく（六三）。」男の立場がなくなる。「これをはじめの難《なん》とすべし」というのは、貴族社会一般の青年の常識であったのであろう。

主婦の仕事の中で、男の後見（世話、衣食住の指揮・責任）は「なのめなるまじき（六三）」ことであるが、家の外での男の立場、苦しみ、同僚にも言えない胸の内などを「聞きわき思ひ知」り、「語りもあはせばや（六四）」と思う男の気持ちを理解し支え合える女性であって欲しい。また、男の留守中でも、「あだ事にもまめ事にも、わが心と思ひ得る」「深きいたり（六五）」もなければならないと、女性の知識の高さと広さ、精神的自立性の必

要を説く。理想の妻は、男が自分で女性をそのように育てなければならないとする。

c　ただひたぶるに児《こ》めきてやはらかならむ人をとかくひきつくろひては、などか見ざらむ、心もとなくとも、直《なほ》しどころある心地すべし。（六四）…夕顔・紫

（**大意**）ただただ子供っぽくて（世間知らずで、純粋で）、心の柔らかな人を、男があれこれ教育していけば、夫婦生活がうまくいかないなどということがありましょうか。女性の成長が待遠しくても、直し甲斐があったと必ず感じるものです。

更に、人の品も容貌も問わないとして、生涯の伴侶の条件を、

d　今は、ただ、品《しな》にもよらじ、容貌《かたち》をばさらにも言はじ、いと口惜しくねじけがましきおぼえだになくは、ただひとへにものまめやかに静なる心のおもむきならむよるべをぞ、つひの頼みどころには思ひおくべかりける。（六五）…花散里

（**大意**）こうなったらもう、ただ、生まれも問題とすまい、容貌は一切問うまい、こんな人とは思いもしなかったと残念であり、ねじれ過ぎていて、意地悪に過ぎるという世間の評さえなければ、ただ一人の男だけと交際し、彼に誠意を示し、ことを起こしたりせず、心が落ち着いていて頼りとなる女をこそ、男は終生の頼み所と思って落ち着くべきだと思うに至りました。（徹底拒否されるネジケガマシとは、素直・正直に対する意地悪さ・ずるさ・悪賢さ…を言うか）

うしろやすくのどけきところだに強くは、うはべの情《なさけ》はおのづからもてつけつべきわざをや（六五）

と言う。

（**大意**）背後から見ていて安心で、波風立てまいとする気持ちがしっかりしていさえすれば、表面的な、男女間の気持ちのやりとりは、不思議なことに、自然に身についていくのです、確かに、ねそうでしょう。

ついで、夫の浮気への女性の対応に及び、我慢できなくなって、歌や形見を残して行方不明になり、出家する女の具体例をあげ、よりを戻せても、男女とも、心にしこりが残る。また、男の浮気を「恨みて気色《けしき》ばみ背かん(恨ンデ腹ヲ立テ、夫ニ背ヲ向ケルノハ)、はたをこがましかりなん(ヤハリ、必ズヤ滑稽ナコトニナルニ決マッテイル)。…さやうならむたぢろきに絶えぬべきわざなり(ソウシタドタバタノ中デ二人ノ縁ハ不思議ナコトニ絶エシマウノデス)。(六七)」と警告し、この二つの場合も、「やがてあひ添ひて(ソノママ二人一緒ニ暮ラシ)、とあらむをりもかからむきざみをも(アレヤコレヤノ折々時々ヲ)、見過ぐしたらむ仲こそ(見テソノママニ過ゴシテイルデアロウ仲コソ)、契《ちぎ》り深くあはれならめ(縁ノ深サガヨクワカリ感無量トナルデアロウガ)(六七)」「心はうつろふ方ありとも(男ノ心ハ他ノ女ニ移ッテシマッテイテモ)、見そめし心ざしいとほしく思はば(初対面の折リノ気持チヲ大事ダト思エバ)、さる方のよすがに思ひてもありぬべきに(ソウイウ縁ナノダト思ッテモ、ソノママ夫婦生活ヲ続ケテイケルニチガイナイノニ)、(六七)」と、女の心の持ち方で、破綻を回避可能とし、女性の最上の対応を、

e　すべて、よろづのことなだらかに、怨《ゑ》ずべきことをば見知れるさまにほのめかし、恨むべからむふしをも憎からずかすめなさば、それにつけてあはれもまさりぬべし。多くは、わが心も見る人からをさまりもすべし。(六七〜六八)…紫

(**大意**)万事、何事によらずことを荒立てず、無言で突放して当然のことを、自分(女)が見て判っていると一言言い、自分の気持ちを判ってほしいと口に出していって当然の問題も男の神経に障らないように小声でちらりと言えば、愛情もきっと深まるでしょう。多くは、男の心も妻次第でおさまるものです。

と説く。

更に、芸能をたとえにしながら真贋を論じ、

まして人の心の、時にあたりて気色ばめらむ見る目の情《なさけ》をば、え頼むまじく思うたまへてはべる(七〇)

と注意を述べ、体験談に移る。「人の心」に留意したい。夫婦仲の最も大切なものが「人の心」の真であるのはいうまでもないが、左馬頭の口を借りて、こういう文脈の中で、「人の心」をちらりと出す作者である。体験談の中で、将来、光によって生かされる可能性のありそうな部分を添えておく。

f 染色・機織り・裁縫など、衣生活についてのセンスと腕がある。

竜田姫《たつたひめ》と言はむにもつきなからず、織女《たなばた》の手にも劣るまじく、その方《かた》も具《ぐ》して、うるさくなむはべりし（七六 指喰いの女の懐古）…紫・花散里

（**大意**）染色も裁縫も得意な女性で実に達者でした。

g いま、さりとも七年《ななとせ》あまりがほどに思し知りはべなむ。[注1] なにがしがいやしき諫《いさ》めにて、すきたわめらむ女に心おかせたまへ。過《あやま》ちして見む人のかたくなる名をも立てつべきものなり」と戒《いまし》む。（八〇 木枯らしの女との体験を踏まえて）

（**大意**）今後七年余りの内にお判りなさるでございましょう。私の卑しい体験を忠告となさって、得意な芸に溺れて誰でも相手にする浮気な女には御要心を。夫の名誉を傷つけるに違いないのです。

最後に左馬頭は、高い教養を身につけ知識豊かな女性が、教養知識を人に示す時のあるべき心がけに及び、すべて男《をとこ》も女も、わろ者は、わづかに知れる方のことを残りなく見せ尽くさむと思へるこそ、いとほしけれ。（八九）

（**大意**）男女を問わず、水準に至っていない者は、自分の知識の全部を見せようとするのが気の毒で、まともに見ていれない気になるものでして。

と前置きして、女性の漢字漢文の知識の表し方、男への社交の歌の送り方を、具体例をあげて批判し、

h すべて、心に知れらむことをも知らず顔にもてなし、言はまほしからむことをも、一つ二つのふしは過ぐ

すべくなむあべかりる（九〇）…紫

（**大意**）万事にわたり、知ったふりをせず、言いたいことも問題の一つ二つは言わないで過ごすべきなのです。

とする。

以上が、「世のすき者にて、ものよく言ひとほれる」左馬頭の、語りの要約である。

女性論と言われてきたこの語りは、聞き手である光にとっては、上掲ａｂ…部分に見てきたが、将来の女性遍歴の指針的役割を果たし、その意味で重要な布石であり、帚木巻内にとどまらず、後続の巻々に繋がる水流の源であると言えよう。

左馬頭は「臨時《りんじ》の祭の調楽《でうがく》」を勉める。「世のすき者」とは、そのように諸芸能に通じている（六九～七〇）のもさることながら、男女の仲とはがよく判っており、さらに体験談に見るように他者の色事も敏感に感知できる、そういう人を言うのではないか。「ものよく言ひとほれる」とはであるが、要約すれば短絡化してしまうが、確かに、男女双方の立場から多技に渉って論じられている。

左馬頭の語りを聞き、体験談を聞き、それらに続けて、男本位に徹底し、女の状況と心を知ろうともしない頭中将のいい気さ（後述、第二章）をつきつけられると、左馬頭の論の用意周到さが際立つ。

とはいえ、左馬頭の論は、女が男の心を汲み、女の忍耐寛容が、男女の仲を維持し、結果として女が我が身を守り通せるという筋の論である。男に語らせているが、論の根底にあるのは、あくまで女性の立場である。

しかし、この論に、男女の相互協力を重ねれば、男の忍耐寛容を女が求めることも論として成立し得る。後の語りであるが、新手枕における光に対する紫の抵抗が可能となる。新しい男女主人公の誕生の伏線の論となり得ている。

三　光の空蝉との交渉

［三Ｉ］（光の本性）長編物語の主人公光源氏の女性遍歴を語るに先立って、第二の巻で光の本性にスポットライトがあてられている。

［三Ｉ１］（女にて見たてまつらまほし）男四人による雨夜の物忌みの夜明しの語りの場で、もっぱら聞き役で通す光の美しさを、

白き御衣《ぞ》どものなよよかなるに、直衣《なほし》ばかりをしどけなく着なしたまひて、紐《ひも》などもうち捨てて添ひ臥《ふ》したまへる御灯影《ほかげ》いとめでたく、女にて見たてまつらまほし。この御ためには上《かみ》が上《かみ》を選《え》り出《い》でても、なほあくまじく見えたまふ。（六一）

（大意）白い柔らかな御衣に、直衣だけを羽織って、紐なども結ばず、横になっておいでる光君の灯りに浮き上がるお姿は、すばらしく、女で見申しあげたい。このお方には、上の上の女性を選りだしても、お相手としてふさわしいお方は、あるかどうか、と見えなさる。

と、「女にて見たてまつらまほし」と見るのは、左馬頭だけではあるまい。同席の男三人共有の意識であろう。この夜の光は、男四人による雨夜の物忌みの夜明しの語りの場で男性であると同時に、三人にとっては女性でもあるとなる。

ちなみに、七歳当時、

弘徽殿などにも渡らせたまふ御供《とも》には、やがて御簾《みす》の内に入れたてまつりたまふ。いみじき武士《もののふ》、仇敵《あたかたき》なりとも、見てはうち笑まれぬべきさまのしたまへれば、えさし放ちたまはず。女御子《をんなみこ》たち二《ふた》ところ、この御腹《はら》におはしませど、なずらひだにぞなかりける。御方々も隠れたまはず、今よりなまめかしう恥づかしげに

おはすれば、いとをかしううちとけぬ遊びぐさに誰も誰も思ひきこえたまへり。（桐壺三八〜三九）

（**大意**）桐壺帝は弘徽殿などにもおいでる御供には光を連れ、そのまま御簾の内に入れなさる。猛々しい武士や宿敵であっても、一目見ると誰でも顔が綻ぶ様子でいらっしゃるので御簾の外へ追い出せもしない。内親王がお二人、弘徽殿においでるが、比較さえできない。女君方も光の目を隠れなさらず、今から、しっとりとした美しさがあり、こちらが気恥ずかしくなりそうでおいでるので、魅力抜群で襟を正す遊び相手に、何方も何方も思い申し上げておいでる。

と、弘徽殿腹の桐壺帝の内親王二人よりも「なまめかしう」、桐壺帝が御簾の内に入れるのを、女御方は歓迎したという。七歳の光は男の子でありながら、女御方には同性の子供以上に魅力のある存在と意識されていた。元服以前のこの体験は、光に、父の女御方を理解させただけでなく、高貴な女性への対し方―やわらかな物言い・物腰―を身につけさせ、自らの女性的素質を自覚させたであろう。

【三Ⅰ2】（ストイック性）葵上を除いて、光の女性との接触場面が物語の中ではじめて語られるのは、空蝉とのそれであり、次いで夕顔とである。この二人との接触を通して、光の女性への対し方、女性の何をよしとし、何に牽かれるか、光の本性が具体的に語られる。

空蝉に対する光の先入観は、

上《うへ》にも聞こしめしおきて、『宮仕《みやづかへ》に出だし立てむと漏らし奏せし、いかになりにけむ』といつぞやのたまはせし。（九六）

（**大意**）桐壺帝が「入内させたいと故衛門督が奏上したのを記憶している。どうなったか」と何時だったか、光におっしゃった。

を踏まえて、光は空蝉を「思ひあがれる（理想の高い）（九四）」女性と思っていた。

現実には、空蝉は父の死後、伊予介の妻におさまり、光が方違えで、紀伊守（伊予介の子）の邸に出向いた日、紀伊守の邸に来ていた。

光は空蝉に「いとやはらかにのたまひて、鬼神も荒だつまじきけはひ（九九）」で接近し、「…動もなくて、奥なる御座に入りたまひぬ。（一〇〇）」以下、邪魔の入らない場で口説くが、空蝉は、

まめだちてよろづにのたまへど、いとたぐひなき御ありさまの、いよいようちとけきこえむことわびしければ、すくよかに心づきなしとは見えたてまつるとも、さる方の言ふかひなきにて過ぐしてむと思ひて、つれなくのみもてなしたり。人がらのたをやぎたるに、強き心をしひて加へたれば、なよ竹の心地して、さすがに折るべくもあらず。（一〇一〜一〇二）」

（大意）光は真面目にあれこれとおっしゃるが、立派過ぎて、肌を許すことなどできない、ぶっきら棒で気に入らないと御覧になろうと、口説き甲斐のない女で過ごしてしまおうと思い、徹底して光を突放した。生れ付き柔らかな人柄であるのに、人柄に逆らって気丈に我を通しているのは、なよ竹の感じで、光もさすがに強引に出れるはずもない。

いとかくうき身のほどの定まらぬありしながらの身にて、かかる御心ばへを見ましかば…よし、今は見きとなかけそ（一〇二）

（大意）伊予介の後妻となる前の、故父衛門督の邸に暮らす身で、光のこのような御愛情に預かるのならともかく…今は、会ったとは決して口にしないで下さい。

と、人妻である現実を守り、光を傷つけないように気を配りながら、自分の対応の在り方をきちんと決めて動じない。光が守られている。光の先入観「思ひあがれる」ではなかった。光が、仮に空蝉の気持ちを無視し、自己の名誉にかけて欲求を押し通そうとすれば、出来ない状況ではない。「さしもあだめき目馴《めな》れたるうちつけのす

きずきしさなどは好ましからぬ御本性《ほんじやう》（五三）」そのままの光である。女性が許さなければ、自分の欲求の抑制がきちんと出来る。その意味でストイックである。光は、満たされぬまま、歌を唱和して、別れる。

月は有明けにて光おさまれるものから、かげさやかに見えて、なかなかをかしきあけぼのなり。何心なき空のけしきも、ただ見る人から、艶《えん》にもすごくも見ゆるなりけり。人知れぬ御心には、いと胸いたく、…

（一〇四）

と、名文に託して光の心が語られる。「自然は見る人の心に従う」と言ったのはヴァレリーである。

帰宅後、光は、

すぐれたることはなけれど、めやすくもてつけてもありける中の品《しな》かな、隈《くま》なく見あつめたる人の言ひしことは、げにと思しあはせられけり。（帚木一〇五）

（**大意**）抜群の人物というのではないが、無難に対応してみせた中の品（中流階層）の女性だ。左馬頭の言ったことは、なるほどその通りだと、過日の女性論を反芻された。

と、左馬頭の論の確かさをかみしめる。

一度で諦めきれない光は、紀伊守を介して、空蝉の弟小君を手許に引き取る。

この子をまつはしたまひて（側ニイツデモツキソワセテ）、内裏《うち》にも率《ゐ》て参りなどしたまふ。（一〇八）

小君を介して文を送るが、空蝉は露見をおそれ、

めでたきこともわが身からこそと思ひて（小君ニ対スル光ノゴ好意ヲ実ラセルカ否カモ、姉ノ自分次第ダト思イ）、うちとけたる御答へも聞こえず。（一〇九）

と、極めて理性的に光と小君と自分を守っている。

次の方違えの日まで待って、突如中川の邸を訪う。内々の連絡を受けて空蝉は、小君に報せず女房中将の局に

隠れる。光は遂に会えない。

「帚木《ははきぎ》の（近ヅクト姿ヲ消ストイウ）心をしらでその原の道にあやなくまどひぬるかな

聞こえむ方《かた》こそなけれ」とのたまへり。女もさすがにまどろまざりければ、

数ならぬ伏屋《ふせや》に生《お》ふる名のうさに（人数ニモ入ラナイ現在ノ我身ガツラク）あるにもあらず（ドウスルコトモデキズ）消ゆる帚木と聞こえたり。（一一二）」

（大意）光は、日を待ち、工面したのに、隠れて姿を見せない空蟬を帚木にたとえて詠み、「申し上げる言葉もないので」とのみ。空蟬の返歌は、前回の姿勢と変わらない。

【三Ⅰ3】（空蟬小君との光のホモ的関係）その夜、

a …「よし、あこだにな棄《す》てそ」とのたまひて、御かたはらに臥《ふ》せたまへり。若くなつかしき御ありさまをうれしくめでたしと思ひたれば、つれなき人よりはなかなかあはれに思さるとぞ。（帚木一一三）」

（大意）「せめてお前だけでも私を捨てないで」とおっしゃって、光は小君を横に寝かせなさる。若くやさしい光の、小君に対するなさり方を嬉しく素晴らしいと、小君は思っているので、光は、突放す姉よりもかえって可愛いとおもいなさるとか。」

b 寝られたまはぬままに、「我はかく人に憎まれても習はぬを、今宵《こよひ》なむ初めてうしと世を思ひ知りぬれば、恥づかしくてながらふまじくこそ思ひなりぬれ」などのたまへば、涙をさへこぼして臥《ふ》したり。いとらうたしと思《おぼ》す。手さぐりの、細く小さきほど、髪のいと長からざりしけはひのさま通ひたるも、思ひなしにやあはれなり。あながちにかかづらひたどり寄らむも人わろかるべく、まめやかにめざましと思ひ明かしつつ、例のやうにものたまひまつはさず、夜深《よぶか》う出でたまへば、この子は、いといとほしくさうざうしと思ふ。

（空蟬一一七）

（**大意**）寝付けなさらないまま光は、「私はこれまで人に、いやだと思われたこともないのに、今夜初めて男女の仲は倦んざりするものだとよく解ってしまったので、恥ずかしくて、この先、生きていけそうもないと思うようになってしまったけれど。」などおっしゃると、小君は涙までこぼして臥している。光は可愛いと思いなさる。手探りの感触が、細く小柄な様子、髪がそう長くなかったいつかの雰囲気が、姉に似通っているのも、気のせいか、いとしい気がする。止むに止まれず、我を通して、手探り同様で女に近付くのも無体裁でしかない、真面目に、驚き呆れる対応だと思いつつ夜を明かし、いつものように小君にあれこれおっしゃらず、夜が明けないうちに邸を出なさると、小君は、全くいたいたしく、もの足りないと思う。

光は、空蝉の実弟小君を横に寝かせ、拒否しない小君を「あはれ」と思ひ（a）、「手探りの細く小さきほど、髪のいとながからざりしけはひ（b）」に空蝉を抱いた時の記憶を重ね、わずかに自分を慰め、屈辱感に押し拉がれたまま、暁にもならないうちに中川の邸を出た。ａｂの光は、実の弟に姉の代役をさせている。

その後も、光は執拗に空蝉を求め、義理の娘である軒端荻と碁をうつ空蝉を垣間見、軒端荻の肉体美と、対照的な空蝉のたしなみのよさ——いわば女性の魅力の両面——を初めて目撃した後、小君に手引きをさせて空蝉の寝室に忍び入ったが、空蝉は気付いて逃げ、光は軒端荻相手に人違いの体験をし、残された空蝉の小袿を持ち帰った。

ありつる小袿《こうちぎ》を、さすがに御衣《ぞ》の下に引き入れて、大殿籠《おほとのごも》れり。小君を御前《おまへ》に臥《ふ》せて、よろづに恨み、かつは語らひたまふ。「あこはらうたけれど、つらきゆかりにこそえ思ひはつまじけれ」と、まめやかにのたまふを、いとわびしと思ひたり。

しばしうち休みたまへど、寝られたまはず。…畳紙《たたうがみ》に手習のやうに書きすさびたまふ。

空蝉《うつせみ》の身をかへてける木《こ》のもとになほ人がらのなつかしきかな

…かの薄衣《うすごろも》は小袿《こうちぎ》のいとなつかしき人香《ひとが》に染《し》めるを、身近く馴《な》らして見ゐたまへり。（空蝉一二九〜一三〇）

（**大意**）残されていた小袿を、光は御衣の下に引き入れて、お休みになった。小君を前に臥せさせて、あれやこれやと恨み、一方では説き伏せなさる。「お前は可愛いけれど、酷い仕打ちを平気でやるあの方の血縁だから、愛し続けることはできそうもないが」と、真面目におっしゃるのを聞いて、小君は全く精根尽き果てる気がしている。暫らくごろりと休んでおいでるが、寝られなさらない。…畳紙に手習いのように歌を次々書きなさる。

空蝉の身をかへてける木のもとになほ人がらのなつかしきかな

…あの薄衣は小袿で、着ていた人の香が染みている、それを常に身近に置いて見てすわっておいでる。

苦悩の末の三度目のチャンスに、小袿だけを残す空蝉と化して、徹底して身を護る彼女の身の護り方を「なほ人がら（血筋ノヨサ）のなつかしき」と評価する光である。拒否される度につのる空蝉への思いを、空蝉の小袿を手にして多少とも癒すことができるのは、光が敗北しながらも、彼女の「人がら」をまさにナツカシ（ソバニイテ、シタシクサレタイの意）と思うからである。衣に持ち主の魂を求めもする光である。

［三Ⅱ］（巻の立て方―帚木巻と空蝉巻との繋がり） 帚木巻の冒頭から以上の終わり迄を、どこで切って巻を立てるか、巻の立て方が問題である。

可能性としては、雨夜の品定の終わりまでを一巻、空蝉との三度の交渉を一括一巻、ということもあり得る。しかし、源氏物語の現実は、冒頭から空蝉への二度目の接近失敗までを「帚木」と名付けて第二の巻とし、以降三度目の終わりまでを量は少ないが「空蝉」と命名して第三の巻とする。等量に分けるのではない。空蝉の光に対する対応、つまり、女による男を拒否する拒否の仕方、避け方が最重要視されている。雨夜の体験談では語られなかった男に対する女の抵抗の方法、避け方であり、光にすればそれぞれが忘れられない初体験である。巻名の帚木（近付くと消える木）・空蝉（抜け殻）共に伊予介の妻による光拒否の方法であり、光が二人の仲のシンボルとして歌のキイワードとした。これは、以下の巻々における巻名の凡例でもある。

「帚木《ははきぎ》の心をしらでその原の道にあやなくまどひぬるかな
聞こえむ方《かた》こそなけれ」とのたまへり。女もさすがにまどろまざりければ、
数ならぬ伏屋《ふせや》に生《お》ふる名のうさにあるにもあらず消ゆる帚木
と聞こえたり（帚木一一二）」

「さしはえたる御文《ふみ》にはあらで、畳紙《たたうがみ》に手習のやうに書きすさびたまふ。
空蝉《うつせみ》の身をかへてける木《こ》のもとになほ人がらのなつかしきかな
と書きたまへるを（小君は）懐《ふところ》にひき入れて持《も》たり。…（姉に見せると）さすがに取りて見たまふ。…つれなき人もさこそしづむれ、いとあさはかにもあらぬ御気色《けしき》を、ありしながらのわが身ならばと、とり返すものならねど、忍びがたければ、この御畳紙《たたうがみ》の片つ方に、
空蝉《うつせみ》の羽《は》におく露の（ノヨウニ）木《こ》がくれて（人目ヲサケテ）しのびしのびにぬるる袖かな（空蝉一三一）」

拒否しながら女も光の言うシンボルに自らを同化させている。

帚木・空蝉両巻の境は、その実、ａｂ（上掲［三Ⅰ3］）の境で、切るに切れない。ａｂとも場面は紀伊守の邸内の同一場面、時間はａからｂにそのまま続く。表現上はａの文末を「…とぞ」で結んだだけである。意表を衝く切り方であるが、二つの巻はしっかり繫がっていて切り離し様がない。

ａｂの内容に相違を強いて求めれば、光の小君への対し方にホモ性を気付かせるのがａ、光が姉を小君に重ねて小君の肉体を求めるのがｂである（前述［三Ⅰ3］）。帚木巻の最終部分ａと空蝉巻の冒頭部分ｂは、極めて特異な内容である。そこを巻の切れ目とする作者の意図は、二つの巻の繫がりを強調することが一つ、更に、長編

物語のはじめのこの部分で、光と空蝉の実弟小君とのホモ的関係を、ストイックに撤した果ての、弟に姉を求める関係として読者に示し、主人公光源氏のストイック性の強さを読者に認識させる必要があった（後の、新手枕における紫の抵抗を光が容認する下地固め・伏線）と見る。

〔三Ⅲ〕老女房の役割—道化による人違えの後始末

三度目の接近に失敗した光が、小君と紀伊守の家を出ようとして老女房につかまる。

戸をやをら（ソット）押し開《あ》くるに、老いたる御達《ごたち》（老女房）の声にて、「あれは誰《た》そ」とおどろおどろしく（仰山ニ）問ふ。わづらはしくて（相手ニナルノガ面倒デ）、小君「まろぞ」と答《いら》ふ。「夜半《よなか》に、こはなぞと歩《あり》かせたまふ（何故ウロウロナサルノカ）」とさかしがりて（シッカリ者ブッテ）、外《と》ざまに（外へ）来《く》。いと憎くて、小君「あらず。ここもとへ出《い》づるぞ」とて、君を押し出でたてまつるに、暁近き月隈《くま》なくさし出でて、ふと人の影見えければ、「またおはするは誰《た》そ」と問ふ。「民部《みんぶ》のおもとなめり。けしうはあらぬおもとの丈《たけ》だちかな」と言ふ。丈高き人の常に笑はるるを言ふなりけり。老人《おいびと》、これを連《つら》ねて歩《あり》きけると思ひて、「いま、ただ今立ち並びたまひなむ」と言ふ言ふ、我もこの戸より出《い》でて来《く》。わびしけれど、えはた押しかへさで、渡殿《わたどの》の口にかい添ひて隠れ立ちたまへれば（カクレルヨウニ光ガ立ッテオイデルト）、このおもとさしよりて、「おもとは、今宵《こよひ》は上《うへ》（空蝉ノオ部屋）にやさぶらひたまひつる。一昨日《をととひ》より腹《はら》を病《や》みて、いとわりなければ下《しも》にはべりつるを、人少《ひとずく》ななりとて召ししかば、昨晩《よべ》参上《まうのぼ》りしかど、なほえ堪《た》ふまじくなむ」と憂《うれ》ふ。答《いら》へも聞かで、「あな腹々《はたばら》。いま聞こえん」とて過ぎぬるに、からうじて出でたまふ。なほかかる歩《あり》きは軽々《かろがろ》しく危《あやふ》かりけりと、いよいよ思し懲《こ》りぬべし。（空蝉一二七〜一二八）

光が小君と外へ出ようとすると、老女房が声をかけ、ついて外まで出てくる。小君を付した「まろぞ」「あらず。ここもとへ出づるぞ」のはじめの二つの小君の返事以外は、すべて、老女房の勝手な自問自答で、小君にもその連れ（光）にも、口を挟ませない。光を見て「（のっぽの）民部のおもと」と勝手に決め、「上（空蝉と軒端荻の寝ていた部屋）にいたのでは」と言う。軒端荻はその名からおして「丈高き人」である。「自分もあのお部屋にいた」ともいう。空蝉が逃げ、光が軒端荻と人違いのゲームに陥ったのを見ながら、目の前の光に「あんたは民部のおもと」といってのけ、腹痛を落ちにしてその場を去る。

こういう道化が光を救っている。老女房の一役である。

総じて、帚木・空蝉の巻は、凝りに凝った巻である。頭中将のスキガマシキアダ人ぶりを容赦なく描き（後述、第二章）、左馬頭による女性論の披露、それを踏まえて、中の品の女性を対象としての光の対女性体験が描かれるのであるが、伊予介の後妻による二度にわたる光拒否を帚木・空蝉をシンボルに描き、その中で、彼女の弟とのホモ的関係、肉体豊かな軒端荻と精神面に魅力のある空蝉の対比、衣にその持ち主の魂を求める、その果てが老女房による後始末の茶番劇と、多様に渉り濃厚である。〈ただ人〉として生きなければならない主人公に一挙にさしだされる多種多様、かつ濃厚な対女性体験である。

【注】

1 「…七年あまりがほどに思し知りはべなむ。」の部分。小学館新編日本古典文学全集『源氏物語1』八〇頁頭注は「左馬頭は源氏より七歳年長らしい。」とする、『湖月抄』同（上一〇四頁）。ちなみに、頭中将であるが、葵上が光より四歳年長であることから推して、七歳上で左馬頭の言う「思し知」って当然の年令であるのではないか。とすれば、続く本文「中将、例のうなづく。」と整合する。

源氏にとって「七年あまりがほど」は、現在光十七歳とすれば、二十四〜二十五歳にあたる。桐壺院崩御（二三歳一一月)、藤壺出家(二四歳暮)、朧月夜との密会露見(二五歳)、須磨下向(二六歳三月)となる。左馬頭のいう「すきたわめらむ女」に朧月夜が該当しているとすれば、光源氏と朧月夜との関係が、左馬頭の予言的中となる。

第二章　スキガマシキアダ人――帚木巻の頭中将

内容

一　はじめに

【一1】（帚木巻での頭中将の登場場面）

宮腹の（桐壺帝ノ妹大宮ヲ生母トスル）中将は、中に（左大臣ノ子息ノ中デモ）親しく（光ノ傍ラニ居ルコトガ多ク）馴《な》れきこえたまひて、遊び戯《たはぶ》れをも人よりは（光ニ対シテ）心やすく馴れ馴れしくふるまひたり（勝手気侭ナ対応・行動ヲシテオイデタ）。右大臣《みぎのおとど》のいたはりかしづきたまふ住《す》み処《か》は、この君もいとものうくして、すきがましきあだ人なり。（五四）

この登場場面での頭中将の紹介のされ方であるが、「すきがましきあだ人なり」と締め括ることにより、スキガマシキアダ人が頭中将に対するレッテルであると強調されている感がある。この語句は、従来、「どうも色恋ごとに熱心な好き人である」という程度に受けとめられてきた。[注1]「すきがましきあだ人」とは、を含めて、頭中将の「すきがましきあだ人」ぶりが、明確にされなければならない。

物語の場面は、「長雨《ながあめ》晴れ間なきころ、内裏《うち》の御物忌《ものい》みさしつづきて、」光も宮中の「御宿直所《とのゐどころ》（桐壺）」で御物忌みに籠《こも》る、すなわち、寝ずに一夜を明かさなければならない。そこへ、「左馬頭《ひだりのむまのかみ》、藤式部丞《とうしきぶのじよう》御物忌《ものいみ》に籠《こも》らむとて参れり。（左馬頭ハ）世のすき者にて、ものよく言ひとほれるを、中将待ちとりて、この品々（上中下ノ分類基準）をわきまへ定めあらそふ。いと（全ク）聞きにくき（平気デ聞イテイレナイ）こと多かり。（五八）」であるという。

以下、光を含め男四人の夜明しの話、「雨夜の品定」が語られる。左馬頭が光相手に女性論を語り、夫婦の体験の打ち明け話となる。

体験談は、まず、左馬頭が、指喰ひの女・浮気な女との体験談を語るのであるが、頭中将が口を挿む部分の本文をどう読むべきか、必ずしもすんなりと読めない部分がある。頭中将という地位の人間であるからには、女性に対しても、それなりの誠意を常に失わない人格者であるはずだという意識で、従来、読まれてきた。スキガマシキアダ人というレッテルを積極的に意識して読むと、体験談はどうなるのか。度の過ぎたあくどいことが、光源氏の前でスッパ抜かれるのかどうか。頭中将をスキガマシキアダ人と意識して、本文の読みを吟味し、頭中将の対女性・広げれば対人間の基本意識・在り方が明らかにされなければならない。

以下、〈内容〉に示した通り、指喰ひの女・浮気な女・内気な女・この三つの体験談の総括、の順に取り上げる。

登場する四人の男であるが、光は終始聞き役。頭中将は全体のリーダー格の意識で終始するが、左馬頭に頭の上がらないところがある（後述）。左馬頭は、「世のすき者にて、ものよく言ひとほれる（五八）」と地の文が評価している。父は「大納言（七八）」か。加茂神社の「臨時の祭りの調楽（宮中の楽所で行なう舞楽の練習）（七四、頭注一一）」を務めるだけの才能と技の持ち主。藤式部丞は、博士の娘との体験を語る。四人の中では若輩である。

二　指喰ひの女

左馬頭が未だ若く身分も低かった頃愛した女性は、特に美人でもなかったが、夫のために実生活の世話など真面目に誠意をこめて尽くし、特に染色、縫い物に優れていた。唯一の欠点は、夫の他の女性との付き合いを、口うるさく嫉妬することであった。男は、女に自信があったので、別れる気なら嫉妬をしろ、と強く出ると、女も夫の浮気に我慢ができないと譲らず、夫の指に噛み付いた。男はこれまでだと家を出た。（中略）…戻れると思っていたが、縒りを戻せないまま女は亡くなった。

（左馬頭）…いといたく思ひ嘆きてはかなくなりはべりにしかば、戯《たはぶ》れにくくなむおぼえはべりし。ひとへにうち頼みたらむ方《かた》は、さばかりにてありぬべくなむ思ひたまへ出でらるる。はかなきあだ事をも、まことの大事をも言ひあはせたるにかひなからず、竜田姫《たつたひめ》と言はむにもつきなからず、織女《たなばた》の手にも劣るまじく、その方《かた》も具《ぐ》して、うるさく（達者デ）なむはべりし」とて、いとあはれと思ひ出でたり。（七六）

（大意）「女は、胸の内でそれはそれはひどく嘆いて（コウナルハズノ無イコトナノニト、タメ息ヲツイテ）亡くなってしまいましたので、いい加減の気持ちでの夫婦喧嘩は平気でやってはいけないと思ったことでした。左馬頭一人だけを頼りにしていまして、夫への信頼の仕方はあの程度で理想的だったと、思い出されます。なんでもない事でも本当に大事なことでも、相談するとし甲斐があり、染色・縫い物の腕は抜群で、衣裳となると達者なものでした。」と左馬頭は語って、可哀相だったと思い出している。

亡くなった女の追憶に浸る左馬頭は、指喰ひの女に対する愛情がにじんでおり、二人がなぜ縒りを戻せなかったのかと、読者は、考えさせられもする。

その左馬頭を前にして光は無言である。対するに中将は、

中将、「その織女《たなばた》の裁《た》ち縫《ぬ》ふ方をのどめて、長き契《ちぎ》りにぞあえまし。げに、その竜田姫の錦《にしき》には、またしくものあらじ。はかなき花紅葉《もみぢ》といふも、をりふしの色あひつきなくはかばかしからぬは、露のはえなく消えぬるわざなり。さあるにより、かたき世とは定めかねたるぞや」と言ひはやしたまふ。(七六~七七)」

と、黙っていれない。

「げに(ソノ通リ)、その竜田姫の錦《にしき》には、また、しく(及ブ)ものあらじ。」とは、左馬頭の女の染色の腕を中将が知っていなければ言えない一言である。更に、「さあるにより、かたき世(他人ガ入レナイ夫婦仲)とは定めかねたる(断定ハデキナイ)ぞ(ノダ)や(ソウデハナイカ)」という。地の文は、「言ひはやし(ハシャイデ言イ)たまふ」と一言皮肉る。中将がこう言わなければならないのは何故なのかが問題である。

左馬頭の始めの語りに戻る。夫婦の当該の口論は、男も女も相手に対して絶対に近い程の自信があるからこそ、突っ張り合えるすさまじさである。口喧嘩の挙げ句、男が家を出たとは、その家に女が一人残っていることになる。男主人不在を承知の別の男が、残っている女に、面白半分に接近しようと思えば、格好の餌食とされる危険性は否定できない。前掲中略部分の本文をあげる。

…(左馬頭は)まことには変るべきこととも思ひたまへず(今マデ通リノ夫婦仲デイイト思イ)ながら、日ごろ経《ふ》るまで消息《せうそこ》も遣《つか》はさずあくがれまかり歩《あり》くに、臨時《りんじ》の祭りの調楽《でうがく》に夜更《ふ》けていみじう霙《みぞれ》降る夜、これかれまかりあかるる(舞楽練習仲間ガ其々ノ家路ニ向ウ)所にて思ひめぐらせば、なほ家路《いへぢ》と思はむ方《かた》はまた(指喰ヒノ女ノ家以外ニ)なかりけり(無イノダト解ッタ)。内裏《うち》わたりの旅寝すさまじかるべく、気色《けしき》ばめる

あたりはそぞろ寒くやと思ひたまへられしかば、いかが思へる（ドンナ顔ヲシテイルダロウカ）気色も見がてら、雪をうち払ひつつ、なま人わろく爪《つめ》くはるれど、さりとも（トモカクコンナ霙ノ夜行ケバ）今宵日《こよひ》ごろの恨みは解けなむ（必ズ解ケル）と思うたまへしに、灯《ひ》ほのかに壁《かべ》に背け、萎《な》えたる衣《きぬ》どもの厚肥《あつご》えたる大いなる籠《こ》にうちかけて、引きあぐべきものの帷子《かたびら》などうちあげて、今宵ばかりやと（男ヲ）待ちけるさまなり。さればよと心おごりするに、正身《さうじみ》はなし（本人ハイナイ）。さるべき女房《にようばう》どもばかりとまりて、『親の家に、この夜さり渡りぬる』と答《こた》へはべり。艶《えん》なる歌も詠《よ》まず、気色ある消息《せうそこ》もせで、いとひたや籠《ごも》りに情《なさけ》なかりしかば、あへなき（張リ合イノ無イ）心地して、さがなくゆるしなかりしも（左馬頭ノ女性関係ヲ執拗ニ容赦シナカッタノモ）我を疎《うと》みね（自分ヲ嫌ッテ欲シイ）と思ふ方の心やありけむ（別ノ男ニ心惹カレテイタノデハナイカ）、さしも見たまへざりし（ソンナ風ニ思ッタコトハ一度モナカッタ）ことなれど、心やましきままに（霙の中ヲ来タノニ、不在トハ。コチラガ完敗ダト）思ひはべりしに、着るべき物（コノ家デ左馬頭ガ着テ当然ノ衣裳）、常よりも心とどめたる（心細カニ染メ上ゲタ）色あひ、しざま（仕立テノ丁寧サ）いとあらまほしくて（理想的デ）、さすがにわが見棄《みす》ててむ（別ノ男ニ言イ寄ラレテ、彼女ガ左馬頭ヲ見限ッタ）後《のち》をさへ（後マデモ左馬頭ヲ）なむ思ひやり（心ニカケテ）後見《うしろみ》たりし（世話ヲシテイタノダト記憶ニ留メテイル）。

　さりとも（別ノ男ガ何ヲショウト）絶えて思ひ放つやうはあらじと（左馬頭トノ仲ヲ切レルハズガナイ）と思うたまへて、とかく言ひはべりしを、背きもせず、尋ねまどはさむとも隠れ忍びず、かかやかしからず（別ニ赤面モセズ）答《いら》へつつ、ただ『ありしながらは（今マデ通リデハ）えなむ見過ぐすまじき（結婚生活ヲ続ケルコトハデキマスマイ）。あらためてのどかに思ひならばなむ（家ニ落チ着イテクダサルノデシタラ）あひ見るべき（夫婦デイレル）』など言ひしを、さりともえ思ひ離れじと思ひたまへしかば、しばし懲《こ》らさむの心にて『しかあらためむ』とも言はず、いたく綱《つな》びきて見せしあひだに、いといたく思ひ嘆きてはかなくなりにし

かば、戯《たはぶ》れにくくおぼえはべりし。…（七四〜七六）

以上を、左馬頭は、光源氏・頭中将・藤式部丞の前で語っている。聞き手の表情・反応を確かめながら語るのが普通である。思うに、霙の夜、女が左馬頭を待つ支度を整えながら、親の家に行って身を守ったのは、左馬頭の不在を知って、入り込む男から連絡があったか、二人の男の鉢合わせを恐れたからであろう。そこに至っても、左馬頭が、女の心が自分に在ったと自信を持って強調するあたり、頭中将に対する左馬頭の対抗意識がはっきり窺える。指喰ひの女との縒りが戻らなくなった要因は、別の男の介入に女が精神的に傷つけられたことが大きいと想像できる。

左馬頭の指喰ひの女の語りが終わった時点で、頭中将は、何らかの自己弁護をしなければならない気になったのであろう。「さ（夫ノ不在中ニスキガマシキアダ人ガ介入スルコトガ）あるにより、かたき世（堅イ夫婦仲）とは定めかねたる（決メルコトハデキナイノダ）ぞや」は、左馬頭に対する高圧的な嫌がらせである。頭中将の言葉には、女性に対するぬくもりが感じ取れない。

以上の材料だけで頭中将を読み切れるか、問題には違いない。後述五での総括まで論定は残す。

三　浮気な女

左馬頭の体験談の二つ目。本文を引く。

さて、また同じころ、まかり通ひし所は、人も立ちまさり（指喰ヒノ女ヨリ、生マレ育チガ一段上デ）、心ばせ（天性ノ才能ガ）まことにゆゑあり（確カニ一流ダ）と見えぬべく、うち詠《よ》み、走り書き、掻《か》き弾《ひ》く爪音《つまおと》、手つき口つき、みなたどたどしからず見聞きわたりはべりき（舞楽に強い左馬頭が及第点をつけていた）。見る目も事もなくはべりしかば（見タ目モ問題モゴザイマセズ）、このさがな者をうちとけたる方にて（嫉妬スル女ヲ気ノ許セル相手トシテ）、時々隠ろへ見はべりしほどは（指喰ヒノ女ノ目ヲ隠レテ会ッテイタ間ハ）こよなく（格別）心とまりはべりき。この人（指喰ヒノ女ガ）亡《う》せて後《のち》、いかがはせむ、あはれながら過ぎぬるはかひなくて、しばしばまかり馴《な》るるには（頻繁ニ通ッテ馴レテミルト）すこしまばゆく（派手過ギテ）、艶《えん》に好ましきことは目につかぬ（左馬頭ノ好ミニアワナイ）ところあるに、うち頼むべくは見えず、かれがれにのみ（タマニ会ウ女友達ト）見せはべるほどに、忍びて心かはせる人ぞありけらし（左馬頭ノ目ヲ盗ンデ、気持チヲ通ワス男ガイタヨウダッタ）。（七七）

ここまでで、左馬頭は、この女性が自分以外に別の男と付き合っていると判っている。

以下が男二人の鉢合わせの語りである。

見通しを先に述べる。女が鉢合わせを承知で男二人を同時に迎えたのではあるまい。「ある上人《うへびと》」が、左馬頭に、女と自分との二人の風流ぶりを見せ付けることができるように、意識的に仕組み、風流に溺れる女が「ある上人」の意のままになり、浮気ぶりを発揮した、そういう事である。「ある上人」とは誰か、頭中将と決まるかどうかが、読みの問題の一つである。

神無月《かみなづき》のころほひ、月おもしろかりし夜（月ガ煌煌ト照ル夜）、内裏《うち》よりまかではべるに（宮中ヲ退出致シマスト）、ある上人《うへびと》（仮にAとする）来《き》あひて（ヤッテ来テ一緒ニナリ）、この（左馬頭ノ）車に（Aガ）あひ乗りてはべれば、大納言の家にまかりとまらむとするに、この人（Aガ）言ふやう、『今宵《こよひ》人（男ガ来ルノヲ）待つらむ（今頃マッテイル）宿《やど》なむ、あやしく心苦しき（不思議ニ気ニナル）』とて、この女の家はた避《よ》きぬ道なりければ、荒れたる崩れより池の水かげ見えて、月だに（池ノ水ニ）宿る住《す》み処《か》を過ぎむもさすがにて、（左馬頭ノ女ノ家デ、Aガ車ヲ）おりはべりぬかし（オリテシマッタノデスヨ）。もとより（前モッテ）さる心をかはせるにやありけむ（Aト女トデ今夜ノ連絡ガトレテイタノダロウ）、この男（Aハ）いたくすずろきて（ヒドク気取ッテ）、門《かど》近き廊《らう》の簀子《すのこ》だつものに尻《しり》かけてとばかり（暫ラク）月を見る。菊いとおもしろくうつろひわたりて（菊ハ見事ニ色ガ変ッテシマッテオリ）、風に競《きほ》へる紅葉《もみぢ》の乱れ（風ニ争ッテ散ル紅葉ノ乱レ）など、あはれとげに見えたり。懐《ふところ》なりける（Aハ、実ハ懐ニ用意シテイタ）笛《ふえ》とり出でて吹き鳴らし、影もよしなどつづしりうたふほどに（Aガ歌ッテイル最中ニ）、よく鳴る（素晴ラシイ音色ノ）和琴《わごん》を調べととのへたりける（実ハ前モッテ調律シテアッタノヲ）、うるはしく（笛ニキチント合ワセテ、和琴ヲ）掻《か》きあはせたりしほど（腕前ハ）、けしうはあらずかし（悪クハゴザイマセン）。律《りち》の調べは（トイウモノハ）、女のものやはらかに掻き鳴らして、簾《す》の内《うち》より聞こえたるも、いまめきたる物の声なれば、清く澄める月にをりつきなからず（ピッタリ調和シマス）。（七八）

左馬頭は、宮中舞楽に長けている。女の家まで来て、「清く澄める月」のもと、左馬頭の車に勝手に相乗りし、女の家に入り込み、左馬頭をさしおいて、得意の笛を吹く上人AもAなら、女も女である。左馬頭は、牛飼い童と情況を観察する以外にどうしようもなかったであろう。

左馬頭に当て付けたAと女との恥知らずな意気投合は更に続く。

男、いたくめでて、簾《す》のもとに歩み来て、「庭の紅葉こそ踏み分けたる跡もなけれ（ドナタモイラッシャラナイノダトワカル。）」などねたます。菊を折り、

琴《こと》の音《ね》も月もえならぬ（一通リデハナク、スバラシイ）宿ながらつれなき人をひきやとめける（貴女ニ冷淡ナアノ方ヲ弾キトメルコトハドウデスカ）

わろかめり（マズイコトヲ言ッタカ）

など言ひて、「いま一声《ひとこゑ》。聞きはやすべき人のある時（琴ノウマサヲワカル男ガイル時ニ）、手な残いたまひそ（オ得意ノ奏法ヲ出シ惜シミシナサルナ）」など、いたくあざれかかれば（ドギツク出ルト）、女、いたう声つくろひて（気取ッタ声デ）、

木枯《こがらし》に吹きあはすめる（アナタノ）笛の音をひきとどむべきことの葉ぞなきとなまめきかはすに（男ノ相手ニナッテ気取リ合ウノデ）、憎くなるをも（女ハ、Aガ左馬頭ノ車ニ同乗シテ来テ、女ノ家ニ今左馬頭ガ居ルトハ知ラズ、マタ、二人ノ意気投合ブリヲ左馬頭ガ平気デ聞イテイレナクナルノモ）知らで、また箏《さう》の琴《こと》を盤渉調《ばんしきでう》に調べて、いまめかしく掻き弾《ひ》きたる爪音《つまおと》、かどなきにはあらねど（才気ガナクハナイガ）、まばゆき（イタタマレナイ）心地なむしはべりし。ただ時々うち語らふ宮仕人《みやづかへびと》などの、あくまでさればみすきたるは、さても見る限りはをかしくもありぬべし、時々にても（時タマ通ウダケノ相手トシテモ）、さる所にて（楽ヲタシナミ合エル女ノ家デアッテ）、忘れぬよすがと思ひたまへむには、頼もしげなく、さし過ぐいたりと心おかれて、その夜のことにことつけてこそまかり絶えにしか（女トハ絶交シテシマッタガ）（七八〇）」左馬頭の第二の体験談は以上である。

以下、左馬頭の光源氏への忠告となる。

この二つのことを思うたまへあはするに、若き時の心にだに、なほさやうにもて出でたることは、いとあやしく頼もしげなくおぼえはべりき。今より後《のち》は、ましてさのみなむ思ひたまへらるべき。御心のままに折らば落ちぬべき萩《はぎ》の露、拾はば消えなむと見ゆる玉笹《たまざさ》の上の霰《あられ》などの、艶《えん》にあえかなる（荒ク扱ウトダメニシソウナ）すきずきしさ（女性ノデリケートサ）のみこそをかしく思さるらめ、いま、さりとも（トモカク）七《なな》年《とせ》あまりがほどに思し知りはべなむ（七年余リノ内ニオ判リナサルデゴザイマショウ。）なにがしがいやしき諫《いさ》めにて、すきたわめらむ女（今話シタヨウナ浮気ナ女）に心おかせたまへ（御用心クダサイ）。過《あやま》ちして見む人の（夫ガ）かたくななる（トイウ）名をも（評判マデモ）立てつべき（決マッテ立テル）ものなり」と戒《いまし》む。（八〇）」

「七年あまりがほど」は、一般に、「左馬頭は源氏よりも七歳年上らしい」とされる。[注2] 一方、頭中将の年令であるが、葵上が光より四歳上、頭中将は葵上の兄である。光源氏より七歳年長者は頭中将の可能性もある。

左馬頭のこの戒めに対する頭中将と光との反応は、

中将、例のうなづく。君すこしかた笑《ゑ》みて、さることとは思すべかめり。「いづ方《かた》につけても、人わろくはしたなかりけるみ物語かな」とて、うち笑ひおはさうず。（八〇〜八一）

である。この部分をどう解釈すべきであろうか。

「中将、例のうなづく」と頭中将は、否定も異議申し立てもしない。左馬頭に頭が上がらないらしい。

「（光ハ）すこしかた笑《ゑ》みて（左馬頭ニ、ウインクナサリ）さることとは思すべかめり（「アル上人（A）ガ誰デアルノカオ判リニナッタト左馬頭ニ読ミ取レル表情ヲナサッタ）」「いづ方につけても」は、従来、「指喰ひの女と浮気な女との[注3]」とされて来たが、「頭中将と左馬頭との」と解釈する。光は「人わろく（不体裁デ）はしたなかりける（取リツク島モナイ）み物語（大変ナオ話デスネ）」とて（ト言ッテ）うち笑ひおはさうず（一笑ニ付サレタ）。」

光は、左馬頭の「指喰ひの女」と「浮気な女」との二つの体験談を聞き、頭中将の本性をより正確に理解できた。

左馬頭の車に相乗りして、左馬頭の見る前で左馬頭の女と琴笛の合奏、歌のやり取りを恥じらいもなくやってのけた上人Aとは、頭中将である。でなければ、左馬頭が、とっておきの体験談として、光源氏相手に語る必要がない。

四　内気な女

第三の体験談は、語り手が頭中将に変わる。開口一番「なにがしは、痴者《しれもの》の物語をせむ」と、「痴者」を第一印象として聞き手に印象付ける。その「痴者」の見そめから語りだすのであるが、始めの一文の本文を上に、内容を下の括弧内に示すと、

いと忍びて見そめたりし人の、（正妻に決して知られてはならない）
さても見つべかりしけはひなりしかば、（女の雰囲気は男に気に入った）
ながらふべきものとしも思ひたまへざりしかど、（男は長続きすべきでないと思ったが）
馴れゆくままにあはれとおぼえしかば、（馴れるにつけて女をアハレとは思ったので）
絶え絶え、忘れぬものに思ひたまへしを、（通っていけないが、忘れはしない）
さばかりになれば、うち頼める気色《けしき》も見えき。（女は男を頼った）（八一）

となる。難解な文である。左馬頭による前述の二つの語りでは、語りの冒頭で、女の人柄、男（左馬頭）との関係が、読者に明確にされていた。頭中将のこの語り出しで分かるのは、まず、正妻恐怖症的であること、女と関係は持ったが先がないと、話の始めから光達の前で白状してはばからない、つまり、男に女を守らなければならないという意識が希薄なことである。

頼むにつけては、恨めしと思ふこともあらむと、心ながらおぼゆるをりをりもはべりしを、見知らぬやうにて（女ハ男ニ不満ナド一切見セズ）、久しきとだえをも、かうたまさかなる人とも思ひたらず、ただ、朝夕にもてつけたらむありさまに見えて（毎日毎晩、共ニ暮ラシテイルカノヨウナ様子デ）、心苦しかりしかば、頼めわたること（将来マデノ約束）などもありきかし。（八一）

女は、男を好きなようにさせておける、こせこせしない、ゆったりとした人柄らしい。

親もなく、いと心細げにて、さらばこの人こそは（コノ方ヲ終生ノ夫）と事にふれて思へるさまもらうたげなりき。かうのどけきに（女ガ落チ着イテイルノデ）おだしくて（二人ノ仲ニ波風モ立タズ）、久しくまからざりしころ、この見たまふるわたり（正妻筋）より、情けなく（男女ノ仲ヲ理解シナイ）うたてあること（度ノ過ギタコト）をなむさるたよりありて（然ルベク頼リニナル人ガイタノデ）かすめ言はせたりける（ソノ人カラ女ニ直接一言宣告サセタノデ実ハアッタ）、後《のち》にこそ聞きはべりしか（自分ガ事ヲ聞イタノハ後ニナッテカラデ、ソノ時ハナニモ知ラナカッタ）。（八一〜八二）

正妻筋から入った封じ手については、夕顔死後二条院での夕顔の女房右近の光への語り（夕顔一八五〜一八六）が詳しい。

さるうきこと（ソンナウンザリスルコト）やあらむとも知らず（アッタノカトモ知ラナイデ）、心には忘れずながら、消息などもせで（一本ノ手紙モ贈ラズ）久しくはべりしに、むげに思ひしをれて（意気消沈シテ）、心細かりければ、幼き者などもありしに（二人ノ中ニ子供ガアッタノデ―「幼き者など」の「など」の中身不明）思ひわづらひて（子供ヲ男ハドウスル気ナノカ、コノママデハト）、撫子の花を折りておこせたりし」とて涙ぐみたり。（八二）

正妻筋からの圧力が罹って以後、以前と変わり、意気消沈しきって、二人の中の子供の将来を案じて、女から男に歌が贈られた。思い余ってのことであった。ここで頭中将は、子供（中将にとって初の子）の存在を、打ち明け涙ぐむ。

（光が）「さて、その文の言葉は」と問ひたまへば、「いさや、ことなることもなかりきや。（八二）」と前置きして、以下、二人の歌を中心とする語りとなる。男と女との意識をつかむために、便宜上、適宜分けて記す。

「（女歌）　「山がつの垣《かき》ほ荒るともをりをりはあはれはかけよ撫子《なでしこ》の露」（私ノ家ハ垣ガ荒ラサレテシマイマシタガ、二人ノ中ノ子供ニアナタノ愛情ヲ折々カケテクダサイ）

（中将の対応）「（子供ヲ）思ひ出でしままにまかりたりしかば（女ノ家ニ行ク）、（中将の印象）「例の（今迄ト同様）、うら（隠シ隔テ）もなきものから（本妻筋カラノ圧力ハ話題ニセズ）、いともの思ひ顔にて（切迫シタ何カガアリソウナ表情デ）、荒れたる家の露しげきをながめて虫の音に競へる（ススリ

「（中将歌）泣キヲスル）気色（様子）、昔物語めきておぼえはべりし。」

「咲きまじる色はいづれと分かねどもなほとこなつにしくものぞなき

大和撫子をばさしおきて、まづ塵をだになど親の心をとる。（八二〜八三）」（女は子供をと言っているのに、頭中将は、女の要求とはうらはらに、子供を優先せず、女の機嫌を取ろうとする。）

「（女歌）

「うち払ふ袖も露けきとこなつに嵐吹きそふ秋も来にけり

（女は中将の歌の「とこなつ」を素直に引いて、―嵐吹きそふ（大変ナ風当タリノ強サデ）秋（別レノ時）も来にけり（キテシマッテイルノデシタ）という。

（中将の印象）「とはかなげに言ひなして、まめまめしく恨みたるさまも見えず、涙を漏らし落としても、いと恥づかしくつつましげに紛らはし隠して、つらきをも思ひ知りけり（男ノ仕打ノヒドサガヨク解ッタ）と見えむ（男ニ知ラレルノハ）はわりなく苦しきものと思ひたりしかば、

（中将の対応）心やすくて、またとだえおきはべりしほどに（通ッテ行カナカッタウチニ）、

（女の失踪）跡もなくこそかき消ちて失せにしか。（今マデ住ンデイタ家ヲ出テ完全ニ行方不明トナッタ。）（八三）」

頭中将の当該の女への未練は残っている。

「まだ世にあらば（生キテイレバ）、はかなき世にぞさすらふらむ（落チブレテ放浪シテイルダロウ）。あはれと思ひしほどに（中将ガ夢中ニナッテイル最中ニ）、わづらはしげに思ひまとはす気色見えましかば（相手ニナルノガ面倒ダト中将ガ思ウクライニ、女ガ要求シテクレレバ）、かくもあくがらさざらまし（コンナニ行方不明ニハシナイノニ）。こよなきとだえおかず、さるものにして長く見るやうもはべりなまし。かの撫子のらうたくはべりしかば、いかで尋ねむと思ひたまふるを、今もえこそ聞きつけはべらね（子供ノ行方ハ今モッテ不明）。これこそのたまへるは

かなき例《ためし》なめれ。つれなくて（中将ニ連絡一ッセズ）、つらしと思ひける（ヒドイ仕打チダト男ノ方デ実ハ思ッテイルノ）も知らで、あはれ絶えざりしも（アノ女ヲズット思イ続ケテイタノモ）、益《やく》なき片思ひなりけり（ムダナ片思イダッタトツクヅク思ウ）。今やうやう忘れゆく際《きは》に、かれ、はた、えしも思ひ離れず、をりをり人やりならぬ胸こがるる夕《ゆふべ》もあらむとおぼえはべり。これなむ、えたもつまじく頼もしげなき方《かた》なりける。（八三～八四）」

中将がここで言っていることは、中将にとっては嘘ではない、真実こう在って欲しかった、自分に問題があるのではない、こうしなかったあの女が「痴者」だ。これが中将の意識である。

五　以上三つの体験談の総括

「痴者」の語りを終わった頭中将は、続けて以上三つの体験談の総括らしいことを言う。三つの体験談の始めの二つの語り手は、左馬頭であった。左馬頭が総括するのが自然である。しかし、頭中将がおそらく年長者であり、社会的立場からしても、今まで見てきた人柄からしても、左馬頭を押さえて、リーダーシップを発揮しなければ修まらないのであろう。以下の総括すべてが、頭中将一人の語りの可能性は考えられてよい。前述二・三において左馬頭の二人の女それぞれに、頭中将が関係をもったのではないかと見てきた。その立場で、指喰いの女・浮気な女の総括部分を読んでみよう。

問題の本文の吟味をしたい。

されば、かのさがな者（指喰ヒノ女）も、思ひ出である方に忘れがたけれど、さしあたりて見むにはわずらはしく、よくせずはあきたきこともありなむや。（八四）

左馬頭の女を中将が「かのさがな者」と呼び、「さしあたりて見むには（信頼スベキ妻トシテ対応スルトナルト）わづらはしく（相手ニナルノガ面倒デ）、よくせずは（余程ウマクヤラナイト）あきたきこともありなむや（モウ沢山ト思ウコトモキット在ルダロウ）。」と言うのは、夫婦喧嘩のあげく左馬頭が家を出、女が一人残っていたところに、中将が押し掛けたが、女に突き放されるだけで、ろくに相手にされなかった。そういう類のにがい経験を踏まえて、軽蔑混じりにこう言うと見れば、説明がつく。まさに、スキガマシキアダ人である。

「琴の音すすめけむかどかどしさも、すきたる罪重かるべし。」[注4]左馬頭の語り―「ある上人（うへびと）」が、浮気な女の彼即ち左馬頭を立ち合わせて、女と風流を楽しんだ―についての頭中将の総括であるが、「すきたる（風流ニ夢中ニナル）罪重かるべし（罪ハ重イトシナケレバナラナイ）」とは、誰の罪とするのか。「琴の音すすめけむ」は、従来、「浮気な女」と解されている。しかし、女に琴を弾かせたのは、「ある上人」の笛である。「琴の音すすめけむかどかどしさ」は、笛の「かどかどしさ（予想外ノウマサ）」である。頭中将は笛の名手である。「すきたる罪重かるべし」は、〈芸術上の問題〉として、舞楽に勝れている左馬頭に対し、頭中将が、左馬頭が語る「ある上人」を一般化して、シラをきっているのであって、「ある上人」とは、頭中将その人である。

「この心もとなき（私ガ再会ヲ待チクタビレテイル女の意、内気な女を指す）も疑ひ添ふべければ、」の「疑ひ」とは、女が子供ともども行方不明であるのは、頭中将を裏切って、別の男に従っているという疑いである。正妻筋に中将との仲を切られて、恐怖に怯えながら子供ともども身をかくしているのが彼女（夕顔）の実情である。対するに、上述の「この心もとなき…」の語りが左大臣の嫡男で、将来は臣下の第一人者を殆ど約束されている男の意識である。

大体、源氏物語は、緻密に念入りに組み立てられている。登場人物の意識が繊細に書き分けられている。それらを精密に理解して読み分けなければならないのであるが、帚木巻の「内気な女」の語りとなると、登場人物相互の意識の「ずれ」の粗さが、読者についていけそうもない粗さで描かれている。粗さを粗さとして読むのも骨が折れる。帚木巻の他の巻とは違う面白さがそこにあると言えば言えようか。

帚木巻への登場時点で、頭中将が、「スキガマシキアダ人なり」と強調されているのは、そのつもりで頭中将を読めという、作者から読者への要求である。この小論は、頭中将に貼られているこのレッテルを意識して、帚木巻の体験談を読むとことはどうなるか、筆者の読みの試論である。帚木巻は、若い時から教室で何度読んできたことか。古稀を越えた今になって、帚木巻を面白いとはじめて思えた。

頭中将の体験談三つの総括の締め括りは、

いづれとつひに思ひ定めずなりぬるこそ。世の中（男女の仲）や、ただ、かくこそとりどりに比べ苦しかるべき。このさまざまのよきかぎりをとり具し、難ずべきくさはひまぜぬ人は、いづこにかはあらむ。吉祥《きちじやう》天女《てんによ》を思ひかけむとすれば、法気《ほふけ》づき霊《くす》しからむこそ、またわびしかりぬべけれ」とて、みな笑ひぬ。（八四）

である。左馬頭が語った理想の女性の論の全てが、飛んでいる。中将は、他者の話を一切受け付けることができず、自分を通すこと以外は頭にない、現代社会でも世に憚っている、人種の代表である。

男四人による夜を明かしての語りという場面設定であるが、男に語らせているのは女性作者である。頭中将のスキガマシキアダ人ぶりをここまで語れるのは、女性であればこそである。頭中将の〈本性〉が光源氏のそれとは、全く異質であることが、ここ（体験談）で語られている。それも含めて、計算し尽くされた場面設定である。

ちなみに、頭中将が光源氏相手に、スキガマシキアダ人ぶりを発揮するのが、末摘花邸でのおどし（末摘花巻〔四〕段）と、源典侍相手の茶番劇（紅葉賀巻〔一四〕段）である。

【注】

1　小学館新編日本古典文学全集『源氏物語1』五四頁現代語訳

2　注1の文献の八〇頁の頭注一〇
3　注1の文献の八〇頁の頭注一三
4　『源氏物語大成』によれば、当該部分の本文異同は次のごとくである。
本文（大島本）

「ことのねす、めけんかとく〳〵しさもすきたるつみおもかるへし」

異同
「ことのね」―青「ことのねの秀」「ことのねの三」別「ことのねの別」

「すゝめけん」―青「すゝめりけん秀」河「すゝめりけん河」別「すゝめりけん陽」「めりけん国」

「かとく〳〵しさも」―青「かとく〳〵しくさも秀」

「つみ」―青「つみに池」

「おもかるべし」―河「けにをもかるへし河」別「けにおもかるへし別」

（この異同の多さは、この部分の解釈が特定されにくかったことの反映であろう。）

第三章　夕顔巻（帚木三帖の一帖として）における光源氏の体験

内容

この小論は、帚木・空蝉・夕顔三帖を一括りのものとして、桐壺巻に直続し、若紫巻に先行する三帖と位置付け、源氏物語の、若い主人公光源氏の、臣下の世界における体験を確かめようとする作業の一環[注1]であり、光源氏を軸に検討考察するものである。

先取りして言えば、帚木三帖において、源氏物語が男主人公に求めているものとは、読者の期待・常識に反して、男の性的欲望の抑制・ストイック性の強化という、若い貴公子である光源氏にとって屈辱的で残酷な要求である。これは同時に、女性サイドからすれば、（朱雀院の女三宮の不幸のように）女性を不幸せにしないために必要不可欠な条件である。そこに、読者の好みを超越した、この物語の独自性を認めなければならない。男性に対するこの要求は、後出の蛍巻の物語論にも重出する。

一　光源氏の本性

［1］（夕顔巻の冒頭）夕顔巻の冒頭は、

六条わたりの御忍《しの》び歩《あり》きのころ、内裏《うち》よりまかでたまふ中宿《なかやどり》に、大弐《だいに》の乳母《めのと》のいたくわづらひて尼《あま》になりにけるとぶらはむとて、五条なる家たづねておはしたり。（一三五）

（**大意**）光源氏が六条辺まで、お出かけなさっていらした頃、内裏を退出し、六条にいらっしゃる途中の休憩所替わりに、大弐の乳母が重病にかかって尼になったと聞かれ、乳母を見舞おうと、五条にある乳母の家をご自分で探しだして、立ち寄られた。

と、新しい情報――六条わたりの忍び歩きと、光の乳母の家、ひいては乳母子惟光の登場――から始まる。先行の巻の継承を強調する帚木巻・空蝉巻に対して、新しさが優先され、単調が回避されている。場所は下京の五条・六条である。

重病の乳母を、子の惟光には報せず、五条の家を探して見舞う光の心が、結果的に、夕顔の花咲く隣の小家に隠れ住む女（夕顔）との出会いとなる。

随身が光に求められて手折った夕顔の花を、隣家はこれに花を置いて…と扇を差し出した。その扇は、「もて馴《な》らしたる移《うつ》り香《が》（使イ馴ラシタ持チ主（女性）ノ移リ香ニ）いとしみ深うなつかしくて（深ク染メラレテイテ、人ヲヒキツケルモノガアリ）、「心あてにそれかとぞ見る白露の光そへたる夕顔の花」と書かれていた。光は「そこはかとなく書きまぎらはしたるもあてはかに（品モマアマアデアリ）ゆゑづきたれば（一流ノ教養ニ近イレベルノ高サガアルノデ）、いと思ひのほかにをかしうおぼえたま（一三九〜一四〇）」い、畳紙《たたうがみ》に返歌をしたため随身《ずいしん》にとどけさせた。

光に隣家の情報収集を依頼された惟光の垣間見の報告を受け、

かの下《しも》が下《しも》と人（頭中将）の思ひ捨てし住まひなれど、その中にも、思ひのほかに口惜しからぬを見つけたらばと、めづらしく思ほすなりけり。（一四四）

（大意） 過日の雨夜の品定で、下品下生と頭中将が意識から切り捨てた粗末な住居だけれど、その中に以外にも期待以上の女性を見付けたらばと、意外性に興味を感じておいでるので実はあった。

と、光の意識には、雨夜の品定における頭中将の中品への興味と、左馬頭の〈めづらしさ論〉が蘇っており、興味は「下品下生」の住まいに隠れ住む意外な女性に向いている。

続いて、物語は、空蟬の夫伊予介の上京を語り、光に「左馬頭の諌め」を思い出させ（段落［六］）、帚木巻・空蟬巻との繋がりを緊密にする一方、この巻で新登場した「六条わたり」の語りを挿入させ（段落［七］）、再び夕顔に戻り、以下話題を光の夕顔との交渉に絞る。ちなみに、六条邸は「上品上生」の邸である。六条邸の人々（六条を除く）に慕われながら、「下品下生」の住まいに身を隠し住む女性に強く惹かれる光の心が強調されている。

【一2】（結果としてのストイック性の強要）夕顔に対する光の意識は、雨夜の品定での頭中将の「しれもの」ではないかとの疑問と、夕顔の歌に始まったその人の魅力とが絡み合っている。惟光から、隣家の前を頭中将が車で通り過ぎた時、隣家の童が頭中将の随身・その小舎人童《こどねりわらは》の名をはっきり言ったと知らされた光は、「もし（ヒョットシテ）かのあはれにわすれざりし人にや（頭中将ガアノ時、可愛ソウデ今デモ忘レズニイルト言ッタ女性デハ（一五〇）」と自信を強め、惟光の手引きで、忍びの通いを始めた。以後の光の気持ちの変化は、

…今朝《けさ》のほど昼間の隔てもおぼつかなく（一五二）

（大意）朝わかれたばかりなのに、昼間一緒にいない間どうしているか気掛かりで

人目を思して隔ておきたまふ夜な夜なども、いと忍びがたく苦しきまで思ほえたまへば、なほ誰《たれ》となくて二条院に迎へてん、…いとかく人にしむことはなきを…（一五四）

（大意）人目を憚って会わないでいる夜毎、堪え難く苦しく思いなさるので、やはり、名を明かさず、二条院へ迎えてしまおお、こんなにまで女性が心に染みついたのは初めてで

と、今まで体験したことがない程、燃えている。

なほかの頭中将の常夏疑《とこなつ》はしく、語りし心ざままづ思ひ出でられたまへど、忍ぶるやうこそはと、あながちにも問ひ出でたまはず。（一五五）

（大意）やはり、雨夜の品定での頭中将の体験談の常夏ではないかと疑われ、語った中将の心がまず思い出されなさるが。女が打ち明けないのは、秘めなければならない理由があるのだろうと、手前勝手にも尋ね出しはなさらない。

と、相互の名乗り合いは控えている。

人のけはひ、いとあさましくやはらかにおほどきて、もの深く重き方《かた》はおくれて、ひたぶるに若びたるもの

から世をまだ知らぬにもあらず、いとやむごとなきにはあるまじ、いづこにいとかうしもとまる心ぞとかへすがへす思す。（一五三）

（大意） 雰囲気は驚くほど柔らかで、おっとりしていて、育ちのよさが感じられ、深く掘り下げるとか、どっしりと構えるといった点はさほどなく、若さに浸り切っている感じでいながら、男女の仲を知らないでもなく、極端に高い身分ではあるまいが、この人のどこに自分の心が留まるのだろうか、光自身不思議な気がしておいでる。

光が知る女性、葵上・六条御息所、空蝉とも全く違う。光に対する反応が「やはらかにおほどきて」と、拒否はせず柔らかであるが、いい気にならず、適当に距離は置く。光は引き付けられて、会わずには居れない。光は「いざ、いと心やすき所にて、のどかに聞こえん（サア、本当ニ気兼ネノナイ所デ、誰ニモ邪魔サレズニオ話シマショウ）（一五四）」と、五条の家を出たがらない夕顔を、女房右近を供に、誘い出し、某の院に来たのであったが、「宵《よひ》過ぐるほど（宵ヲ過ギタコロ）、すこし寝入りたまへるに（一六四）」枕上に不思議な女が現れ、夕顔は絶命する。

対空蝉では、光が接近すると、空蝉は〈帚木〉のごとく姿を消し、あるいは小袿を残して〈空蝉〉となって光を拒否し通した。それに続くのが、光がこれこそと燃えていた最中での、女性（夕顔）の〈死〉という、取り返しのつかない深刻な体験である。結果的に言えば、空蝉相手にも、夕顔相手にも、光は性的欲求を満たすに至れない。世間にざらに無い体験を踏まえての、苦しいストイックを余儀なくされる。

【一3】（某院における急場での、光の対応と処置―ゴシップ化回避）「宵《よひ》過ぐるほど、すこし寝入りたまへるに（一六四）」光の枕上に〈をかしげなる女〉が座って、「この御かたはらの人（夕顔）をかき起こさむとす」と夢うつつに見て、光が体を起こすと同時に灯が消えた。暗がりの中、光は、「太刀《たち》を引き抜きて（護身ノ太刀ノ刀身ヲ鞘カラ抜イテ、ソノ抜キ身ノ太刀ヲ）うち置」き（ソノ場ニポント置キ）、魔除けとする。右近を起こし、「渡殿《わたどの》なる（ニイル）宿直人《とのゐびと》（ヲ）起こして、紙燭《しそく》さして参れと言へ」と命じる。光は沈着で冷静である。暗がりを恐れて右近は動かない。手を敲いて人を求めるがこだまがかえるのみ。暗がりの中で、「この女君いみじくわななきまどひて、いかさまにせむと思へり（夕顔ハ、ヒドク震エ、途方ニ暮レ、ドウシタライイノカ判ラナイ）。汗もしとどになりて、我《われ》かの気色《けしき》なり（冷汗ビッショリニナッテ、意識朦朧トナッテイル）。（一六四）」暗がりを恐がっていると思う光は、右近を女君に付き添わせて、部屋を出、人を起こし、灯を求めた。「この院の預りの子」の他には、光の従者の「上童《うへわらは》ひとり、例の随身《ずいじん》」がいるのみである。「随身も弦打《つるうち》して絶えず声《こわ》づくれと仰せよ」と屋敷の中の魔除けをさせる。預かりの子は滝口の武士であり、「（魔除ケノタメニ）弓弦《ゆづる》いとつきづきしくうち鳴らし」た。部屋には光の護身の抜き身の太刀が置いてある。外部では弦打を任務の一つとする男が弓弦を鳴らしている。光は打てる手を打っている。しかし、暗がりの中、部屋に帰ると、女君も、付き添わせてあった右近も、うつ臥している。「…まろあれば、さやうのものにはおどされじ（一六六）」といって、右近を引き起こし、女君を「かい探りたまふに（女君は）息《いき》もせず。」である。

預かりの子が「紙燭」を持ってきた。遠慮してなかなか入ってこないのを、遠慮は無用と命じて近くまで持ってこさせ、光が、灯に映される周囲を見ると、「ただこの（光ト夕顔トガ寝テイタ）枕上《まくらがみ》に夢に見えつる（サッキ光ガ夢ウツツニ見タノト同ジ）容貌《かたち》したる女、面影に見えて（灯リニ一瞬顔ガ写シ出サレテ）ふと（暗闇ニ）消え失せぬ。（一六七）」不思議な女は部屋の灯が消えていた間そのまま部屋に居たらしい。光源氏の護身の抜き身の太刀も、滝口の武士と随身との弦打も、この女には魔除けとしての効き目は無かったらしい。

光は

まづ、この人いかになりぬるぞと思ほす心騒ぎに、身の上も知られたまはず添ひ臥して、「やや」とおどろかしたまへど、ただ冷えに冷え入りて、息はとく絶えはてにけり。言はむ方なし。

（**大意**）何はさて置き、光は夕顔がどうなってしまったのか、気が気でなく、自分がどうなるのかも無頓着に、女君に添い臥して、「どうなさった」と起こそうとなさるけれども、女君の体は、すっかり冷たくなってしまっており、呼吸は止まってしまっていたのであった。

女君絶命と知った右近が声を上げて泣くのを、静かにと注意する。

預かりの子（滝口）を召して、「ここに、いとあやしう（全ク不思議ナコトニ）、物に襲《おそ》はれたる人のなやましげなるを（急ニ気分ノ悪クナッタ人ガイルノダ）、」と、事態を伏せて知らせ、惟光に急遽来るように言え、某阿闍梨《あざり》がいればそれもくるようにと命じ、「かの尼君などの聞かむに、おどろおどろしく言うな。（乳母ノ尼君ノ耳ニイレルナ）…」と注意する。若い光は事のゴシップ化を警戒している。打てる手を打った後、光はさすがに「おほかたのむくむくしさ（某院全体ノ不気味サハ）譬《たと》へん方《かた》なし。（一六八）」と、恐怖感に襲われる。聞こえるものは荒い風、松の響き、鳥の鳴き声のみで待つ人声はなく、部屋の中は灯が足りず、物陰はどこも暗く「物の足音ひしひしと踏みならしつつ背後《うしろ》より寄り来る心地す。（一六九）」やっと「鶏《とり》の声」がするが、惟光は来ない。光の心中を物語は次のごとく語る。

命をかけて、何の契《ちぎ》りにかかる目を見るらむ、わが心ながら、かかる筋におほけなくあるまじき心の報いに、かく来《き》し方行《かたゆ》く先《さき》の例《ためし》となりぬべきことはあるなめり、忍ぶとも世にあること隠れなくて、内裏《うち》に聞こしめさむをはじめて、人の思ひ言はんこと、よからぬ童《わらは》べの口ずさびになるべきなめり、ありありて、をこがましき名をとるべきかな、と思しめぐらす。（一六九〜一七〇）

（**大意**）自分の命まで危険に曝して、前世にどんな契りがあってこんな体験をしているのだろうか。自分の心に導かれたとはいえ、帝のお心を無視するというとんでもない料簡の報いとして、こんな過去にも将来にもない実例となるに決まっている醜態を演じてしまったのだ。どんなに秘密に撤しても、ゴシップになって、帝のお耳に入るのを始め、世間が何と思い、何と言うか、京童べの口ずさびにきっとなるだろう。滑稽にもほどのある汚名を取ることになるのか、とあれこれ考えなさる。

「かかる筋におほけなくあるまじき心」を「藤壺の宮への思慕をさす」と解釈されているが、[注2]夕顔を連れて某院に入った夕暮に、光が第一に気にしたのは、「内裏《うち》にいかに求めさせたまふらんを（八月十五夜ニ続ク宮中デノ管弦ノ宴ニ光ガ参加シナイノダカラ、今頃桐壺帝ガドンナニカ光ヲ探シテオイデダロウ、ソウニ決マッテイル）」と桐壺帝へのお勤めのサボリであり、ついで「六条わたりにもいかに思ひ乱れたまふらん、…（一六二）」と六条が気になっている。「おほけなくあるまじき心」とは、帝へのお仕えよりも夕顔の女との交際を優先していることをいうと見なければなるまい。光にとって父桐壺帝は絶対的存在であり、父帝の御心に従っていないことへの後悔である。夕顔を死なせてしまった今、まず恐れるのはゴシップが父帝のお耳に入ることである。それを恐れながら、父帝に護られてといるという意識が、この場の若い光を支えている。

やっと惟光が来る。「この人に息をのべたまひてぞ、悲しきことも思されける、とばかり、いといたくえもとどめず泣きたまふ。（一七〇）」「おのれもよよと泣き（一七一）」ながら惟光は、外聞を封じて、自分一人の責任で事後処理にあたり、光を護る。

【一4】（遺骸の手を取って別れを惜しむ）夕顔の突然の死は、死者に対し光が何をどうするか、光の決断と対応・行動の取捨選択、光の女性に対する人間性テストの本番を出現させた。

光が頼れるのは惟光のみである。惟光の采配で遺体を「東山《ひむがしやま》の辺《へん》に移」すとなり、

「明けはなるるほどの紛れに、御車寄す。この人をえ抱きたまふまじければ、上蓆《うはむしろ》に押しくくみて、惟光乗せたてまつる。いとささやかにて、疎《うと》ましげもなくらうたげなり。したたかにしもえせねば、髪はこぼれ出

でたるも、目くれまどひてあさましう悲しと思せば、なりはてんさまを見むと思せど（一七二）」

（**大意**）夜が明け、人の動きが多くなる頃に、御車を某の院に寄せた。こと切れたこのお方を光が抱くことはおできになれないので、上筵におしくるんで、惟光が車にお乗せする。本当に小さく、これという汚点もなく、見るからに手を差し伸べてあげたい感じである。強くもくるめないので、髪がこぼれ出る。光はくらくらとなって悲しさがこみあげ、最後の最後を見たいと思いなさるけれど

生命力の象徴である長い髪が、生きているかのように、光の目の前にこぼれ出る。付き添いたかったが、光は、惟光の指示に従って、人目につかないように馬で二条院へ帰る。遺体には右近が乗り添い、惟光は徒歩で付き添った。

日が暮れて、二条院に帰ってきた惟光に、「…浮かびたる心のすさびに（彼女ニ熱中シスギタアマリ）人をいたづらになしつる（死ナナクテモイイ人ヲ死ナセテシマッタ）かごと負ひぬべきが（責任ヲ負ワナケレバナラナイノガ）、いとからきなり（キックテ体ガ痛クナルヨウナ気ガスル）。（一七六）」と、事の全部を自分の責任とする光は後悔と苦しさをぶつけ、「…いま一《ひと》たびかの亡骸《なきがら》を見ざらむがいといぶせかるべきを、馬《むま》にてものせん（一七七）」と言い、「なほ悲しさのやる方《かた》なく、ただ今の骸《から》を見では（今遺体ヲ見ナケレバ）、またいつの世にかありし容貌《かたち》をも見む（二度ト再ビアノ方ノオ顔ヲ見レヨウカ）と思し念じて、例の大夫《たいふ》、随身《ずいじん》を具《ぐ》して出でたまふ。（一七八）」

入《い》りたまへれば、灯《ひ》とり背けて、右近は屏風《びやうぶ》隔てて臥《ふ》したり。（夕顔が）いかにわびしからんと見たまふ。恐ろしきけもおぼえず、いとらうたげなるさまして、まだいささか変りたるところなし。手をとらへて、「我にいま一《ひと》たび声をだに聞かせたまへ。いかなる昔の契《ちぎ》りにかありけん、しばしのほどに心を尽くしてあはれに思ほえしを、うち棄《す》ててまどはしたまふがいみじきこと」と、声も惜しまず泣きたまふこと限りなし。（一七九）

（大意）遺体の安置されている所に入りなさると、灯を遺骸に背けてともし、右近は屛風を隔てて臥している。夕顔が一人きりでどんなに困っているかと光は思いなさる。恐ろしい感じはせず、本当に愛らしいお顔で、まだほんの少しも変わったところはない。光は遺体の手を捕って、「私に今一度声だけでも聞かせてください。どんな過去の契りであったのか。短い期間だったが心の底からいとしいと思えた。その私を捨てて途方にくれさせなさるとは」と、声をあげて泣きなさった。

光は、遺骸の手を取り、死者に直接語りかけ、声をあげて泣く。死の忌みなど考えるゆとりもない。

ありしながらうち臥《ふ》したりつるさま、うちかはしたまへりしが、わが御紅《くれなゐ》の御衣《ぞ》の着られたりつるなど、いかなりけん契《ちぎ》りにかと（帰りの）道すがら思さる。（一八〇）」

（大意）生きていた時のままごろりと横になっている様子、着ていた着物を互いに取り替えて掛けて寝なさったのだが、光の紅の御衣が遺体に着られているなど、どういう前世からの縁なのだろうかと、光は帰りの道中ずっと思っておいでる。

憔悴しきった光は加茂川のほとりで馬から落ち、惟光が清水の観音を念じ、「君も…心の中《うち》に仏を念じ」て、やっと二条院に帰り付く。

光はそのまま寝込んで二十日余り重態が続いた。九月二十日頃に至り全快した。

右近は二条院に引き取られた。右近相手に、故人の素性、頭中将との関係、五条に身を隠す理由などを聞き出し、遺児を引き取る意志を右近に示し、光の求める女性像を、

女は、ただやはらかに、とりはづして人に欺《あざむ》かれぬべきがさすがにものづつみし、見ん人の心には従はんなむあはれにて、わが心のままにとり直して見んに、なつかしくおぼゆべき（一八八）

（大意）女性は、ただやわらかで、どうかすれば人に騙されかねないのだが、さすがに自分を表に出さず、

夫の心に従おうとするのがいい。男が理想通りに育て、欠点を直して夫婦となったら、いつでも一緒に居
たいと思うだろう。

と語る。（夕顔を偲んで語るこの理想の女性像は、左馬頭の女性論を踏まえたものであり、殆どそのまま若紫巻に引き継がれる。）

時が経過し、四十九日には、光は、人目を避けて、比叡の法華堂で丁寧に供養をした。阿弥陀仏に救いを祈る願文は光自身が草案を書いた。しかし、法事の翌日の夜、光の夢に現れた夕顔は、

かのありし院ながら（アノ時ノ某院ソノママデ）、添ひたりし女のさまも（夕顔ニ寄リ添ッタ女ノ様子モ、アノ時、某院デ見タノト）同じやうにて見えければ、（一九四）

であった。往生どころではない。

【一5】（空蝉・軒端荻とのその後―自信過剰な奢り）空蝉は、光の夕顔との交渉を知るはずもないが、「かくわづらひたまふを聞きて、さすがにうち泣きけり。（一八九）」と、自責の念に駆られて、

うけたまはりなやむを、言《こと》に出でてはえこそ、

問はぬをもなどかと問はでほどふるにいかばかりかは思ひ乱るる

益田《ますだ》はまことになむ（「我ぞ益田の生けるかひなき」ト拾遺集ニイウノハ真実デシテ）（一八九～一九〇）

と見舞いの歌をおくる。光は「めづらしきに、これもあはれ忘れたまはず、

生けるかひなきや、誰《た》が言はましごとにか（生キテイル甲斐ガナイトハ、誰ガ云イタイ言葉デショウカ―貴方ヨリ私ノ方ガ）、

うつせみの世はうきものと知りにしをまた言《こと》の葉《は》にかかる命よ

はかなしや」と、御手《て》もうちわななかるるに、乱れ書きたまへる（一九〇）

それを空蝉は「いとどうつくしげなり」と子供扱いし、「なほかのもぬけを忘れたまはぬを、いとほしうもをかしうもおもひけり。」といい気なものである。亡き夕顔を恋い慕う光の本音など思いも寄らない。光を見事に突放し続けてきた空蝉の、自信過剰故の敗北・甘さを物語は突いている。

一方、軒端荻を思い出した光は、夫の蔵人少将を意識し、彼女を犯したのが光と彼に判らせたい気になり、小君を介して軒端荻に歌をおくる。文は少将の不在中に女の手に渡った。彼女の返歌を初めて手にし、字の下手さ品の無さを知るが、垣間見に続いた彼女の豊かな肉体の記憶をよみがえらせ、「憎からず」となる光である。物語は、少将の目に止まるように意識して文を「高やかなる荻につけて（一九一）」「少将も見つけて、我なりけり（相手ノ男ハ光ダッタノダ）と思ひあはせば、さりとも罪ゆるしてんと、思ふ（光の）御心おごりぞあいなかりける。」と、光に潜む、身分に自信のある男の特権意識を、あばかずにはおかない。

伊予介《いよのすけ》、神無月の朔日《ついたち》ごろに（北の方を伴って）下る。…手向《たむ》け（餞別）心ことにせさせたまふ。…かの小袿《こうちぎ》も遣《つか》はす。（空蝉返歌）…今日《けふ》ぞ、冬立つ日なりけるもしるく、うちしぐれて…

過ぎにしもけふ別るるも二道《ふたみち》に行く方《かた》知らぬ秋の暮れかな

なほかく人知れぬことは苦しかりけりと思し知りぬらむかし。（一九五）

夕顔は死に、空蝉は京を離れ、光は独りとり残されて、秋が暮れる。満たされない、忍びの恋の苦しさを光は独りかみしめる。

夕顔巻が、前二巻から続く空蝉の語りを含め、結文を残して、ここで閉じられる。

二　前後の巻との繋がり

帚木巻は帚木巻だけで完結しているのではない。帚木巻・空蝉巻・夕顔巻の三帖で大きく括られており、軸をなすのは、若い〈ただ人〉光の忍びの恋の語りである。以上の検討考察の範囲で、筆者に明らかにされたのは、当該三帖が桐壺巻と若紫巻とを繋ぐ巻々として凝りに凝った三帖であることである。光にストイックを余儀なくして苦しめる語りは、率直に言えばえげつなさを如何ともしがたいが、後に光が、新手枕における紫の自我の主張を受け入れるための、必要不可欠の下地固めとなっている。内容本位に見れば、桐壺巻執筆後、当該三帖がこの順序で執筆され、若紫巻に続いたと見るのが自然である。
武田説は、帚木三帖を専ら女性登場人物を軸に読み、男性主人公の体験の重要性は無視する立場に成立した論[注3]である。

三　夕顔巻の巻末の結文

夕顔巻の巻末には、次の結文がある。

かやうのくだくだしきことは、あながちに隠ろへ忍びたまひしもいとほしくてみなもらしとどめたるを、など帝《みかど》の皇子《みこ》ならんからに、見ん人さへかたほならずものほめがちなると、作り事めきてとりなす人ものしたまひければなん。あまりもの言ひさがなき罪避《さ》りどころなく。（一九五〜一九六）

（**大意**）このようなごたごたしたことは、光君が、御自分のために必死で、上手に隠れ人目につかないように、しておいでたのを、知っていますので、お気の毒で全部口外しなかったのですが、帝の御子様だからといって、見てわかっている人さえもが、何故欠点が無いかのように誉める一方なのですかと、デホルメであるかのように邪推する方がいらっしゃいましたのでしてね。余りにも口さがないお喋りの責任は逃げ場がなくて。

小学館　新編日本古典文学全集『源氏物語1』の帚木巻頭の頭注に、

巻頭から次ページ「うちまじりける」まで語り手の前口上。後の夕顔巻末の結びの言葉と照応し、帚木・空蝉・夕顔三帖が、光源氏伝拾遺としてまとまっていることを示す。…（五三）

とあり、夕顔巻巻末の頭注一七に、

以下の語り手の結文は、帚木巻頭の序に照応。帚木・空蝉・夕顔の三帖で、一まとまりの中の品の女の物語を成していることを明示する。（一九五〜一九六）

とある。

筆者は、帚木冒頭の第一段を

a　光る源氏、名のみことごとしう、言《い》ひ消《け》たれたまふ咎《とが》多かなるに、いとど、かかるすき事どもを末の世にも聞きつたへて、軽《かろ》びたる名をや流さむと、忍びたまひける隠《かく》ろへごとをさへ語りつたへけん人のもの言ひさがなさよ。

b　さるは（実は）、いといたく世を憚《はば》りまめだちたまひけるほど、なよびかにをかしきことはなくて、交野《かたの》の少将《せうしやう》には、笑はれたまひけむかし。

に区別し、aは女房社会を中心として独り歩きをする無責任なゴシップであり、具体例に、紀伊守邸での女房達の話にのぼった「式部卿宮《しきぶきやうのみや》の姫君に朝顔奉りたまひし歌などを、すこし頬《ほほ》ゆがめて語る（帚木九五）」があるが、より多くの人々の興味共感を惹き、通俗的な〈色男光源氏の恋愛〉に流れるのに対し、bは光源氏の実であり、「なよびかにをかしきことはなくて、交野《かたの》の少将《せうしやう》には、笑はれたまひけむかし」という内実であって、abは虚実対立する語りであると解釈する。これは同時に、源氏物語の語りにはabが共存しており、読者次第でab多様な読みが可能となる可能性を示唆する。

夕顔巻末の結文を素直に読めば、光の空蝉・夕顔との交渉の語りは、語り手が自分の責任で始めて語ったことを明示した文であり、a系の語りではない。
として問題は、語りの責任を明示するのが、なぜ空蝉物語・夕顔物語の語り手に限定されなければならないのかとなる。最も単純にいえば、中の品である空蝉相手の光の描かれ方、特に小君との関わりにまで及ぶ部分は、若い貴公子に対する遠慮会釈のなさもひど過ぎる。新手枕における紫の要求に対応するための伏線・試練とするにしても、どぎつ過ぎると感じるのが大方の読者であろう。当該の結文は、それに対する語り手の開き直りと、取りたくもなる。しかし、物語は、そんな甘えは受け付けるはずもあるまい。

更に、結文とか前口上とかを求めると、竹河巻の冒頭には前口上として、

これは、源氏の御族《ぞう》にも離れたまへりし後大殿《のちのおほとの》わたりにありける悪御達《わるごたち》の落ちとまり残れるが問はず語りしおきたるは、紫のゆかりにも似ざめれど、かの女《をんな》どもの言ひけるは、「源氏の御末々《すゑずゑ》にひが事《こと》どものまじりて聞こゆるは、我よりも年の数つもりほけたる人のひが言《こと》にや」などあやしがりける、いづれかはまことならむ。（竹河五九）

（**大意**）これは、源氏の御一族にも離れなさった後大殿わたり（髭黒太政大臣家）に居たという老女房達で、生き残っていた者が〈問はず語り〉つまり自分から勝手に語ったこととして言うには、紫上の御縁の方とも思えませんけれど、あちらの女房どもが言うのには、「源氏の御末々についてのお話を聞いて、間違ったことがいくつかまじっていますが、それは、私よりもっと年をとってぼけている方のひが言（間違ったお喋り）ではないかしら」などとあやしがっていました。どちらが本当なのでしょうか。

がある。夕顔巻の結文もそうであるが、これも、玉鬘関係の物語の語り手による語りの責任の明記である。

夕顔巻末で、空蝉は京を離れる。夕顔は死に、忘れ形見は行方不明である。光源氏により、二条東院に引き取られる以前の空蝉・六条院に迎えられる以前の夕顔の忘れ形見、つまり、伊予・常陸から、或いは筑紫から、京

に戻り、光源氏の保護下に入る以前の空蝉・夕顔の忘れ形見の語りは、在京の女房、特に紫上付きの女房には語れまい。結文の目的が語りの内容の信憑性に語り手が責任を持つことの明示にあるとすれば、夕顔巻の結文は、空蝉物語も夕顔物語も夕顔巻で終わるのではない、この先の語りにも責任を持つという意思表示の役割を担っており、竹河巻冒頭の前口上と呼応すると見なければならない（巻末〔補説2〕その一①）。

大体、帚木巻で語られた雨夜の品定の体験談における頭中将の〈痴者〉の語りの結末が、夕顔の巻の当該の語りである。その意味で、帚木巻から夕顔巻の終わりまでが、大きく一括りの語りをなしている。しかし、夕顔の話は、それだけでは終わらない。光について言えば、夕顔の死に責任を負うのを代償として、頭中将の娘である夕顔の遺児（玉鬘）を、右近を介して六条院へ迎え、臣下の理想の姫君として養育できる道がおのずと開けてくる。一方、光の〈下品下生〉の住まいへの関心は、皇統の血筋のそれである末摘花物語に繋がっていく。更に、夕顔を死に至らしめた犯人については、実は、玉鬘巻（九〇）の乳母の意識が解明の鍵を握っている可能性がある。

一つの巻の中でこと終われりとせず、先に先にと繋がりを延ばし広げるのが、源氏物語における、長編物語を語る上での手法である。帚木巻を語る時点で夕顔巻が、夕顔巻を語る時点で玉鬘巻が、さらに玉鬘関連巻々の大枠・若菜上巻の賀の祝・竹河巻冒頭の前口上（語り手の責任の明示）が、プロットのアウトラインとして成立していた可能性は考慮されなければならない。

種明かしに限っても、種を先の先に伏せておくという書き方・手法は、いわゆる紫上系の語りでも同様である。夕顔物語を玉鬘物語に繋げているのが、

（乳母の）夢などに、いとたまさかに（夕顔が）見えたまふ時などもあり。同じさまなる女など添ひたまうて見えたまへば…（玉鬘九〇）

の夕顔に寄り添う「同じさまなる女」である。そこに至って、夕顔に添う女の正体は改めて追究されなければならない。

ちなみに古注における夕顔巻末の結文についての諸説（湖月抄による）は、帚木三帖の範囲内だけしか念頭に置かれていない。

付　夕顔に添う女の正体―玉鬘巻における乳母の夢との繋がり

【付1】（問題の所在）夕顔は某の院で、宵が過ぎた頃、枕上に現われた「いとをかしげなる女」により、殺された。

夕顔の死と、夕顔を殺した女の正体を、光は、「荒れたりし所に棲《す》みけんものの（荒廃シタ某院ニ棲ミ付イタラシイ鬼ガ）我に見入れけんたよりに（私ヲ見テ引付ケラレタソノ結果）、かくなりぬる（夕顔一九四）」と見た。その根拠は、女が某院で、「おのがいとめでたしと見たてまつるをば（私ガ本当ニスバラシイオ方ト見申シ上ゲテイルノニ）尋ね思ほさで（私ヲ尋ネヨウトモ思イナサラズ）、かくことなることなき人を率《ゐ》ておはして（コンナ是レトイウコトモナイ方ヲツレテココニイラシテ）時めかしたまふこそ（可愛ガリナサルナンテ）、いとめざましくつらけれ（全クトンデモナイヒドイオ仕打チデ…）（一六四）（不思議な女の言うこの言葉を、湖月抄は細流抄を引き「【細】御息所の念なるべし」とする。筆者には六条が、当該の言葉を云うとは思えない。下品にすぎる。）」と言ったことに、重ねて、「（四十九日の）法事したまひてまたの夜《よ》、ほのかに、かのありし院ながら、添ひたりし女のさまも（某院で見たのと）同じやうに（夢に）見えければ（一九四）」である。光は加害者の顔を覚えており、夢にあらわれたのも同一と認識できているが、既知の人ではない（六条とは認識していない）。加えて、某院に入って、「け疎くもなりにける（コウハ思ワナカッタガ薄気味悪イ雰囲気ニナッテシマッテイル）所かな。さりとも、鬼なども我をば見ゆるしてん（鬼ナドモ私ガ使ウノハ見テモ危害ナド加エナイニ違イナイ（一六一）」と光自身が鬼を呼び出していたという自覚もあつたであろう。光のこの判断に従うのが、現在の大方の見解である。

これに、反証を呈するのが、筑紫に下って後、夕顔の乳母が見た夢である。

（乳母の）夢などに、（夕顔が）いとたまさかに見えたまふ時などもあり。同じさまなる女など添ひたまうて見えたまへば、なごり心地あしく、なやみなどしければ、なほ（夕顔が）世に亡くなりたまひにけるなめり、と思ひなるもいみじくのみなむ。（玉鬘九〇～九一）

（**大意**）乳母の夢などに夕顔が極稀に見えなさる時などもある。乳母があの時見たのと同一の女などが姫様（夕顔）に寄り添いなさって夢に現れなさったので、その夢が尾を引いて乳母は気分が悪くなり、病人のようになったので、やはり姫様（夕顔）は、この世から、亡くなってしまわれたのだ、あの夢では、と思うようになるにつけても、唯々大変なことでして。

本文に「同じさまなる女など添ひ…」がある。玉鬘巻の当該の本文の従来の解釈であるが、小学館新編日本古典文学全集『源氏物語3』上掲本文頭注一四は、本文の「同じさまなる女」を、「夕顔が某院で死んだとき、枕上に立った美貌の女。少弐の娘たちは、怪しい女が源氏の夢枕などに立った女とは知るはずがない。この一文は、語り手の言葉。…」とする。夕顔殺害者を「荒れたりし所に棲みけんもの」即ち魔性の存在と見る限り、某院の現場に居なかった乳母達が知るはずがないとなる。

しかし、そう見て済ますのでは、玉鬘巻の本文の理解を放棄することにしかならない。光の解釈は光にだけ通じるものである。「同じさまなる女」の正体が改めて問われなければならない。

この夢を見たのが、乳母だと物語は特定してはいないが、筑紫へ下った大弐一行の中で夕顔に対して最も近く、責任を担うべきが乳母であるのは動くまい。「同じさまなる女など添ひたまうて」夕顔が夢に現われると、乳母は、夕顔が死んだと信じる。これは、当該の女が、夕顔を死に至らしめる存在だと乳母が信じていることを示唆する。この本文の「同じさまなる女」とは、乳母の記憶に当該の「女」があざやかに焼き付けられていて、消えもかすみもしていないことをいう。光が某院で見た以前に、夕顔の乳母と恐らく夕顔自身とは、別の場所で「同じさまなる女」と出会っていた可能性が大きい。「同じさまなる女」とは、魔性の存在ではありえまい。某院で、魔除け―光の抜き身の護身の太刀・随身と滝口の武士による弓の弦打ち―が当該の女には効力をもたなかった（前述［一3］）。生身の女であり、光と出会う以前に、乳母の前で夕顔が殺されそうになった事件が実在した蓋然性が高い。

玉鬘巻のこの本文は、夕顔を殺した女の正体に接近する手がかりもしくは種明かしとして、蔑ろにされてはならない。

［付2］（夕顔の物怖ぢ）五条の隠れ家にいる限り夕顔は、特に物怖ぢはしなかったが、光が隠れ家から外へ誘うと、躊躇し、心細そうな感じになり、恐怖感が強まっていく。本文で確認したい。

光が夕顔を某院に連れ出す際に、夕顔は五条の隠れ家を出るのを警戒していた。

「いざ、いと心やすき所にて、のどかに聞こえん」など語らひたまへば、「なほあやしう。かくのたまへど、世づかぬ御もてなしなれば（名乗ッテイナイノデ）、もの恐ろしくこそあれ（モノニ襲ワレソウナ気ガシテ）（一五四）」

「いざ、ただこのわたり近き所に、心やすくて明かさむ。かくてのみはいと苦しかりけり」とのたまへば、「いかでか（余所へ行クナンテトンデモナイ）。にはかならん（突然デ）」といとおいらかに言ひてゐたり（立チ上ガラズ、座ッテイル）。（一五七）

（光の歌―優婆塞《うばそく》が行ふ道をしるべにて来む世《こよ》も深き契《ちぎ》りたがふな―に対し夕顔は）

前《さき》の世《よ》の契り知らるる身のうさに行《ゆ》く末《すゑ》かねて頼みがたさよ（今現在ノ我ガ身ガドウナルカ不安ナノニ、将来ノ頼ミナド）（一五九）

いさよふ月にゆくりなくあくがれんことを（五条ノ隠レ家ヲ出ルノヲ）、女は思ひやすらひ（種々考エテコノ家ヲ出タクナイト思イ）、（一五九）

（某院に着き、門外で待つ間、「簾をさへ上げ」て、光が歌を詠みかける。）女恥ぢらひて、「山の端《は》の心もしらでゆく月はうはのそらにて影や絶えなむ（私ハ消エテ無クナリソウ）心細く」とて、（門外デ車ノ簾ヲアゲテイルノヲ）、もの恐ろしう（魔ワレソウデ）すごげに（鳥肌ガ立チソウナ）思ひたれば（表情ヲシテイルノデ）（一五九～一六〇）

たとしへなく静かなる夕《ゆふべ》の空をながめたまひて、奥の方《かた》は暗うものむつかしと（暗ク何ガ隠レテイルカワカラナイ）と、女は思ひたれば、端《はし》の簾《すだれ》を上げて添ひ臥《ふ》したまへり。…つと御かたはらに添ひ暮らして（日ガ暮レルマデ、光ニピッタリ寄リ添ッテ）、物をいと恐ろしと思ひたる（襲ワレル予感ガシテイル）さま若う心苦し。格子《かうし》はとく下ろしたまひて、大殿油《おほとなぶら》まゐらせて（一六二）

夕顔は、奥の暗がりを「ものむつかし」つまり、暗がりに自分を狙う者が潜んでいそうな予感がしているらしい。光から離れず「物をいと恐ろし」と思っている。オソロシは襲われそうな恐怖感をいう。普通の女性と違う、夕顔のこの恐怖感の正体が問題である。

［付3］（夕顔の体験─せむ方なく思し怖ぢ）

（a夕顔付きの女房右近の話）夕顔死後、右近は光に夕顔の素性を語る。

…親たちははや亡《う》せたまひにき。三位中将《さむゐのちゆうじやう》となん聞こえし。…はかなきもののたよりにて、頭中将なん、まだ少将にものしたまひし時見そめたてまつらせたまひて、三年《みとせ》ばかりは心ざしあるさまに通ひたまひしを、去年《こぞ》の秋ごろ、かの右の大殿よりいと恐ろしきことの聞こえ参《まこ》で来しに、もの怖《お》ぢをわりなくしたまひし御心に、せん方《かた》なく思し怖《お》ぢて、西の京に御乳母《めのと》住みはべる所になん這《は》ひ隠れたまへりし。それもいと見苦しきに住みわびたまひて、山里に移ろひなんと思したりしを、今年《ことし》よりは塞《ふた》がりける方《かた》にはべりければ、違《たが》ふとて、あやしき所にものしたまひしを（光が見付けた）…（一八五〜一八六）

（**大意**）（夕顔の）ご両親はすでに亡くなられておいででした。三位中将と承っておりました。…あてにもならない者の案内で、頭中将が、まだ少将でいらした時、女君となられ、三年ばかりは大事に思っておいでのご様子で通いなさいました（確かなことです）。去年の秋ごろ、あの（正妻四の君の御実家の）右大臣家より、恐ろしいことが故三位中将邸に来て伝えられたのでして、ものごとにおどおどなさる御性分でしたので、どうしようもなくなられて、西の京にある御乳母の住む家に、誰にも見付からないように隠れていらっしゃいました。そこでも精根尽き果てなさって、山里に引っ越してしまいたいと思っておいでしたが、今年は方角が悪く、方違えの為、お住まいとも言えない所でなにしていらっしゃいましたのを（光が見付けた）…

夕顔が、頭中将との中に生まれた姫君と共に、故父三位中将の邸で暮らして当然であるのに、それができなくなった動機は、正妻四の君の実家（右大臣家）筋から、故三位中将邸に入った脅迫「恐ろしきことの聞こえ参で来し」だという。脅迫の結果、故人とはいえ実の親の家に住み続けることが不可能となって、乳母の家に「這ひ隠れ」なければならないだけでなく、夕顔を「せん方なく思し怖ぢ」させたというのは、よほどのことである。（**b雨夜の品定での頭中将の打ち明け**）右近の打ち明け（a）に対応するのは、頭中将の、雨夜の品定の体験談（内気な女）の次の部分である。

…久しくまからざりしころ、この見たまふるわたり（正妻、即ち右大臣の四の君）より、情《なさけ》なく（男女ノ仲トイウモノヲ全ク理解シナイ）うたてある（度ノ過ギタ）ことをなむさるたより（然ルベク頼リニナル人）ありてかすめ言はせたり（ソノ人カラ夕顔ニ直接宣告サセタノデ）ける（実ハアッタ）、後《のち》にこそ聞きはべりしか（頭中将ハ事後承託サセラレタ）。（帚木八一～八二）

（c夕顔の体験）脅迫の中枢をなすのは、bの「さるたよりありてかすめ言はせたりける」の中身である。文書など言葉で脅すのではあるまい。某院での現場の状況から推測すれば、それに類する実力行使的な脅し、夕顔を生かしておけない、見付け次第命を奪うと、故三位中将の邸に乗り込み、現実に夕顔に襲いかかって脅す、そういう事件があったのではないか。その場に居合わせ、事件を目撃し、夕顔を救ったのは、夕顔の乳母であったと見る。その時の脅迫者は女だった。夕顔も乳母もその女が記憶に焼き付いて当然である。以後、夕顔は行方不明に撤し、「かの右の大殿」筋の追跡をかわさなければならなかった。乳母は後に筑紫へ下り、問題の夕顔の夢を見た。

夕顔を実力行使で脅した女を、誰と断定はできないが、右大臣家筋のそれなりの女性であったのは動くまい。加害者が誰にせよ、体で感じたその脅迫の恐ろしさが、夕顔を「もの怖ぢをわりなくしたまひし御心に、せん方なく思し怖ぢて」という心理状態に追いやるのは当然に過ぎることである。

思うに、某院で、光の「御枕上」に座った「いとをかしげなる女」とは、夕顔の命を狙えとの、右大臣側のさる筋からの依頼もしくは命令によって動いた、「さるたより（頼レル人、どぎつい言い方をすれば殺シ屋）」ではなかったか。世はまさに末世である。

［付4］（**夕顔死後なお夕顔に添う女**）夕顔に「添う」「同じさまなる女」は、夕顔死後、光・乳母それぞれの夢に、なお夕顔に寄り添って現われた。これは、死者夕顔が自分の殺害者を離さないことを意味する。

「同じさまなる女」に対する光の意識であるが、女は光に、廃院に住む物の怪と信じさせ、自分の正体を隠すのに成功した。相当の腕の持ち主である。光は「太刀を引き抜きてうち置（一六四）」いたのも、随身に弦打ちさせたのも忘れているかのようであるが、ことの全責任が自分にあると決めているだけに、女の言葉を全面的に信用し、「荒れたりし所に棲みけんものの我に見入れけんたより」と結論付けて終わっている。光の育ちのよさが、夕顔の置かれた劣悪非道な現実を光に想像させもしない。

某院に連れ出された夕顔は、光を信頼しているのだから、身の危険の予感を打ち明ければ、最悪の事態は回避できたかもしれないが、「世の人に似ずものづつみをしたまひて、人にもの思ふ気色を見えんを恥づかしきものにしたまひて、つれなくのみもてなして…（一八六）」という人柄が、それをさせないで終わった。

一方、事件の翌年か、夫に従って筑紫へ下った夕顔の乳母は、

（夕顔が）夢などに、いとたまさかに見えたまふ時などもあり。同じさまなる女など添ひたまうて見えたまへば、なごり心地あしく、なやみなどしければ、なほ世に亡《な》くなりたまひにけるなめり、と思ひなるもいみじくのみなむ。（玉鬘九〇〜九一）

と夕顔の死を信じる。「同じさまなる女など添ひたまうて」とは、前述したが、故三位中将邸で、夕顔が問題の女から脅迫された時、乳母が現場に同席し、脅迫をまざまざと見たと採れば辻褄が合う。乳母の意識では「同じさまなる女など（夕顔に）添ひたまうて」夢に現われれば、即ち夕顔の死の報せとされている。今一つ、乳母の語りには「女など添ひたまうて」と「など」と敬語「たまう」とがある。「など」の中身が何か。夕顔四十九日の翌日、光の夢に夕顔が現われたということは、当時の常識としては、夕顔が往生できず、死後なお光を求めていることを意味する。夕顔が死後なお救いを求めて離さない人を伴って乳母の夢に現われたとすれば、「など」の中身は男君（光）であり、乳母はそれなりの身分の方と見て「たまうて」としたのではないか。

光に戻れば、四十九日の法要の翌日夢に現われた夕顔を救う、即ち夕顔の鎮魂への道は、遺児玉鬘を光が保護

し幸せにする以外にない。玉鬘巻以降への展開が必須となる。

光の夕顔殺害者の解釈は光流のそれであるのに対し、乳母の夢の解釈こそが夕顔の現実を語るものであり、玉鬘巻の上掲本文こそが夕顔殺害者の種証しであると見なければならない。

【付5】（夕顔の生き方―刹那を生きる女） 源氏物語成立の歴史的背景は、一〇五二年の末世突入と切り離せない。半世紀足らずの内に、太陽も月も地に落ち、世は闇になると信じられていた。（一〇五二年以降の生存者は、「それ世は末世に及ぶといへども日月は地に落ちたまはず」とうそぶけたが、それに至る寸前に生きた人間の意識・感覚・感情は、想像を絶する。）そういう、歴史上一回性の、極めて特殊な状況下で、末世接近の現実に真剣に取り組んだ一人の女性の精神の所産が源氏物語である。

規範とすべきムカシなど求めようにも求めることはできない。「いづれの御時にか」としか語りだせない危機感・絶望の中で、ニヒルに撤して、源氏物語は、陰惨そのものの現実世界を冷徹に凝視する。男性と違い女性には往生できる保障もない。男性に勝る漢学の学力を自認する彼女は、それだけに、男性に対して厳しく、為政者の愚劣ぶり、男のいい気な甘え、見にくさを容赦なく描きぬいた。人間の愚かさ・捨身の厳しさ・忍耐強さ・悲しさ、その中での人間のまことと美しさが冷徹に厳しく描かれる。

そういう末世の物語り世界の中で、刹那を大切に生きたのが夕顔である。三位中将の姫君に生まれ、両親の死後、頭中将に愛されて一女（頭中将の初の子）を儲けながら、女房恐怖症の男に捨てられ、正妻筋から、「生かしておけない、見付け次第、こうして殺す」と宣告並びに脅迫を受け、五条の下品下生の家に隠れていた夕顔は、相手を光と見当を付けて交際に応じながら、素性も、現状の非道さ・苦しさも、自分の一切を語らず、光に救いも求めず、ためらいながらも、光に従って出掛けた某院で、夕顔の命を狙っている女に見付けられ、宣告通りに一殺された。残酷な運命に逆らわず、一切を語らず、救いを求めもしない。全てを捨て、語らないことによって一瞬一瞬の自分の精神の高さを保ち、「いとあさましくやはらかにおほどきて（夕顔一五三）」という夕顔に、光は引き付けられた。運命にすべてを任せ、捨てきって、求めず、刹那に生きた夕顔の生き方は、これからというところで、見つかり絶命したが、それも含めて、末世に向う当該の時期に、無に撤しきった、その意味で最高の生き方として語られているのではなかろうか。（従来しばしば言われてきた〈遊女性〉という語は、夕顔に対しては、甘えとゆとりが濃厚に過ぎる嫌いがある。注4）

【注】

1 本書の第一章・第二章と一体をなす論である。

2 小学館　新編日本古典文学全集『源氏物語1』一六九頁頭注一八

3 望月郁子『源氏物語は読めているのか【続】紫上考』笠間書院二〇〇六年一月の第三章「新手枕での、光に対する紫の抵抗」北山僧都が幼い紫に、仏との「結縁《けちえん》」を授けたとすれば、以後紫はセックスは許されないとなる。

4 夕顔の遊女化を能「班女《はんじょ》」のキリに求める向きがある。
「折節黄昏《をりふしたそかれ》に　ほのぼの見れば　夕顔の　花を描きたる扇なり　この上はこれみつに　紙燭《しそく》召して　ありつる扇ご覧ぜよ互いに　それぞと知られ　しらゆきの　扇のつまの形見こそ　妹背の中の情なれ　妹背の中の情なれ（新潮社日本古典集成「謡曲集下」）」

この曲は、「班女《はんぢょ》が閨《ねや》の中の秋の扇の色　楚王《そわう》の台《だい》の上の夜《よる》の琴《きん》の声」（和漢朗詠集）の「班女」（漢の成帝の后を、放浪の身の遊女花子に冠した狂女物の秀作である。著名な漢詩・和歌を豊富に散りばめた曲で、源氏物語の夕顔もその一つである。能においては、源氏物語が隠し味的に使われることが多い。これもその一例と見たい。

第四章　六条御息所再考

内容

一　光源氏と六条との関わり合い（夕顔巻）―「よそなりし御心まどひ」

【一1】（「六条わたりの御忍び歩き」源氏物語夕顔巻の本文の読み）源氏物語の夕顔巻は、
「六条わたりの御忍《しの》び歩《あり》きのころ、（夕顔一三五）」
と、語り出されている。「御忍び歩き」即ち恋愛関係とし、光源氏が六条と恋愛関係に入ったと読者が思い込むのは、この限りでは、不自然ではない。

【一2】（「第四段」）これに続く光の夕顔との出会い、歌のやりとりの後、光の六条邸訪問の実態が初めて語られる。

　御心ざしの所には、木立前栽《こだちせんざい》などなべての所に似ず、いとのどかに心にくく住みなしたまへり。うちとけぬ御ありさまなどの気色《けしき》ことなるに、ありつる垣根《かきね》（夕顔を）思ほし出でらるべくもあらずかし。つとめて、すこし寝すぐしたまひて、日さし出づるほどに出でたまふ。（光源氏の）朝明《あさけ》の姿は、げに、人のめできこえんもことわりなる御さまなりけり。（一四二）」

（**大意**）お目当てのお邸は、木立・前栽に抜群のセンスを示す超一流の邸でありながら、政界とは没交渉らしく人の出入りも少ない。宮中行事などの準備に追われることもない。「いとのどか」である。ありあまる時間を奥床しい雰囲気に住みこなしておいでる。客の光源氏に対し、主人の六条は全く心を閉じたままで、お顔の表情も硬く、光は予想外であり、夕顔の花の主など、思い出しなさるゆとりもない。翌朝、光は少し寝過ごしなさり、太陽が昇る時刻に六条邸を出なさった。朝日に照らしだされる光源氏のお姿は、人々が称賛申し上げるのも、成程と納得できるすばらしさである。

「御心ざしの所」とは、そこへ出向いて何かをしなければならない所の意。六条邸をさす。光はぶらりと六条邸へ出掛けたのではない。大事な用件があっての訪問である。光源氏を迎える六条の態度のよそよそしさは、若い光が予想もしなかったことで、取りつくしまがないらしい。

留意したいのは、「つとめて、すこし寝すぐしたまひて、日さし出づるほどに出でたまふ。（ちなみに、この部分、湖月抄に注記なし）」である。光は「すこし寝すぐしたまひて」とそれを意図して寝ている。忍の恋であれば、いくら光が若くても、太陽が昇って、人目につく時刻に、恋人の邸を出るとは考えにくい。朝日に照らしだされる源氏の姿（スガタとは衣服を身につけた形をいう）に、六条邸の人々は引付けられる。この段階で論定はできないが、光源氏の帰り方は、光源氏が六条邸に「宿直」に訪れていることを、ゴシップを逆利用して、世間に印象付けようとするものではなかったか。

とすれば、語り出しの「御忍び歩き」とは、恋愛関係に限定されない可能性が大きい。高貴な人の、「非公式の訪問」で在り得る。

ここで留意すべきは、当該の六条登場時点で、六条を「御息所」と言わず、夫故「前坊」・姫君の存在が六条共々、読者に伏せられていることである。

［一3］（［第七段］）光の六条邸訪問の次の語りは第［七段］である。

①秋にもなりぬ。（光は）人やりならず心づくしに思し乱るること（夕顔への思い）どもありて、大殿《おほとの》（葵上方）には絶え間おきつつ、恨めしくのみ思ひきこえたまへり。（一四六）

（大意） 秋になった。光源氏は自分から夕顔に熱中し、正妻葵上の住む大殿には足が向かず、葵上は光を恨んでいる。

足の遠退く光源氏を恨むのは、まずは正妻葵上である。続いて、

六条わたりも、とけがたかりし御気色《けしき》をおもむけきこえたまひて後《のち》、ひき返しなのめならんはいとほしかし。されどよそなりし御心まどひのやうに、あながちなることはなきも、いかなることにかと見えたり。（一四七）

と語る。この部分難解である。[注1] 逐一説明したい。

当該の訪問以前に光は訪問していた。「とけがたかりし御気色をおもむけきこえたまひて」とは、客光との物越しの対面対話を拒否し続けようとする六条を、とにかく物越しの対面可能な状況に持ち込み、光の来訪の主旨を、人伝てでなく、直接六条に伝えた、そこまで漕ぎ着けたことを言うのであろう。

その「後、引き返しなのめならんはいとほしかし。」とは、前回、光は強引に自分の主張を通したが、今回は、六条に会いたいとはおっしゃらない、それを地の文は、六条が気の毒で見ていれない気がするというのである。六条は自分から挨拶に出ていない。

前回の六条説得を光は、「よそなりし御心まどひのやうに（ヨソ者トシテ扱ワレタ意外サニ途方ニ暮レテ）、あな

がちなること（相手ノ気持チヲ無視シテ我ヲ通スコト）」をやって、光の立場を押しつけた。六条の意識では、光はヨソの存在であった。今、六条邸を訪問していて、光が、前回でこりたのか、六条に対し、あの時のように是が非でも会って話をしなければという気持ちにならないのも自然であろう。

以上を物語は「いかなることにか」と、読者に注意を喚起する。光が夕顔に牽かれていることなど問題ではあるまい。物語はここではことを証さない。謎として残されている。

ヨソの対義語はウチであろう。六条にとってヨソの関係であったのを、光は是が非でもウチにしなければならなかった。光の六条邸訪問の目的が、単純な恋でないことだけは明らかである。

読者は、「いかなることにか」（湖月抄の注は「双紙の詞也」のみ）を謎として脳裏に収め、あせらずに謎解きをしなければならない。

「よそなりし」のヨソがヒントとなりうるとすれば、六条邸の中でヨソ人であった光が、何らかの役割を担った「ウチ」の存在として、「六条わたりの御忍び歩き」が始まったのではないか。その裏に桐壺帝の意向が感じられる。光の意識の中で、桐壺帝と六条がセットとされる事例に、後の語りであるが、夕顔と共に入った某院での光の内省

内裏にいかに求めさせたまふらんを（八月十五夜ニ続ク今夜モ、光ガ帝ノ管弦ノ宴ヲサボッテイルノダカラ、今頃光ヲ探シテオイデデアロウ、ソウニ違イナイ）、いづこに尋ぬらんと思しやりて（使者ハ今頃、光ヲ求メテ何処へ行ッテイルダロウ）、かつはあやしの心や（コウマデ夕顔ニ牽カレテイルトハ）、（帝ノ使者ニ尋ネラレテ）六条わたりにもいかに思ひ乱れたまふらん（帝ニ対シテ六条ノ立ツ瀬ガナイ）恨みられんに苦しうことわりなりと、いとほしき筋（皇統ノ血筋ノ中デ特ニオ気ノ毒デマトモニ顔ヲ合ワセニクイ御一家トシテ）はまづ（六条ヲ）思ひきこえたまふ。（一六三、八月は前坊の忌月である）

がある。この部分の上述の解釈は、筆者のそれであって、従来のそれ（後述）と異なる。

「前坊」「御息所」が伏せられている夕顔巻では、厳密に言えば、入れないところに入ってしまっている。六条の次の物語登場は葵巻である。謎「いかなることにか」の究明は、そこまで保留せざるを得ない。

この謎の残し方は、桐壺巻での高麗の相人の予言の謎「またその相違ふべし（桐壺四〇、謎の証は澪標巻の宿曜の予言の証）」に類似する。源氏物語の手法の一つである。

②（**六条の意識**）冒頭の「御忍び歩き」を恋として吹聴するのが女房社会のゴシップである。第［七段］は更に続く。

女は、いとものをあまりなるまで思ししめたる御心ざまにて、齢《よはひ》のほども似げなく、人の漏り聞かむに、いとどかくつらき御夜離《よが》れの寝ざめ寝ざめ、思ししをるることいとさまざまなり。（一四七）」

（**大意**）六条は、物事を必要以上に深く突き詰めなさる方で、光とは、年令差も大きすぎ、光の六条邸出入りが女房社会のゴシップとなれば、どう言われなければならないか、光がいらっしゃらない夜の寝覚めに、あれやこれや、整理も付かず、胸を痛めておいでる。

「女」とは、「人の漏り聞かむに」と光源氏との仲のゴシップに捕われている六条の意識の表明である。「齢のほども似げなく」は、（実は義理の叔母と甥との年齢差であり）十七歳の光に対して自分が不釣り合いな高齢であるとする六条の自己認識である。光との仲がゴシップになってしまっていると気に掛ければ、気に掛けるだけ、世間の手前、光の「夜離れ（夜泊りに来ないこと）」に苦しむとならざるをえなくなる。六条にすれば、光は六条の意に反して強引に六条邸に乗り込んできたヨソ者である。それでも、光に身近に接し、時の経過につれて、光に牽かれるようになる六条の心の葛藤もあって自然であろう。

③第［七段］は、続く。

霧のいと深き朝《あした》、いたくそそのかされたまひて、ねぶたげなる気色にうち嘆きつつ出でたまふを、中将のおもと、御格子《みかうし》一間《ひとま》上げて、見たてまつり送りたまへとおぼしく、御几帳《きちやう》ひきやりたれば、御頭《みぐし》もたげて見出したまへり。（一四七）

（**大意**）翌朝は霧が深く立ち篭めていた。光は早く早くと催促されて、眠たそうな表情で、寝かしてもらえないのを、ふうっと溜息をつきながら部屋から出ておいでる。中将のおもとが、六条の寝室の格子を一間あげ、光のお帰りのお見送りをと、几帳の帷子を引き上げると、六条は頭だけもちあげて、部屋の中から外を通る光を見送った。（夜明け前に、人目に付かずに光が邸を出るのを確認したとなる。）

光は、「ねぶたげなる気色にうち嘆きつつ出でたまふ」と、もっとゆっくり寝かして欲しいのである。内扱いされないのを、「うち嘆く（フッ卜溜息ヲツク）」。無論共寝を求めてはいない。光からすれば、光の「六条わたりの御忍び歩き」が、毎度、日が昇ってから六条邸を出ることができれば、光の立場は、年寄の女との忍びの恋ではなく、遺族の為の「宿直」と世間に受け入れられる、それをはっきりさせたかった光源氏であったのではないか。対するに、人目につかないように、暗いうちに、邸を出てほしいが、六条のせめてもの頼みであろう。

光が帰るのに、六条は挨拶にも出ない。中将のおもと相手に、光は帰る挨拶をせざるを得ず、中将のおもとは主人六条を立てて光の歌に和す。夕顔巻の中では、物語は、これ以外に、六条邸での光の歌の唱和を語らない。

光源氏に心を寄せる六条邸の人々は、六条とは違う。

…まして、さりぬべきついでの御言の葉も、なつかしき御気色《みけしき》を見たてまつる人の、すこしものの心思ひ知るは、いかがおろかに思ひきこえん、明け暮れうちとけてしもおはせぬを、心もとなきことに思ふべかめり。（一四九）

（**大意**）何かの折りに源氏のお言葉を戴いたり、思いやりのこもったお顔の表情を拝見する人で、少しでも事の判る人は、源氏の君に対して、ゆめ疎かに思い申し上げることができようか。光源氏が「明け暮れうちとけて（六条邸ニイラシテ、御自分ノ家ト同様ナ御気分デ）しもおはせぬを（イラッシャラナイノヲ）、心もとなき（ハヤクソウナッテホシイ）こと」と思っているようだ。

以上が夕顔巻における六条登場の全場面である。

前坊が物語に登場せず、六条を御息所とも語られていない段階で、表明は謹むべきであろうが、故前坊の兄桐壺帝から光源氏が命じられたのは、〈前坊亡き後の、六条宮と遺族を護ること〉であったであろう。

二　夕顔殺害者――湖月抄の説・頭中将の正妻筋の「さるたより」

【二―1】（湖月抄の説）湖月抄の夕顔巻に目を通すと、まず、「…前坊かくれたまひて後、源氏密通也（1）」が目に飛び込んでくる。次いで夕顔を殺害した、夕顔に寄り添う不思議な女を六条の物の怪としているの（2）が気に掛かる。1と2とを挙げる。

1　夕顔巻冒頭の「六条わたりの御忍びありき」の頭注に、「【師】此御息所は前坊の北の方なりしを、前坊かくれたまひて後、源氏密通也。」とし、前坊の準拠を「保明親王」とする。

2　某院で夕顔に寄り添う不思議な女（夕顔殺害者）を六条御息所の物の怪とする。「御枕上《まくらがみ》にいとをかしげなる女ゐて、「おのがめでたしと見たてまつるをば尋ね思ほさで、かくことなることなき人を率《ゐ》ておはして時めかしたまふこそ、いとめざましくつらけれ」とて、この御かたはらなる人をかき起こさむとすと見たまふ。（一六四）」

a　「いとをかしげなる女ゐて」に「【細】御息所の念なるべし」と傍注。湖月抄上一九八頁

b　「ことなることなき人を」に頭注「【細】夕顔上は三位のむすめ也。其俗性さしもなきを、かくことなる事

なきとはいへり。又は御息所の有まじき契りをさまざまいひなびかして、いく程なく、さしもなき人に思ひうつり給ふ所を、ねたく思ひ給ふなるべし。【玉】ことにすぐれたるところもなき人也。」がある。

1の、六条と光との関係として源氏物語本文が語るところは前述［一］の通りである。「密通」どころではない。物語本文の何を根拠に「密通」と見れるのか理解に苦しむ。

2の、六条の物の怪化であるが、源氏物語本文に従う限り、それは、あったとしても、葵巻の車争い以降の問題であって、それ以前の夕顔巻への物の怪六条の導入は強引に過ぎる。

夕顔殺害者を六条の物の怪とする古注の説は、源氏物語の本文にその根拠を見出だせないにもかかわらず、現在でも、かなりの人々に信じられている。

源氏物語の解釈は、物語本文に立脚する限り、多様性が尊重されて然るべきであるが、物語本文に根拠を見出だせない読み・解釈は、別扱いされなければならない。物語成立後、三百年・四百年を経て、享受の過程で膨れ上がるのは、まさに「…末の世にも聞きつたへて、…語りつたへけん人のもの言ひさがなさよ（帚木五三）」と、物語作者が責任を持たないと断言している、お話である。

当該の夕顔を殺害した「いとをかしげなる女」を六条の物の怪とするのは、本来の源氏物語ではなく、膨れ上がった、その意味で別扱いを必要とされる文献の問題である。

［二2］夕顔巻における六条の物語登場は、夕顔の花の咲く頃から秋に入った頃である。一方、某院における夕顔の死は、八月十六日の宵過ぎの時刻である。大体、六条が夕顔の存在を知っていたとすべき確かな証拠を物語は語らない。

内裏《うち》にいかに求めさせたまふらんを、いづこに尋ぬらんと思しやりて、かつはあやしの心や、六条わたりにもいかに思ひみだれたまふらん、恨みられんに苦しうことわりなりと、いとほしき筋はまづ思ひ聞こえたま

ふ。（一六三　前述［一3］①）

この一文は、従来、「…源氏の頭に浮んだ六条御息所の姿は、夕顔に溺れることの御息所へのうしろめたさが、夢になって源氏を責めるものと理解できる。…」注2と解かれて来たが、筆者は、当該の本文を、前述（［一3］①）のように解釈し、父帝に対する光の「おほけなさ」に付帯して六条が意識されると解釈した。六条にヨソの存在とされた光である。上掲本文に続いて、物語は、

何心もなきさし向かひをあはれと思すままに、あまり心深く、見る人も苦しき御ありさまをすこし取り捨てばやと、思ひくらべられたまひける。（一六三）

（**大意**）無欲に「刹那を生きる」目前の女性（夕顔）をいとしいと思いなさる余りに、お相手をしていてこちらが困惑するような（六条の）掘り下げ過剰さを少しは取り捨てたいと、自然に、心の中で、二人を比較しておいでたので実はあった。

と、夕顔と比較しての六条批判を語る。光の意識では夕顔が絶対である。夕顔との接触中、葵上が光の意識に上らないのと同様、六条に対する光のうしろめたさは問題にならない。

［二3］（**夕顔殺害者**）夕顔巻までの四帖の範囲内で、夕顔の存在そのものを否定し、夕顔を亡き者にしなければならないのは、まずは、頭中将の正妻、右大臣の四の君筋である。四の君に頭中将の実子がまだない。夕顔が産んだ姫君（後の玉鬘）が頭中将のおそらく第一子である。

帚木巻の頭中将の体験談（「内気な女」）中の、

…久しくまからざりしころ、この見たまふるわたり（正妻四の君）より、情《なさ》けなく（男女ノ仲ノ解ラナイ）うたてある（度ノ過ギタ）ことをなむさるたより（四の君側にとって頼レル人）ありてかすめ言はせたりける、

（帚木八一～八二）

の内実は、夕顔母子を、故父三位中将邸から追い出し、行方不明にし、隠れて暮らす他ないところまで追い詰めたことにある。「さるたより」とは、頼れる人、具体的には、実力行使のできる人である。

某院で夕顔に寄り添った女は、玉鬘巻に至って、

（乳母のか）夢などに（夕顔が）いとたまさかに見えたまふ時などもあり。同じさまなる女など添ひたまうて見えたまへば、なごり心地あしく、なやみなどしければ、なほ（夕顔が）世に亡くなりたまひにけるなめり、と思ひなるもいみじくのみなむ。（玉鬘　九〇〜九一）

（大意）夢などにごく稀に夕顔が現れなさる時などもある。「同じさまなる女」などが、夕顔に寄り添って夢に現れなさったので、その後気分がひどいことになり、病み付いたりしたので、やはり、姫さま（夕顔）はなくなってしまわれたようだ、と思うようになるのも大変なことでございましてね。

と、夢に現われた。筆者は、従来見捨てられてきたこの本文を重視し、夕顔死後の右近の光への打ち明け話、「内気な女」の上掲の本文、夕顔巻の夕顔の物怖じ、某の院の殺害現場を総合し、某院の夕顔殺害者は、上掲青木本文中の「さるたより（事ヲ頼レル人—俗に言えば、殺し屋（女性））」と見るに至った（前述第三章付「夕顔に添う女の正体—玉鬘巻における乳母の夢との繋がり」）。

三　光源氏の六条邸訪問の意図（葵巻・賢木巻）

夕顔巻から五年が経過し、葵巻に至る。

［三1］（前坊）

まことや、かの六条御息所《ろくでうのみやすどころ》の御腹の前坊《ぜんばう》の姫君、斎宮《さいぐう》にゐたまひにしかば、（葵一八・第［二］段）

（大意）ああそうでした。あの六条御息所からお生まれになった、前坊の姫君が、斎宮になられましたので

と、六条が「前坊（皇太子に立たれたが、天皇にならずに終わられた方の称）」の女君であり、「御息所」（天皇・皇太子の御子の生みの母）であることが、はじめて読者に証された。姫君が斎宮に立たれたのを期としての打ち明けである。

「故宮《こみや》のいとやむごとなく思し時めかしたまひしものを（一八）」光相手の桐壺帝の言葉である。「故宮」は「前坊」をさす。桐壺帝は「前坊」という語をさけて「故宮」を呼称とされている。六条は故宮に愛され大切にされたと、桐壺帝は光源氏に言う。

以上により、六条とは、皇太子妃であったはずが、そうでなくなり、姫君があり、故宮に大切にされたが、夫に先立たれたと、証された。滅多に無い不運な女君である。

翌年秋、野の宮の潔斎・桂川での祓いをすませて、内裏での「別れの櫛の儀」に出席した新斎宮を、物語は、

斎宮は十四にぞなりたまひける。（賢木九三）

と語る。斎宮が十四才であること自体は特記すべきことでもないのに、何故「別れの櫛の儀」をかりて、新斎宮の実年令を証すのか。子供の実年令は、親の生存時期を証明する。前坊とは、立太子しながら帝にならなかった方の称である（前述）が、これには皇太子中に死亡する場合と、皇太子を下ろされる即ち廃太子の場合とがあり得る。源氏物語は、冒頭で春宮空位である。当該の前坊が物語中に生存していなければ皇太子中の死亡、生存していれば廃太子と決まる。当該時点で、光源氏二十三歳である。六条が新斎宮を懐妊したのは、十四五年以前であるから、光の年令で言えば光八歳から九歳の年である。新斎宮の父宮は、その当時生存され、六条との間に姫宮を儲けられたとなる。物語中に存命である。源氏物語の「前坊」は、政治上の犠牲者廃太子という、在ってはならない、最も不遇な宮であると決まる。

余談になるが、「前坊廃太子」というと、「そういうことは言う必要がない」という返事が殆ど反射的に返って

くる体験を筆者は一度ならずしている。物語上の事実は、読者の好き嫌い、あるべき論を越えて、物語り上の《事実》として認められなければならない。平安時代史に廃太子の実例は決して乏しくはない。物語は「前坊」という語をできるだけ回避している。「前坊」ご本人を傷つけ、鬼を導き出さないための配慮である。

六条御息所の精神構造を把握しようとする上で、「前坊廃太子」は本人にとって最も大きなダメージである。皇太子妃となるべく入内し、物語冒頭では、宮（廃太子）の女君であった。残酷である。

故宮（前坊）の逝去であるが、別れの櫛の儀に参列する御息所の心中を、物語は、

十六にて故宮《こみや》に参りたまひて、二十にて後《おく》れたてまつりたまふ。三十にてぞ、今日《けふ》また九重《ここのへ》を見たまひける。

　そのかみを今日はかけじと忍ぶれど心のうちにものぞかなしき（賢木九三）

と語る。十六・二十・三十という数字を、筆者は六条の実年令とは見ないが、二十を、故宮に「後れたてまつりたまふ」た年を知る手がかりと見る。今から十年前、斎宮四歳の年であった。「八月は故前坊の御忌月なれば（野分二六三）」により、故宮の逝去は十年前の八月と証される（光十三歳）。

ちなみに、六条の年令であるが、姫君懐妊が光九歳以前であるから、少なくとも結婚生活九年を三十に加えて、当時四十に手が届く年令と見る。

夕顔巻は六年以前である。故宮逝去後四年、姫君八歳（ちなみに若紫巻で紫も八歳、「八歳竜女」のイメージか）、六条三十四歳かそこらであろう（光源氏十七歳）。

［三2］（前坊亡き後の桐壺帝の配慮）

故前坊《こぜんばう》の同じき御はらからといふ中にも、（桐壺帝は故宮と）いみじう思ひかはしきこえさせたまひて（特別仲良シデオ互イニ相手ヲ大切ニナサッテ）、この斎宮の御事をも、懇《ねむご》ろに聞こえつけさせたまひしかば（姫君ノ御事モ、心ヲコメテ御遺言ナサッタノデ）、「その（故宮ノ）御代《かは》りにも、やがて見たてまつりあつかはむ（ソ

ノママ、オ相手ヲシ、オ世話モシマショウ）」など常にのたまはせて、「やがて内裏住《うちず》みしたまへ（ソノママデイカラ宮中デオ暮ラシクダサイ）」とたびたび聞こえさせたまひしをだに（何度モオ言葉ガアッタ、ソレヲサエ）、（六条は）いとあるまじきことと思ひ離れにしを、かく心より外《ほか》に、若々しきもの思ひをして、つひにうき名をさへながしはてつべきこと、と思し乱るるに、なほ例のさまにもおはせず。（葵五三）

これは、葵上亡き後の六条の述懐である。

故宮逝去後、兄の桐壺帝が最も大切にされたのは、故宮の血の継承者である姫君である。桐壺帝が、亡き弟に代わって姫君を護るには、姫君が内裏で生活する、すなわち「内裏住み」以外に方法はない。「やがて内裏住みしたまへ」は、姫君（逝去当時四歳）に母六条が付き添って、母子とも内裏に住み、桐壺帝が母子に対し、故宮に代わって一切の責任を持って面倒を見るという意である。中心が姫君であることは言うまでもない。桐壺帝の度重なる仰せに六条がなぜ従わないのか、理解しにくい。桐壺帝の仰せを六条は、「いとあるまじきこと（内裏住ミナド、全クアッテハナラナイコト）」として「思ひ離れにし（考エテモナラナイコトト心ニ決メテシマッタ）」という。六条御息所の意識に、姫君を差し置いて、六条自身に対する桐壺帝の好意かと見ての、自意識過剰な自惚れがあったか。何としても帝の意向を尊重し従うのが、臣下の道である。六条には素直さがない。我を立てる強引さ硬さは、一通りのものではなさそうである。故宮以外の男性に一切近付きたくないと心に誓っている感もある。

として、内裏の外に一人暮らして、姫君の皇統の血をどう護ることができるのか。野放図のままおくのか。内裏の外で皇統の血を護るべく桐壺帝が頼れるのは「ただ人」光源氏以外にない。光の出番となる。六条宮に光源氏が出向いて、姫君を護り、六条宮を他の勢力に荒らされたりしないように、取り仕切らなければならない、となったのであろう。

以上、前述［一3］の謎「いかなることにか」の内実と見る。

そうして六条邸に出向いた光が、六条から、「よそなりし御心まどひ」を受けたのであった。六条は、光源氏との交渉を、

かく心より外《ほか》に（シタクモナイ事ナノニ）若々しきもの思ひをして（光トノ関係ニツイテノゴシップニ悩マサレ）、つひにうき名をさへながしはつべきこと（ツイニハ、物ノ怪ニナッテ、葵上ニ祟ッタナドト、ゴシップ沙汰サレルトコロマデ、至ッテシマッタ）と思し乱るるに、なほ、例のさまにもおはせず（御加減ハスグレナサラナイ）

（葵五三）

と苦しむ。

夕顔巻の冒頭は、故宮逝去後四年目の忌月八月を控えた頃であった。六条は故前坊一人だけを飽くまで大切にしていたかったのであろう。夕顔の巻で、六条と光源氏との間に歌の贈答の無いことが、夕顔巻の時点での二人の関係を象徴している。二人とも恋愛関係ではない。六条御息所の語りは、空蝉物語の延長線上の、別のパターンであると、見るべきである。

読みの基本姿勢を言うならば、謎「いかなることにか」だけでなく、前述［一］の部分（夕顔巻）のここでの読み直しが、方法として要求される。「いかなることにか」は葵巻・賢木巻に入って、上述［三1］［三2］の検討考察をしなければ、理解できない。「いかなることにか」についての叙述が、夕顔巻と当該の葵巻・賢木巻との二つに別れて、念入りである。何の為の念入りかといえば、「前坊」をあからさまに傷つけないためである。源氏物語の各所にこういう念入りな叙述の確認があるのではないが、大切な問題となると、語りが念入りになり、一ヶ所読んだのでは不十分で、離れた別の所にさらなる確認が隠されている、そういう手法が用いられているのに留意しなければならない。作者は前坊廃太子の事実の表明に、故宮を顕に傷つけまいとこれだけ努めている。

裏を返せば、廃太子の物語上の実在をそのようにして示さなければならなかったのである。読者は、物語上の廃太子の実在を否定することはできない。

[三3] （**葵巻・賢木巻の六条御息所**） 葵巻・賢木巻の範囲内で、六条理解のための必要事項を簡単に触れておく。詳細は別に論じた[注3]。

① （**車争い　葵巻** [五] **段** （二二〜二四）） 葵祭りの公の行事である行列が一条大路を渡るのを人々は牛車に乗って車の中から見物する。立て込んで牛車を入れるすきがなくなってしまってから、葵上一行が来て、先に入っていた牛車を力ずくで、どかして、見物に適した場所を占めてしまった。

　網代《あむじろ》のすこし馴《な》れたるが、下簾《したすだれ》のさまなどよしばめるに、いたうひき入りて、ほのかなる袖口、裳《も》の裾《すそ》、汗衫《かざみ》など、物の色いときよらにて、ことさらにやつれたるけはひしるく見ゆる車二つあり。（二二）

斎宮の御母御息所の車と知りながら、葵上方がその二つの車を行列も見えない奥へ押しのけてしまった。六条は、心やましき（徹底シタ敗北感）をばさるものにて（ハソレトシテ）、かかるやつれをそれと知られぬるが（供人モ連レズ来タノヲ、六条ノ車ト見抜カレテシマッタノガ）、いみじうねたきこと限りなし（名誉棄損モ甚ダシク許セナイ）。榻《しぢ》などもみな押し折られて、すずろなる（誰ノモノトモ知レナイ人ノ）車の筒《どう》にうちかけたれば…大勢の中での、斎宮御母と知った上での、葵方による暴力的な侮辱である。六条は「破れ車」の中で身動きできなかったであろう。

② （**葵の懐妊**） 懐妊中の葵上に六条の物の怪がついて葵を苦しめるというゴシップが流れる。ゴシップに六条が苦しむ。

（葵、無事男子出産） それを聞いて、六条は嗅覚妄想に苦しむ。

（葵急死）

③葵死後、光は紫に新手枕を求める。ゴシップは新北の方は朝顔か六条かと騒ぐ。

④野の宮の別れ（賢木〔一二〕）

⑤伊勢へ

〔三4〕（六条と光源氏との歌の贈答）六条と光源氏との歌の贈答が物語に登場するのは、葵巻第一二段に至ってである。

①車争いの後、六条が健康を崩し、所替えをして「御修法《みずほふ》などせさせたまふ（葵三三）」と聞いて、見舞った光は六条を「あはれ（三四）」と感じた。「うちとけぬ朝ぼらけに出でたまふ…」と、二人はヨソの関係のままである。光から後朝文はなく、「御文《ふみ》ばかりぞ（歌はない）暮れつ方ある。」六条から

「袖ぬるるこひぢとかつは知りながら下《お》り立つ田子《たご》のみづからぞうき山の井の水もことわりに」とぞある。

「御手《て》はなほここらの人の中にすぐれたりかしと見たまひつつ、…御返り、いと暗うなりにたれど、「袖のみ濡《ぬ》るるやいかに。深からぬ御事になむ。

浅みにや人は下《お》り立つわが方は身もそぼつまで深きこひぢを

おぼろけにてや、この御返りをみづから聞こえさせぬ」などあり。（葵三五）

②次は葵巻の第一九段（葵上死後）である。

夕顔巻から五年経過している。六条からヨソ人扱いされた光は、依然として、自分から六条に距離を置いている。

「…朝ぼらけの霧《きり》わたれるに、菊のけしきばめる枝に、濃《こ》き青鈍《あをにび》の紙なる文《ふみ》つけて、さし置きて往《い》にけり。いまめかしうも、とて（光が）見たまへば、御息所《みやすどころ》の御手なり。

「聞こえぬほどは思し知るらむや。

人の世をあはれと聞くも露けきにおくるる袖を思ひこそやれ

ただ今の空に思ひたまへあまりてなむ」とあり。常よりも優《いう》に書いたまへるかな、とさすがに置きがたう見たまふものから、つれなの御とぶらひやと心憂《こころう》し。…久しう思ひわづらひたまへど、わざとある御返りなくは情《なさけ》なくやとて、紫の鈍《にば》める紙に、「こよなうほど経はべりにけるを、思ひたまへ怠らずながら、つつましきほどは、さらば思し知るらむとてなむ。

とまる身も消えしも同じ露の世に心おくらむほどぞはかなき

かつは思し消《け》ちてよかし。御覧ぜずもやとて、これにも」と聞こえたまへり。（葵五一〜五二）

六条から葵上逝去の悔やみの挨拶を承けた光源氏の返しは、六条が物の怪となったと光が認めていることを六条に判らせた、厳しいものである。[注4]

③三度目の歌の贈答は賢木巻第二段、源氏の野の宮訪問の挨拶の場面である。

榊《さかき》をいささか折りて持《も》たまへりけるをさしいれて、「変らぬ色をしるべにてこそ、斎垣《いがき》も越えはべりにけれ。さも心憂《こころう》く」と聞こえたまへば、

神垣はしるしの杉もなきものをいかにまがへて折れる榊ぞ

と聞こえたまへば

少女子《をとめご》があたりと思へば榊葉《さかきば》の香《か》をなつかしみとめてこそ折れ（賢木八七）

光の挨拶（歌ではない）に、六条が歌で対し、光が歌で返す。

④四度目、野の宮の別れの場面

やうやう明けゆく空のけしき、ことさらに作り出でたらむやうなり。

あかつきの別れはいつも露けきをこは世に知らぬ秋の空かな

出でがてに、御手《て》をとらへてやすらひたまへる、いみじうなつかし。風いと冷（ひや）やかに吹きて、松虫

の鳴きからしたる声も、…

おほかたの秋の別れもかなしきに鳴く音《ね》な添へそ野辺《のべ》の松虫

悔《くや》しきこと多かれど、かひなければ、明け行く空もはしたなうて出でたまふ、道のほどいと露けし。（賢木八九〜九〇）

ここに至って、光源氏ははじめて自分から別れの挨拶の歌を詠みかけ、六条がそれに唱和した。「御手をとらえてやすらひたまへる（暫ラクハ足ヲ止メテジッとシテオイデル）」は、物語に語られた、光の対六条の、唯一のスキンシップである。光の六条に対するウチ意識の表明か。潔癖な二人である。

⑤五度目、六条、斎宮に伴って伊勢へ出発の場面。

暗う出でたまひて、二条より洞院《とうゐん》の大路《おほぢ》を折れたまふほど、二条院の前なれば、大将の君（源氏）いとあはれに思されて、榊《さかき》にさして、

ふりすてて今日《けふ》は行《ゆ》くとも鈴鹿《すずか》川八十瀬《やそせ》の波に袖はぬれじや

と聞こえたまへれど、いと暗うもの騒がしきほどなれば、またの日、関《せき》のあなたよりぞ御返りある。

鈴鹿川八十瀬の波にぬれぬれず伊勢まで誰《たれ》か思ひおこせむ

ことそぎて書きたまへるしも、御手《て》いとよしよししくなまめきたるに、あはれなるけをすこし添へたらましかばと思す。（賢木九四）

捨てられた立場で光から挨拶をし、六条は忘れられる立場で返す。

夕顔巻以来六年間で、物語が語る六条と光源氏との歌の贈答は以上の五度のみである。最後の二度だけが光からの詠み掛けであり、野の宮の別れ以前は六条からの詠み掛けである。歌の贈答がそのまま二人の関係を物語っている。

付　湖月抄の六条御息所像

［付1］前述［二—1］で、残した問題は、湖月抄の夕顔巻の六条御息所像には、源氏物語夕顔巻の本文の語る六条御息所と一致し得ないものがあることである。文学作品を語るに際し、何よりも大切にされるべきが本文であるのは言うまでもない。

光源氏の六条邸訪問は、桐壺帝の命を受けてのことであり、夕顔存命時には、光は六条からヨソ扱いをされ、訪問しても六条は光に挨拶一つするでも無く、朝もゆっくり寝かせてももらえず、人目につかないように明るくならないうちに六条邸を追い出されていた（前述［二］［三2］）。湖月抄の引く、「【師】…前坊かくれたまひて後、源氏密通也」とは、誤解も甚だしい。源氏物語本文以外の、何かによるのであろうが、源氏物語本文にこの注の根拠は見出だせない。源氏物語の注釈であれば、当該の「源氏密通也」は、批判されなければならない。光源氏と六条御息所との関係を、はじめから「恋」と決めてかかるのは誤りである。

また、某院で夕顔に寄り添う不思議な女が、光に言う言葉「おのがいとめでたしと見たてまつるをば尋ね思ほさで、かくことなることなき人を率ておはして時めかしたまふこそ、いとめざましくつらけれ（夕顔一六四）」の「おのがいとめでたし…」に傍注「【細】御息所の念なるべし」と強調されている。六条の物の怪化は、在るとしても、葵巻の車争い・葵の懐妊・男子出産に絡んで見え始める。夕顔巻に六条の物の怪化の確証を求めることは不可能である。物の怪化もなにも、六条は、夕顔生存中に、夕顔の存在を知らない可能性が大きい。

一方、夕顔殺害者は、頭中将の正妻四の君筋の「さるたより（殺シ屋）」である。当該の「御息所の念なるべし」も誤りであって、批判されなければならない。

以上二点、湖月抄の解釈が、源氏物語の本文から大きく離脱しているのは明らかである。文献は、一般に、それが成立した時代の精神と切り離せない。湖月抄の解釈は、湖月抄成立当時の読みとして、存在意義がある。一〇五二年迄の源氏物語の解釈を決定するのは、あくまで、源氏物語の本文である。

〔付2〕湖月抄に、物語本文から見れば誤った注が堂々と存在するこの現象は、源氏物語の本文以外の何かが、室町以降の源氏物語享受に大きく関わって、夕顔を亡きものにしたのは六条御息所の物の怪だと、享受者の意識を変えてしまった、その結果が、湖月抄の引く【師】【細】の注となったのではないか。

室町期の文化人に、一度見たら忘れられない強烈な印象を一度に多数の人々に焼き付けるのは、能ではなかったか。

六条の物の怪が夕顔を殺すという情報の有無に注意していて気が付いたのは、能「葵上」である。

「葵上」は、六条の車争いでの体験―一条大路で白昼葵方から受けた辱め―を原点として、葵上への仕返しの念にかられる六条が、病床の葵上を「思い知らずや、思い知れ」と鞭打ち、「枕に立てる破れ車」に葵上を「うち乗せ、隠れ行こうよ」と、連れ去る。一曲全体として、六条の葵上への恨みに終始するのであるが、シテ（六条）の登場に続くシテの謡に、

いうがお（夕顔）の宿の破れ車　やるかたなきこそ　悲しけれ

の一くだりがある。現行の謡では、節も印象に残る凝った節である。能「葵上」には、夕顔はこの一くだり以外現われない。能のこの一くだりの解釈であるが、六条には、今葵を責める以前に、夕顔の宿に「破れ車」を乗り付けて…という、過去の悲しい思い出があった、となりそうである。

この一くだりの重さは無視できない。

能「葵上」は世阿弥以前に成立した能であり、古い演出では、破れ車と青女房を出し、車争いの場面を演じたとか聞く。能「葵上」作成に際し、直接の「本説」とされた文献は皆目未詳であるが、その段階で夕顔殺害者を

も六条とする俗説（源氏物語の本文にない語り）が付加されたのではないか。源氏物語の本文を逸脱した、「物の怪六条」強調の新六条像の造形である。

能「葵上」に浸った当時の観客は、源氏物語の本文など頓着なく、六条が葵上に報いる前に夕顔をやっつけたのだと信じ込むようになって不思議はない。

能はそれでいいけれども、源氏物語の本文を読む・源氏物語の研究をし注釈書を書くとなったら、能にこうあるではすまない。古注が、古注成立当時の源氏物語の享受の実態の反映であるにとどまらず、源氏物語の研究・注釈書たり得るためには、何時の時代でも、飽くまで源氏物語の本文に立ち返り、本文に忠実でなければならない。これは、同時に、源氏物語を読む側の基本姿勢の問題でもある。

【注】

1　望月郁子「前坊廃太子」（『源氏物語は読めているのか―末世における皇統の血の堅持と女人往生』の第一部第四章）では、この部分の読みが粗く、夕顔巻の読みを更に念入りに説く葵巻・賢木巻との関連の捉え方が甘かった。この小論は、その点の書き直しでもある。

2　新編日本古典文学全集『源氏物語1』一六四頁頭注一「六条わたりにも、いかにおもひみだれたまふらん、うらみられんもくるしうことわりなりと、いとほしきすぢはまづ思ひ聞こえ給ふ。湖月抄上一九七頁」この部分の頭注に「いかにおもひみだれ夕顔ゆゑに久しく御息所へ音づれ給はねばなり。」とある。（私見）上掲部分は、帝に対する光の内省。六条は夕顔と光との関係は不案内。夕顔故の絶え間・夜離れを恨むのは、まづ大殿（葵上）である。（源氏物語　夕顔巻一四六）」

3　望月郁子注1の文献の第一部第五章「六条御息所の悲劇の構造」

4　望月郁子注3の論文の［三4］

第五章　玉鬘の登場

内容

一　問題提起――成立論上の問題と筆者の見地

源氏物語を理解する上で、必要不可欠なのは、武田宗俊の成立論、即ち、源氏物語の巻々（藤裏葉巻まで）には、紫上系の巻と玉鬘系の巻とがあり、紫上系の物語は玉鬘系の物語とは独立し、完全な統一をもつものとして後者に無関係であり、紫上系十七帖がまず構想記述され、玉鬘系は後期挿入されたという論、であるとされて久しい。この成立論を無視した源氏物語の研究は存在し得ないとまで言われた。

対するに筆者は、物語の本文を頼って、帚木巻（いわゆる玉鬘系）の冒頭は桐壺巻（いわゆる紫上系）の最終部に語りの内容が直結していること、帚木・空蝉・夕顔三帖（いわゆる玉鬘系）における若い光源氏の苦しい体験―ストイック性の強要―は若紫巻・葵巻（いわゆる紫上系）における光に対する紫の要求に光源氏が対応するための必要不可欠な伏線となっていることを確認して、注1源氏物語の巻の成立・記述順序は、桐壺巻から若紫巻まで、更に若紫巻以降も含めて、現存源氏物語の順序通りである可能性が大きいと見るに至った。

玉鬘巻から真木柱巻までの十帖は、従来、武田説を承けて玉鬘十帖として一括して扱われてきたが、この小論では、上述の筆者の見地に立って、玉鬘巻以下の巻々を、世代交代の巻と見るべき薄雲巻から始まる、光源氏たちの次の世代の人々（第二世代の人々）についての語り、即ち、冷泉帝（薄雲巻）・夕霧（少女巻）・玉鬘（玉鬘巻）・明石姫君（初音巻）・…の中で捉えてみたい。玉鬘十帖として括ると、当該十帖の中心が各巻とも勢い玉鬘となり、それぞれの巻の論点の把握が、巻名の根拠を含めて、あいまいになりやすい。それを回避したい。

二　光源氏の故夕顔への思い―玉鬘巻以前

【二―1】いわゆる玉鬘十帖を貫通する読者の主要な関心は、従来、〈中年の男の情念〉という言葉で表現される、玉鬘に対する光源氏の意識と行為にあるといって過言でない。

光源氏の玉鬘に対する意識を把握するためには、光源氏にとっての夕顔とは、を確かめておかなければならない。一方、女性に対する際の、男性一般と異なる光独自の基本姿勢も把握しなければならない。先取りして言えば、①男女一対一の対応においては、性的欲求の抑制が強くなければならない。ストイック性の強さが必要とされる（光源氏は帚木三帖で特訓された）。②親の立場（後の親・女親替り・養女に対する場合）に立てば、親子間のスキンシップは、十分にする必要がある。親の立場で、男とは、女とはを教育する必要がある。この①②の使い分けを必要として実行するのが光源氏である。

【二―2】夕顔は、物語の語る末世世界の中で、運命にすべてを任せ、捨て切って求めず、刹那に生きた。無に撤しながら、「いとあさましくやはらかにおほどきて（夕顔一五三）」という夕顔に、光源氏は強く引き付けられた。[注2]「…人目を思して隔ておきたまふ夜な夜なとは（人ニ見付ケラレルノヲ恐レテ会ワズニ過ゴス夜ガ続クト）、いと忍びがたく苦しきまで思ほえたまへば、なほ誰《たれ》となくて（名前ヲ公表セズニ）二条院に迎へてん（迎エテシマオウ）、…（一五四）」と、光が二条院へ迎えたいと本気で思った最初の女性が夕顔であった。

某の院での夕顔の死を、光は廃院へ連れ出した光自身の責任と自覚し、「浮かびたる心のすさびに（夕顔ニ熱中シテ調子ニ乗リ過ギタ余リニ）人をいたづらになしつる（死ナナクテモヨイ人ヲ死ナセテシマッタトイウ）かごと負ひぬべきが（非難ニ対シテ責任ヲ負ワナケレバナラナイノガ）いとからきなり（全クタマラナイノダ）（一七六）」と事を知る唯一の人である惟光に訴えた。

夕顔の四十九日の法要を、「忍びて比叡《ひえ》の法華堂《ほけだう》にて、事そがず、装束《さうぞく》よりはじめてさるべき物どもこまかに、（一九二）」誠意を尽くしたが、「この法事したまひてまたの夜《よ》、ほのかに、かのありし院（某の廃院）ながら、添ひたりし女（夕顔を殺害した女）のさまも同じやうにて（某院で光が見たそのままに）見えければ…（一九四）」であった。夕顔は成仏どころではない。この夢は、死後の夕顔による光源氏への訴えとして、光に強烈な印象を焼き付けたに違いない。光は、《夕顔の鎮魂》を一人心に誓う他なかったであろう。

翌年春、北山を訪れ、僧都の坊で法話を聞いた光は、「わが罪のほど（自分ガ犯シタ罪ノ深サガ）恐ろしう、あぢきなき（諦メヨウニモ諦メキレナイ）ことに心をしめ（染メ）て、生けるかぎりこれを思ひなやむべきなめり、まして後《のち》の世のいみじかるべき思しつづけて、…（若紫二一一）」であった。この「わが罪のほど」は、一般に「藤壺への愛執」と解されているが、藤壺との仲の宿命性[注3]よりも、並びの巻である末摘花巻の冒頭の叙述に見るように、夕顔を死なせた後悔の方がより切実であったであろう。

末摘花巻の冒頭は、「思へどもなほあかざりし（イクラ考エテモ気ガ済マナイ）夕顔の露に後《おく》れし（夕顔ニ死ナレタアノ時ノ）心地を、年月経《としつきふ》れど（年ガ改マッテモ）思《おぼ》し忘れず。ここもかしこも、うちとけぬかぎりの、気色《けしき》ばみ心深き方《かた》（葵上・六条御息所）の御いどましさに、け近くうちとけたりし、あはれに似るものなう（夕顔ヲ）恋しく思《おも》ほえたまふ。（末摘花二六五）」である。

まる一年経って、「秋のころほひ、静かに思しつづけて、かの砧《きぬた》の音も、耳につきて聞きにくかりし（平気デ聞イテイレナカッタ、アノ時ノ音ガ今デモ記憶ニ残ッテイル（夕顔一五六）ソレ）さへ、恋しう思し出でらるるままに、（末摘花二七七）」と光の記憶は鮮明である。

夕顔死後、五年を経て正妻葵上が他界した。「夜もすがらいみじうののしりつる儀式（葬式）なれど、いともはかなき御骸骨《かばね》ばかりを御なごりにて、暁深く帰りたまふ。常のことなれど、人ひとりか、あまたしも見たまはぬことなればにや、たぐひなく思し焦《こ》がれたり。八月廿余日《にじふよにち》の有明《ありあけ》なれば、空のけしきもあはれ少なからぬに、…（葵四七〜四八）」この「人ひとり」は「夕顔をさすか。[注4]」に従う。夕顔の死は八月十六日夜から十七日にかけてであった。正妻葵上の死に夕顔の死が重なる光であった。

夕顔は光源氏にとって大事な存在である。

三　光源氏の故夕顔への思い――玉鬘巻における

【三―1】（玉鬘上京以前）玉鬘巻の冒頭を引用する。

年月隔たりぬれど、飽かざりし夕顔《ゆふがほ》をつゆ忘れたまはず、心々なる人のありさまどもを見たまひ重《かさ》ぬるにつけても、あらましかばとあはれに口惜《くちを》しくのみ思《おぼ》し出づ。右近《うこん》は、何《なに》の人数《ひとかず》ならねど、なほその形見《かたみ》と見たまひて、らうたきものに思したれば、古人《ふるびと》の数に仕うまつり馴《な》れたり。須磨《すま》の御移《うつ》ろひのほどに、対《たい》の上《うへ》の御方《おほむかた》に、みな人々聞こえわたしたまひしほどよりそなたにさぶらふ。心よくかいひそめたるものに女君《をんなぎみ》も思したれど、心の中《うち》には、故君《こぎみ》ものしたまはましかば、明石《あかし》の御方ばかりのおぼえには劣りたまはざらまし、さしも深き御心ざしなかりけるをだに、落としあぶさず取りしたためたまふ御心長さなりければ、まいて、やむごとなき列《つら》にこそあらざらめ、この御殿移《とのうつ》りの数の中《うち》にはまじらひたまひなまし、と思ふに、飽かず悲しくなむ思ひける。（玉鬘八七〜八八）

（**大意**）夕顔死後十七年が経過してしまったが、これから本格的にと燃えかけたところで露のように消えてしまった夕顔を、光はつゆほども忘れなさらない。各自独自の心を持つ女性との交際を重ねるにつけても、夕顔が生存していればと、死んだのが哀れで、ただただ、事志に反して残念だったと思い出しなさる。右近は、取り立てるほどの身分ではないが、やはり夕顔の形見の女房と御覧になって、光が庇ってあげなければならないものと思いなさるので、今では古参の女房の一人としてお仕えし慣れている。光が須磨に蟄居された際、光付きの女房は皆紫上付きとなり、そのまま現在でも紫上に仕えていた。紫上も右近を、悪意がなく出しゃばらない女房と思っておいでるが、右近は心中で、夕顔が御存命でいらっしゃれば、光の御寵愛は、明石君に退けはとりなさらなかっただろう、そうそう深い御寵愛は無さそうな方でさえも、途中で見切りをつけたりは、決してなさらない「御心長さ（女に対する責任感の強さ）」でおいでるから、六条院への「御殿移り」の数に入りなさったであろうと思うと、右近は夕顔の死が悲しくてたまらなくなる。

玉鬘巻冒頭の光源氏の意識は、三十五歳になっていても、十八歳の末摘花巻の冒頭と重なる。夕顔は、「あらましかば（生キテイテ欲シカッタ）」と光が思い続けている女君である。侍女の右近は、夕顔が御存命でいらしたら、光の御寵愛は明石の君にひけは取らず、六条院に迎えられておいでたであろう。そういう光の女君である夕顔に、右近は仕えていたかったのにと、悲しんでいる。これが光源氏・右近それぞれの本音である。

[三2]（**上京までの玉鬘**）物語は、以下、夕顔が行方不明になって以後の、夕顔の忘れ形見玉鬘の後日談を展開する。

乳母の夫が少弐になり、四歳の姫君を伴って太宰府に下る。乳母の夢に「同じさまなる（夕顔殺害者と同じ）女など添ひたまうて（夕顔が）見えたまへば（玉鬘九〇）[注5]」乳母は夕顔死の夢の告げと思うようになった。少弐の任期満了後、姫君「十ばかり」で少弐死去。上京の思いを果たせず年月が流れ、姫君は「もの思し知るままに、世をいとうきものに思して、年三《ねさう》などしたまふ。二十《はたち》ばかりになりたまふままに、生《お》ひととのほりて、いとあたらしく（値打チガアルノニ勿体ナク）めでたし（絶賛スルバカリダ）。（九二）」住みかは肥前国に移っている。肥後国に勢力を張る大夫監が結婚を「四月二十日《はつか》のほどに」とせまる。「姫君の人知れず（誰ニモ知ラセズ）思《おぼ》いたるさま（悩ンデオイデル様子）のいと心苦しくて、生《い》きたらじ（大夫監ニ従ウコトハ出来ナイ、生キテイタクナイ）と思ひ沈みたまへる、ことわりと（乳母達は）おぼゆれば（九九）」、乳母が長男の豊後介を責め立てて夜逃げを計画し、以前の「あてき」現「兵部の君」が姫君に付き添って「夜逃げ出でて舟に乗りける。（同）」と、京に向かった。

入京しても策の施し様もなく、神仏を頼み、八幡に詣で、ついで長谷寺に詣でる。

ことさらに徒歩《かち》よりと定めたり。ならはぬ心地にいとわびしく苦しけれど、人の言ふままにものもおぼえで歩みたまふ。「いかなる罪深き身にて、かかる世にさすらふらむ。わが親世に亡《な》くなりたまへりとも、我をあはれと思さば、おはすらむ所にさそひたまへ。もし世におはせば御顔見せたまへ」と仏を念じつつ、ありけむさまをだにおぼえねば、ただ親おはせましかばとばかりの悲しさを嘆きわたりたまへるに、…からうじて椿市《つばいち》といふ所に、四日といふ巳《み》の刻《とき》ばかりに、生《い》ける心地もせで行《い》き着きたまへり。（一〇四〜一〇五）

（**大意**）仏の御加護を得る為に車や馬を使わず、京から長谷寺まで自分の足で歩くことに決めた。玉鬘は、長距離の歩行の経験がなく、精根尽き果てた感じで困惑しながらも、豊後介や乳母の言う通りにと、道中の景色など目にも入らず一歩一歩歩を進めなさった。「前世にどんな罪があって、この世でこんな不安定な毎日を過ごしているのだろう。母君が他界されていらしても、私をあはれと思いなされば、今おいでる所に私を誘って下さい。もし、御生存なら、私にお顔を見せて下さい。」と仏にお願いしながら、生存中の母君のイメージの記憶すらないので、ただ御元気でいて下さればお目にかかれるのにと、会えない悲しさをずっと嘆き続けて、…やっとのことで、椿市という所に、出発後四日目の巳の刻（十時）頃、生きている気分もせず、たどり着きなさる。

生死不明の母を、そのイメージも描けないが、求め続ける姫君の孤独な心情である。京から長谷寺まで四日間歩き続けることの出来る玉鬘は、体力に恵まれた、健康な姫君である。一行はその椿市の宿でまったく偶然に右近と出会った。まさに長谷寺の観音の導きである。

ここまでの語りが、玉鬘巻の大半を占めている。以上、三歳（数え年）で実母夕顔と生き別れて以後の玉鬘の、幼年・少女時代から二十一歳に至り、右近と再会するまでのあらましとするには粗雑に過ぎるが、玉鬘は、再会した右近から母の死を知らされた。実父の記憶もない。玉鬘は、乳母に大切に育てられたが、〈親とは〉を直接体験した記憶のない、その意味で物語中、最も薄幸な姫君である。

［三3］（初瀬での右近の対応）長谷寺の御堂へと、共に宿を出て、右近は、

人知れず（人ニ気ヅカレナイヨウニ）目とどめて見るに、中にうつくしげなる後手（後姿）のいといたうやつれて、四月の単衣めくものに着こめたまへる髪のすきかげ、いとあたらしく（値打チガアッテコノママデハ勿体ナク）めでたく見ゆ（見テ、褒メタタエズニハイレナイ）。心苦しうかなしと見たてまつる。（一一〇）

と、玉鬘の髪の美しさを確かめ、その衣服が秋の九月であるのに「四月の単衣めく」ことに、玉鬘一行の不如意さを察し「心苦しうかなし」と思う。

御堂では、姫君を右近の局に招じ入れ、共に

仏拝みたてまつる。右近は心の中《うち》に、「この人をいかで尋ねきこえむと申しわたりつるに、かつがつかくて

見たてまつれば、今は思ひのごと。大臣《おとど》の君（光源氏）の尋ねたてまつらむの御心ざし深かめるに、知らせたてまつりて、幸ひあらせたてまつりたまへ」など（観音に）申しけり。（一一一）

（**大意**）再会を果たした姫君と共に、右近は、長谷寺の観音を礼拝する。心の中で「どうか、このお方にお目にかかれますように、と祈り申し上げ続けて参りましたが、とにかく、お目にかかれました。今は願いが叶いました。源氏の君がお目にかかりたいと心底から願っておいでる御様子ですから、お知らせし、お幸せにしてさしあげて下さい」など観音に申し上げた。

姫君一行の予定に合わせて右近も三日籠もることにし、願文を依頼してきた大徳に、

「例の藤原《ふぢはら》の瑠璃君《るりぎみ》（願文には誰の為の願いか実名が必要である。右近は姫君の名を「藤原の瑠璃君」として願文を依頼してきた）といふが御ために奉《たてまつ》る。よく祈り申したまへ。その人、このごろなむ見たてまつり出でたる。その願《ぐわん》も果たしたてまつるべし」と（右近が）言ふを（姫君一行が）聞くもあはれなり（感動シタ）。（大徳が）いと騒がしう夜一夜《よひとよ》行なうなり（勤行の声や音が聞こえた）。（一一二〜一一三）

夜が明けて、右近の知る大徳の僧坊に下り、

姫君の、いたくやつれたまへる恥づかしげに思したるさま、いとめでたく見ゆ。（一一三）

と、姫君の立派さに安心した右近は、自分の現状を打ち明け、「殿の上（紫上）」「姫君（明石姫君）」を誉め、

「かうやつれたまへるさまの、劣りたまふまじく見えたまふは、ありがたうなむ。（此ノ様ニ質素ニシテオイデル御様子デ、一流ノ方々ニ劣リナサルマイト見エナサル方ハ、メッタニイラッシャラナイノデシテネ。）…見たてまつるに命延ぶる御ありさまども（光源氏・紫上）を、またさるたぐひおはしましなむや、となむ思ひはべるに、いづくか劣りたまはむ。…ただこれ（紫と玉鬘）を、すぐれたりとは聞こゆべきなめりかし」と、うち笑みて（玉鬘を）見たてまつれば、老人《おいびと》（乳母）もうれしと思ふ（一一三〜一一四）

次いで乳母は、実父の「父大臣」が玉鬘を大切にするよう工面をと言うと、姫君は「恥づかしう思《おぼ》いて、背後《うしろ》向きたまへり。」右近が光源氏の心中をほのめかしても、乳母は「…まづ実の親とおはする大臣にを（デスヨ）知らせたてまつりたまへ」と筋を主張する。右近は

ありしさまなど語り出で（秘密ヲ打チ明ケ）て、「（光君ハ）世に忘れがたく悲しきことになむ思して、『か（夕顔）の御かはりに（玉鬘を）見たてまつらむ（オ世話申シ上ゲタイ）、子も少なきがさうざうしきに（モノタリナイノデ）、わが子を尋ね出でたると人には知らせて』と、その昔《かみ》（夕顔死直後）より（源氏は）のたまふなり。心の幼かりけることは（今ニシテ思エバ、私ガ幼稚スギマシテ）、よろづにものつつましかりしほどにて（万事他言ハ許サレナカッタ状況下デシテ）、え尋ねてもきこえで（乳母ヲ探シテ事ノオ知ラセモ出来ナクテ）…」などうち語らひつつ、日一日《ひひとひ》、昔物語《むかしものがたり》、念誦《ねんず》などしつつ。

参り集《つど》ふ人のありさまども、見下《みくだ》さるる方《かた》なり。前より行く水をば、初瀬川《はつせがは》といふなりけり。右近、

　ふたもとの杉のたちどをたづねずはふる川のべに君をみましや

うれしき瀬にも」と聞こゆ。（一一五～一一六）

（**大意**）一行の居る所は、高い所で、長谷寺に参詣する人々が集まってくる様子が、あの一行この一行と、見おろせる所である（右近は、参詣の都度ここで、玉鬘を探していた）。前を流れるのが初瀬川であった。右近が、「二本の杉が立っているこの長谷寺にお参りしなければ、由緒のある初瀬川のほとりで君を見つけることができたでしょうか。会えて嬉しい瀬ではありませんか」と申し上げる。

　初瀬川はやくのことは知らねども今日《けふ》の逢《あ》ふ瀬に身さへながれぬ

とうち泣きておはするさま、いとめやすし。容貌《かたち》はいとかくめでたくきよげながら、田舎びこちごちしうおはせましかば、いかに玉の瑕《きず》ならまし、いで、あはれ、いかでかく生ひ出でたまひけむ、とおとどをうれし

く思ふ。（一一六〜一一七）
（**大意**）初瀬川といっても初めの事（故母君のお身の上）は存じませんが、今日あなたと再会できて、嬉し涙に添えて身が流れてしまいそうです。と歌を返してほろほろと涙を溢しておいでる御様子は、いい感じで、安心して見て居れる。御器量は全く素晴らしく、キヨゲ（臣下としては最高の垢抜け振り。キヨラは第一流の美で、源氏物語では、光・紫上・冷泉など、皇統の血筋の方々に主に使われる。）でおいでるのに、田舎育ちが身に付いていて、歌もまともに詠めないということでは、玉の瑕でどうしようもないけれど。全く素晴らしい、どうしてこうまで立派に御成長なさったのだろう、と乳母の養育の腕を、右近はよかったと思う。

母君は、ただいと若やかにおほどかにて、やはやはとぞたをやぎたまへりし、これは気高《けだか》く、もてなしなど恥づかしげに、よしめきたまへり。（一一七）

と故母君と比較して姫君を評価する。この右近の評価を根拠に、玉鬘が夕顔より上と見るのが一般化しているが、これはあくまで右近の評価である。ちなみに、故夕顔が光を引付けたのは、夕顔の花をのせた扇に書かれた歌であった。

…ありつる扇《あふぎ》御覧ずれば、もて馴《な》らしたる移《うつ》り香《が》いとしみ深うなつかしくて、をかしうすさび書きたり。
　心あてにそれかとぞ見る白露の光そへたる夕顔の花　（夕顔一三九〜一四〇）
そこはかとなく書きまぎらはしたるもあてはかにゆゑづきたれば、いと思ひのほかにをかしうおぼえたまふ。

右近が玉鬘を「よしめき」と誉めるのに対し、光は夕顔を「ゆゑづき」とする。ユヱはヨシより一段高い教養を言う。注6

乳母は、右近から「父大臣」のこと、姫君の兄弟にあたる「御子ども」のことも聞き、玉鬘の将来に期待を寄せた。

京の居場所を互いに確認し合って別れた。「右近が家は、六条院近きわたり（一一八）」である。

四　玉鬘を六条院へ迎えて

［四1］（初瀬帰りの右近の報告を受けて）六条院に帰参した右近は、光に打ち明ける折りを選んで、帰参の翌日「…山踏《やまぶみ》しはべりて、あはれなる人をなむ見たまへつけたりし」とほのめかすと、光はその夜、就寝前の脚のマッサージを右近に命じ、誰なのかと尋ねる。「…はかなく消えたまひにし夕顔の露の御ゆかりをなむ見たまへつけたりし（一二〇）」と打ち明ける。どこに居たのかの問いには、真相は避けて「あやしき山里になむ。…」という。光と紫との間に隠し立ては禁物とされている。光が紫を気にすると、紫は「あなわづらはし。ねぶたきに、聞き入るべくもあらぬものを」といって、「御袖して御耳塞《ふた》ぎたまひつ」。紫をそうさせたまま、「容貌《かたち》などは、かの昔の夕顔と劣らじや」「…こよなうこそ生《お》ひまさりて見えたまひしか」など、光と右近の会話が続き、「したり顔にこそ思ふべけれ。我に似たらばしも、うしろやすしかし」と、親めきて（右近が光の実子を見付けたかのように）のたまふ。（一二一）

以後、光は紫のいない所で、「あの方を六条院へお迎えしよう…実父の内大臣に知らせる必要はない。…女に目のない男達が熱中するだろうから、十二分に大切にお世話をするよ」と言われて、右近は喜び「御心のままにどうぞ。内大臣に告げ口する人などおりましょうか。」と言い、「いたづらに過ぎものしたまひし（亡クナラナクテモイイノニ亡クナッテシマワレタ）（夕顔の）かはりに、ともかくもひき助けさせたまはむことこそは、罪軽《かろ》ませたまはめ（一二二）」と急所をついて、玉鬘を故夕顔の替わりにと頼む。「いたうもかこちなすかな」と光は涙ぐみ、「…かくて（六条院に）集《つど》へたる方々の中に、かの（夕顔と付き合っていた）をりの心ざしばかり思ひとどむる人なかりし（ト、今デモ記憶ニハッキリ残ッテイル）を（確実ニ）…思ひ忘るる時なきに、さてものしたまはば（姫君ヲココニオ迎エデキレバ）、いとこそ本意《ほい》かなふ心地すべけれ（一二三）」と言う。

【四2】（玉鬘を六条院へ迎える準備）末摘花に懲りている光は、まず、「あやしき山里」に暮らしていたという玉鬘の「文のけしき」を確かめるために玉鬘宛に手紙を書き、右近に託す。光は玉鬘のための衣類を、紫に依頼されたのであろう、色合・仕立てのよいものを選ばせて、付き添う女房たちの分まで届けさせた。玉鬘本人は、これが実父からであれば嬉しいであろうが、未知の光の世話になるのはと抵抗を感じ当惑したが、右近や周囲の人々に説得される。まづは光の手紙の返事をと責められる。光の手紙には

　ものまめやかに、あるべかしく書きたまひて、端に、「かく聞こゆるを

　　知らずとも尋ねてしらむ三島江に生ふる三稜《みくり》のすぢは絶えじを（一二三）」

（大意）今はご存知なくても（右近にでも）尋ねてお分かりになるでしょう。貴女と私との繋がりは決して絶えることはありますまい。（三島江・三稜のミに三角関係を匂わす）

とあった。右近達は、香をたきしめた唐《から》の紙を取り出して書かせた。

　　数ならぬみくりやなにのすぢなればうきにしもかく根をとどめけむ

（大意）人数にも入らない身が、どんな関係か判りませんが、なんでこの憂き（浮き）世に生まれてきたのでしょうか。

とだけ書いてあるのを、光は、「ほのかなり（三稜の意が通じているらしい）」とし、玉鬘の筆跡を「手は、はかなだちて、よろぼはしけれど、」と見ながら、全体として「あてはかにて、口惜しからねば（期待ニ反シナイノデ）（一二五）」安心した。

六条院内のどこを玉鬘の居所とするかであるが、光は「丑寅《うしとら》の町の西の対」に決めた。

また、「上《うへ》（紫）にも、今ぞ、かのありし昔の世の物語（忘レモシナイ夕顔トノ関係）聞こえ出で（秘密ヲ打チ明ケ）たまひける。（一二五）」打ち明けられて紫は「かく御心に籠《こ》めたまふことありけるを、恨みきこえたまふ。」紫は光の隠し立てを一切認めないできた。故人の話はできないと言い訳しながら「…世にあらましかば（生キテイレバ）、北の町にものする人（明石君）の列《なみ》にはなどか見ざらまし。…」と光が言うと、紫は「さりとも明石《あかし》の列《なみ》には、立ち並べたまはざらまし」と切り返す。それを光は「なほ北の殿《おとど》をば、めざまし（違和感ガ強ク同調同化デキナイ）と心おきたまへり。（一二六）」と受けとめる。続く本文は「姫君（明石姫君）の、いとうつくしげにて何心もなく（光と紫の会話を）聞きたまふがらうたければ、また、ことわりぞかしと（光は）思し返さる。」である。紫の切り返しは、明石姫君の心を傷つけまいとの配慮である。夕顔との秘密を打ち明けて、紫に対しさすがにナーバスになっている光である。

玉鬘が六条院へ移るには、供の「よろしき童《わらは》、若人《わかうど》」も集めなければならない。準備のために、「右近が里の五条に、まづ忍びて渡したてまつりて、人々選《え》りととのへ、装束《さうぞく》ととのへなど」した。

【四3】（玉鬘の六条院入り）一カ月後の十月、玉鬘を六条院へ迎えた。光は、「東《ひむがし》の御方」花散里に玉鬘の後見を依頼した。光は、「昔心を惹かれた人が、行方不明になっていたが、「はかなき山里」に隠れ住んで、子供が今では「女」になっていると、思いがけずも聞き出したので、これを機に六条院に迎えるのです」と説明し、

母も亡《な》くなりにけり。中将（夕霧、誕生後すぐに母死亡）を聞こえつけたるに、悪《あ》しくやはある。同じごと（夕霧ヲ世話スルノト同ジヨウニ、玉鬘モ）うしろみたまへ。山がつめきて生ひ出でたれば、鄙《ひな》びたること多からむ。さるべく事にふれて教へたまへ」といとこまやかに聞こえたまふ。（一二七～一二八）

微妙なのは「母も亡くなりにけり」のモである。実父が誰なのか明言を避け、実父も不在同様であることをモ

で匂わす表現か。右近が打ち明けた場面（前述［四1］）で、横にいる紫を意識しながら「我に似たらばしも、うしろやすしかし」と「親めきてのたまふ」とはしゃぐのとは距離がある。

花散里は、

げに、かかる人のおはしけるを知りきこえざりけるよ。姫君の一《ひと》ところものしたまふがさうざうしきに、よきことかな」と、おいらかにのたまふ。（一二八）

立ち入った質問などしない。「よきことかな」は、明石姫君のためにも、夕霧のためにも、何より源氏のために、素晴らしいという心か。光は、花散里なら通じると思うのであろう。

「かの親なりし人（夕顔）は、心なむありがたきまでよかりし。御心もうしろやすく思ひきこゆれば」などのたまふ。「つきづきしくうしろむ人なども、事多からでつれづれにはべるを、うれしかるべきことになむ」とのたまふ。（一二八）

光の夕顔評価「心なむありがたきまでよかりし」は、最高の賛辞である。「これに並ぶのは、そう打ち明けられた花散里と「ただまことに心の癖《くせ》なくよきことは、この対をのみなむ（若菜上一三〇）」と評される紫とである。」

六条院の女房達は、光の娘と遇される方とは知らず、「なに人《びと》、また尋ね出でたまへるならむ。むつかしき古《ふる》物《もの》あつかひかな」と言ひけり。」玉鬘への風当たりは強そうである。

玉鬘一行の六条院入りは、「御車三つばかりして、人の姿ども（女房達ノドレスアップ）など、右近あれば、田舎《ゐなか》びずしたてたり。殿（光）よりぞ、綾何《あやなに》くれと奉《たてまつ》れたまへる（一二八）」と、女房達の風当たりをかわした。

［四4］（光と玉鬘との対面）六条院入りしたその日の夜、光は、玉鬘の部屋（丑寅の殿の西の対）を訪れる。廂の間に準備された光の席に「ついゐたまひて（膝ヲツイテ坐リナサリ）」、「親の顔は見たいものだというけれど、どうですか」と言って几帳を動かして玉鬘を見る。もう少し明るくと右近に命じ、初対面の挨拶など一切せず、

いみじく親めきて、「…かうて見たてまつるにつけても、夢の心地して、過ぎにし方《かた》のことども取り添へ、忍びがたきに、えなむ聞こえられざりける」とて御目おし拭《のご》ひたまふ。まことに悲しう思し出でらる。…
（一三〇）

初めて見る玉鬘を前にして「夢を見ているような気持ちで、しきりに夕顔が思い出され、涙がこみあげてきて、お話もできず…」と言って、涙を拭いておいでる。「まことに悲しう思し出でらる…」と、無力さを改めて痛感するのは、夕顔の死の場面ではないか。

「親子が二十年も会わずにいるとは、例がなく、つらい運命だ。その間のそちらのお話も」と、源氏は自分を玉鬘の「親」と決めて、初対面の玉鬘に対している。玉鬘は光相手に話をするのも恥ずかしく、

「脚《あし》立たず沈みそめはべりにける後《のち》、何ごともあるかなきかになむ」とほのかに聞こえたまふ声ぞ、昔人《むかしびと》（忘レモシナイ故夕顔）にいとよくおぼえて（似テ）若びたりける。ほほ笑《ゑ》みて、「沈みたまへりけるを、あはれとも、今はまた誰かは」とて、心ばへ（生来ノ心ノ働キ方）言ふかひなくはあらぬ御答《いら》へと思す。右近に、あるべきことのたまはせて、渡りたまひぬ。（一三〇～一三一）

玉鬘が夕顔にそっくりなのは〈声〉であった。

（光と紫との対話）玉鬘が光のおめがねにかなったのが嬉しくて、光は紫上に話をする。

「六条院に結婚適齢期の姫君があらわれたと、人々にしらせて、兵部卿宮など、六条院への出入りを好ましく思っている男たちを熱中させたいものだ。女を見る目の肥えた者どもが、生真面目一本で六条院に出入りするのも、こういう娘がいない間だ。玉鬘を大切に大切にしてみたい。色好みのくせに生真面目一本のふりをしている男達がどうするか楽しみだ」

と言う光に紫は、

「親とおっしゃるけれど。本当はどうなのか。娘をどう育てるかよりも、男方を夢中にさせることを先にお考えなさるなんて。困った御心で。」

と切り返す。

「まことに君をこそ、（本当ニ紫アナタヲコソ）今の心ならましかば、さやうにもてなして見つべかりけれ（他の男達と争って結婚に至るべきだった）。いと無心《むじん》にしなしてしわざぞかし」とてわらひたまふに、面《おもて》赤みておはする、いと若くをかしげなり。」（以上一三一～一三二）

紫上と玉鬘との共通性は、実母に死別され、実父に顧みられず、光源氏が「後の親」となり、「女親なき子の母の役」も果たすこと、更に母が正妻筋から迫害を受けて亡くなったこと―光も共通―である。

紫は光源氏の北の方であるが、私見によれば、女人往生をめざして、汚れのない清らかな生即ち処女としての生、出産拒否の生を貫いた。光・紫の夫婦仲は物語中に「世の常ならぬ仲の契り」と表現されてもいる。[注7]玉鬘巻の時点で、紫と玉鬘はともに処女である。紫は光に対して我を通してきているだけに、光の玉鬘への対応が相当程度見通せるであろう。一方光は紫との生活の中で、ストイック性・自己制御を鍛えられもしてきた。その意味で光はありきたりの〈中年の男の情念〉とは範疇の異なる世界に生きている。今後の光の玉鬘への対応の展開上、光にとって理解者紫の存在は大きい。

物語の続きに戻る。

硯《すずり》ひき寄せたまうて、手習《てならひ》に、

恋ひわたる身はそれなれど玉かづらいかなるすぢを尋ね来つらむ

あはれ」とやがて独《ひと》りごちたまへば、げに深く思しける人のなごりなめりと見たまふ。（一三二）

紫は光の夕顔思慕の深さをしっかり把握した。

（夕霧の対応）光は、次に「中将の君」夕霧に指示を与える。「かかる人を尋ね出でたるを、用意して睦《むつ》びとぶらへ」と父に言われた夕霧は、西の対に参上し「未熟者ですが、まずは御用をお命じ下さい。お越しの折りにお手伝いも致しませず」と挨拶し、事情を知る乳母などは恐縮した。

（豊後介《ぶんごのすけ》家司《けいし》となる）乳母達は筑紫・肥前の生活との落差を理解する。大夫監を振り切り、早舟を仕立てて夜逃げに踏み切った豊後介の主人（玉鬘）に対する誠意を「ありがたきもの」と右近なども言う。光は、玉鬘の住む西の対の家司を定め、職務分担を決めた。豊後介も家司となり、面目を果たした。「大臣《おとど》の君（光源氏）の御心おきてのこまかにありがたうおはしますこと、いとかたじけなし。（一三三）」と、玉鬘一行は感謝した。この時点で、光は、玉鬘が「あやしき山里」にいたのではなく、筑紫育ちだと知ったであろう。

五　六条院の新春の準備―女君方の正月の衣裳選びと末摘花の挨拶

【五1】（衣裳選び）十月から六条院での生活を始めた玉鬘の、正月の衣裳を光源氏が気使った結果、多くの品が集まった。分配を女君方全員に公平に、と依頼されて紫は、御匣殿《みくしげどの》に保管されているものも、紫が染めて手元にあるものも全部出された（紫は「かかる筋、はた、いとすぐれて、世になき色あひ、にほひを染めつけたまへば、ありがたしと思ひきこえたまふ。（一三四）」）。源氏が年増の女房達に手伝わせて、御衣櫃《みぞびつ》、衣箱《ころもばこ》に入れさせなさるのを見て、「…着たまはん人の御容貌《かたち》に思ひよそへつつ奉れたまへかし。…」という紫の注意に、光は「…人の御容貌《かたち》推しはからむの御心なめりな。…」と応じながら、以下のように選んだ。

紫　「紅梅《こうばい》のいと紋《もん》浮きたる葡萄染《えびぞめ》の御小袿、今様色《いまやういろ》のいとすぐれたると」

姫君　「桜の細長に、艶《つや》やかなる掻練《かいねり》とり添えて」

花散里「浅縹《あさはなだ》の海賦《かいふ》の織物、織りざまなまめきたれどにほひやかならぬに、いと濃き掻練具《ぐ》して」
玉鬘「曇《くも》りなく赤きに、山吹の花の細長」
末摘花「柳の織物の、よしある唐草《からくさ》を乱れ織れるも、いとなまめきたれば」
明石君「梅《むめ》の折枝《をりえだ》、蝶《てふ》、鳥飛びちがひ、唐めいたる白き小袿《こうちぎ》に濃きが艶《つや》やかなる重ねて」
空蝉「青鈍《あをにび》の織物、いと心ばせあるを見つけたまひて、御料にある梔子《くちなし》の御衣《ぞ》、聴色《ゆるしいろ》なる添えて」

（以上一三五～一三六）

光によって選ばれた衣裳を見ながら、

上《うへ》（紫）は見ぬやうにて思しあはす。（玉鬘が）内大臣《うちのおとど》のはなやかにあなきよげとは見えながら、なまめかしう見えたる方のまじらぬに似たるなめりと、げに推しはからるるを、色には出だしたまはねど、殿見やりたまへるに、ただならず（一目オカナケレバナラナイ女性ト思ッテオイデル）。（一三六）

である。光の抱いた玉鬘の印象は、多分に父親に似、故夕顔にそっくりなのは声であろう。紫は今後の光の玉鬘への対応を、どちらの為にも、紫が気をつけていてあげたいと思っているのであろう。また、明石君の衣裳が「思ひやり気高《けだか》きを、上はめざましと見たまふ。」とあるが、この紫の「めざまし」については、初音巻で言及する。この衣裳選びは全体的に次の初音巻に引き継がれる。

光は方々に右の衣裳を贈り、「同じ日着たまふべき御消息《せうそく》聞こえめぐらしたまふ。げに似ついたる見むの御心なりけり。（一三五～一三六）」

［五2］（末摘花の返し―光源氏が教育不能な姫君）受け取った女君方はそれぞれの立場にふさわしく敬意を表したが、末摘花は、使者に単衣の古着をかずけ、光源氏への礼状は

「いとかうばしき陸奥国紙《みちのくにがみ》のすこし年経《へ》、厚《あつ》きが黄ばみたるに、

　いでや、賜へるは、なかなかにこそ。

　　きてみればうらみられけり唐衣《からころも》かへしやりてん袖をぬらして（一三七）」

とあり、筆跡は古風にすぎる。受け取った光は「いといたくほほ笑《ゑ》みたまひて、とみにもうち置きたまはねば、上、何ごとならむと見おこせたまへり。」光は、「古代《こだい》の歌詠《うたよ》みは、唐衣《からころも》、袂濡《たもとぬ》るるかごとこそ離れねな。まろもその列《つら》ぞかし。…」と、末摘花の歌の批判をはじめる。「まろもその列《つら》ぞかし」と光がいうのは、末摘花の教育の責任者は、立場上、光となる。一般に、女君は、多少とも、男君の筆跡・歌の詠み口に導かれながら腕を上げていくものである。光の末摘花教育はどうなっているのか。光が末摘花と同列となるのか。光の当惑は、何年経っても、光の送った歌を手本にするでもなく、歌も字も光に学ぼうとする意志が末摘花に生まれてこないことである。末摘花が大切にするのはあくまで父常陸の親王で光源氏ではない。光は批判を続け「常陸《ひたち》の親王《みこ》の書きおきたまへりける紙屋紙《かうやがみ》の草子をこそ見よとておこせたりしか、…むつかしくて返してき。…」

上《うへ》（紫）、いとまめやかにて、「などて返したまひけむ。書きとどめて、姫君にも見せたてまつりたまふべかりけるものを。…」とのたまふ。（光）「姫君の御学問《がくもん》に、いと用なからん。…」などのたまひて、（末摘花への）返り事は思しもかけねば、（紫）「返しやりてむとあめるに、これより押し返したまはざらむも、ひがひがしからむ」とそそのかしきこえたまふ。情棄《なさけす》てぬ御心にて書きたまふ。いと心やすげなり。

「かへさむといふにつけてもかたしきの夜《よる》の衣《ころも》を思ひこそやれ

ことわりなりや」とぞあめる。（一三九〜一四〇）」

明石姫君が同席か否か不明であるが、紫の光に対するアドバイスは、常陸宮父娘を含め、人を傷つけないようにとの気使いである。

当該の末摘花の一幕は、政敵であり、入内させるべき姫君を握っていない内大臣の実娘玉鬘を、手中に握り、

「いかなるすぢを尋ね来つらむ（一三二）」と、対応の多様性を見通しながら、みっしり教育して、臣下の理想の女性に育て上げてみせると、有頂天になっている光源氏に対する、光源氏の教育を受け付けない常陸親王の遺児による、辛辣な揶揄である。「カラコロモ」という音から末摘花が意識するのは空衣《カラコロモ》（衣箱は空《から》っぽ）であるらしい。彼女は「裳着」を体験せず「唐衣」を知らないと見る。

【注】

1 本書第一章〜第三章
（『源氏物語は読めているのか【続】』の「あとがき」（一三二頁）で、成立論についての筆者の見通しにふれた。）

2 本書第三章 付

3 望月郁子『源氏物語は読めているのか―末世における皇統の血の堅持と女人往生』笠間書院二〇〇二年六月の第一部第二章「帝桐壺にとっての宿曜の予言と冷泉の誕生」、『源氏物語は読めているのか【続】―紫上考』笠間書院二〇〇六年一月の「第一章紫の実年令」の問題提起の補説1（一二頁〜一四頁）、本書〔巻末補説1〕

4 小学館新編日本古典文学全集『源氏物語2』四七頁の頭注二

5 本書第三章の「付 夕顔に添う女の正体―玉鬘巻における乳母の夢との繋がり」

6 当該時点迄の玉鬘の美質の叙述をあげる。
「いとうつくしう、ただ今から気高《けだか》くきよらなる御さま（玉鬘八九）」三歳、乳母達の目
「この君の十《とを》ばかりにもなりたまへるさまのゆゆしきまでをかしげなる（九一）」少弐達の目
「この君ねびととのひたまふままに、母君よりもまさりてきよらに、父大臣《おとど》の筋さ加はればにや、品《しな》高ううつくしげなり。心ばせおほどかにてあらまほしうものしたまふ（九二）」筑紫で。

7 望月郁子『源氏物語は読めているのか続―紫上考』の第三章「新手枕での、光に対する紫の抵抗」の［一―2］北山僧都が幼い紫に、仏との「結縁《けちえん》」を授けたとすれば、以後紫はセックスは許されない。

第六章　初音巻――新築なった六条院の新春

内容

一　六条院の元旦

［1］（自然の祝福）

年たちかへる朝《あした》の空のけしき、なごりなく曇らぬうららけさには、数ならぬ垣根《かきね》の内だに、雪間《ゆきま》の草若やかに色づきはじめ、いつしかとけしきだつ霞《かすみ》に木《こ》の芽《め》もうちけぶり、おのづから人の心ものびらかにぞ見ゆるかし。ましていとど玉を敷ける御前《おまへ》は、庭よりはじめ見どころ多く、磨《みが》きましたまへる御方々のありさま、まねびたてむも言の葉足るまじくなむ。（初音一四三）

豊かな自然の恵みを、空のうららかさ、雪間の草の色、霞にけむる木の芽と描き、その自然の中での「人の心」

ののびらかさ、六条院の「庭」と、まずは、自然による初春の祝福を語る。

「六条院の「見どころ」は第一に「庭」である。六条院の「庭」についての少女巻の本文を、ここで再確認しておきたい。

「…もとありける池山（池や築山）をも、便《びん》なき所をば崩しかへて、水のおもむき、山のおきてをあらためて、さまざまに、御方々の御願ひの心ばへを造らせたまへり。

南の東《ひむがし》（紫上と光源氏の住む春の殿の庭）は山高く、春の花の木、数を尽くして植ゑ、池のさまおもしろくすぐれて、御前《おまへ》近き前栽《せんざい》、五葉《ごえふ》、紅梅、桜、藤、山吹、岩躑躅《いはつつじ》などやうの春のもてあそびをわざとは植ゑで、秋の前栽をばむらむらほのかにまぜたり。中宮の御町（西南の一角、旧六条宮跡、秋を好む）をば、もとの山（六条宮時代のままの築山）に、紅葉《もみぢ》の色濃かるべき植木どもを植ゑ、泉の水遠くすまし、遣水《やりみづ》の音まさるべき巌《いはほ》たて加へ、滝落として（タキとは水位の落差の意。現在のタキはタルミ。タキを作って、水の音を楽しむ）秋の野を遥《はる》かに作りたる、そのころにあひて（今丁度秋で）、盛りに咲き乱れたり。嵯峨《さが》の大堰《おほゐ》のわたりの野山むとくにけおとされたる秋なり。北の東《ひむがし》（丑寅の町、主は花散里）は、涼しげなる泉ありて、夏の蔭《かげ》によれり。前近き前栽、呉竹《くれたけ》、下風《したかぜ》涼しかるべく、木《こ》高き森のやうなる木ども木深《こぶか》くおもしろく、山里めきて、卯花《うのはな》の垣根《かきね》ことさらにしわたして、昔おぼゆる花橘《はなたちばな》、撫子《なでしこ》、薔薇《さうび》、くたになどやうの花のくさぐさを植ゑて、春秋の木草、その中にうちまぜたり。東面《ひむがしおもて》は、分けて馬場殿《むまばのおとど》つくり、埒結《らちゆ》ひて、五月《さつき》の御遊び所にて、水のほとりに菖蒲《さうぶ》植ゑしげらせて、むかひに御厩《みまや》して、世になき上馬《じやうめ》どもをととのへ立てさせたまへり。西の町（戌亥の町）は、北面《きたおもて》築きわけて、御倉町《みくらまち》なり。（その残りの南半分が明石君の住みか）隔ての垣に松の木しげく、雪をもてあそばんたよりによせたり。冬のはじめの朝霜むすぶべき菊の籬《まがき》、我は顔なる柞原《ははそはら》、をさを名も知らぬ深山木《みやまぎ》どもの木深きなど移し植ゑたり。（七八〜八〇）

昨年八月六条院完成。前坊の忌月は八月である。光は前坊・秋好を最優先している。秋の彼岸の頃、光源氏と紫上が、花散里と共に引っ越す。五六日後、中宮六条院に里下がり。大堰の御方（明石君）は神無月に移った。」

【一2】（春の殿）

春の殿《おとど》の御前《おまへ》、とりわきて、梅《むめ》の香《か》も御簾《みす》の内の匂《にほ》ひに吹き紛《まが》ひて、生ける仏《ほとけ》の御国《みくに》とおぼゆ。さすがにうちとけて、やすらかに住みなしたまへり。…（一四三）

春の殿では、新春のお香を、庭に咲く自然の花、梅の香に合わせて薫いておいでる。自然が大切にされている。「生ける仏の御国」とは、一般に「阿弥陀の浄土」とされているが、[注1]六条院の中には例えば宇治平等院の鳳凰堂のような堂は建てられていない。「生ける仏の御国」は、春の殿の誉め言葉であり、「生ける仏」とは、春の殿の主人、すなわち光源氏と紫上二人に対する賛辞である。浄土の荘厳を演出でき、人々に浄土の荘厳を観想させることのできる人がいない限り「生ける仏の御国」は実在しない。新春以前に光も紫上も人々に往生の機縁を授けており、その時の有り難さが人々の心にしっかり印象付けられていなければ「生ける仏の御国」という表現は成立しない。別に述べたが、[注2]その様な法事を、光は、桐壺院追善の御八講（澪標二七九）で行なった。それに参加した禅師の君が妹の末摘花に

いとかしこう、生ける浄土《じやうど》の飾りに劣らずいかめしうおもしろきことどもの限りをなむしたまひつる。仏《ほとけ》、菩薩《ぼさつ》の変化《へんげ》の身にこそものしたまふめれ。…（蓬生三三七）

と語った。一方、紫上は、実父式部卿宮の五十の賀を、昨年春、建築途上の六条院のおそらく春の殿で、行なった。

…経仏《きやうほとけ》、法事《ほふじ》の日の（僧の）御装束、禄どもなどをなん、上はいそがせたまひける。…（少女七六～七七）

と、法事の中心となる経と仏の選択、僧服の仕立てから当日の飾りなどを紫は花散里の協力を得て、自分でやっ

てのけた。そういう実績を持つ光源氏と紫上のお住まいを「生ける仏の御国」と物語は寿いでいると見なければなるまい。

大体、光源氏の六条院造営は、前斎宮が冷泉帝の中宮となり、中宮の里下がりの屋敷として二条院では間に合わず、前坊の旧六条宮の改築を思い立ったことに始まった。光は故桐壺院の遺志を継いで、前坊の鎮魂を大切にしてきた。光の六条院造営は、一般に光が自分の栄華を誇るために造営したと言われてきたが、かりにそうであれば、上京《かみ》に求められて然るべきである。前坊の旧六条宮を含む膨大な土地に造営したことが、前坊をはじめ、立太子問題の犠牲者（光自身も含む）の為の鎮魂が第一目的であったことを物語っている。源氏物語には、立太子問題の犠牲者の姫君が中宮になるという物語上の事実がある。[注3] 光は明石姫君誕生直後、光の子供は「御子三人、帝《みかど》、后《きさき》かならず並びて生《う》まれたまふべし。中の劣りは…（澪標二八五）」という《宿曜の予言》を証された。光は、光の娘明石姫君の将来も予想して四町を占める六条院を必要とした。鎮魂の為の屋敷の建築が完成し、四町それぞれに住むべき方々が移り、落ち着いて初めての新春、紫上と光源氏の住む春の殿を「生ける仏の御国」と讃えるところに、六条院の男女の主人公二人が、鎮魂を第一とし、宗教に生きる二人であることを読み取らなければならない。

ちなみに、光源氏・紫上二人の死後の六条院を、「生ける仏の御国」ではなく「仏の国」という次の事例がある。

…六条院へおはす。道のややほどふるに、雪いささか散りて、艶《えん》なる黄昏時《たそかれどき》なり。物の音《ね》をかしきほどに吹きたて遊びて入りたまふを、げにここをおきて、いかならむ仏の国にかは、かやうのをりふしの心やり所を求めむと見えたり。（匂兵部卿三四）

光源氏直系の第三世代の主要人物の正式登場の巻である匂兵部卿巻における「仏の国」は、第二世代から第三世代に渉る主要登場人物明石姫君の物語への正式登場を示す初音巻の「生ける仏の御国」に呼応する。これは、匂兵部卿巻がそれ以前の巻々から切り離された巻でないことを示すものとして重要である（巻末〔補説2〕その一③）。

次に留意したいのは、上掲本文の残り部分、「さすがにうちとけて、やすらかに住みなしたまへり。」である。新春を「うちとけて」住むとは、絢爛豪華な飾り付けなど一切せず、日常を重んじ、肩のこらない、それでいて清楚な新春らしい雰囲気の部屋をいうのであろう。それを理想的とするのが、この物語である。

その部屋で、年配の教養豊かな女房たちが、歯固めの祝いをしているところに、源氏が現れ、祝言の仲間入りをと、うちとけてみせる。

年賀の人々が帰った夕方近くになって、光は「心ことに引きつくろひ、化粧《けさう》じ」て、「御方々の参座《さんざ》（女君方への新年のお祝い）」をする。

紫上と新年の祝いの和歌の唱和をする。光は、「池のさまおもしろくすぐれて（少女七八）」いる、春の殿の庭の〈池の鏡〉を引き、

うす氷とけぬる池の鏡には世にたぐひなきかげぞならべる

と詠みかけ、紫は

くもりなき池の鏡によろづ世をすむべきかげぞしるく見えける

と〈池の鏡〉を讃えて和す。

「今日は子《ね》の日なりけり。（一四五）」縁起のよい年である。

物語は繰り返さないが、紫の晴着は、暮れの衣裳選びで光が贈った「紅梅《こうばい》のいと紋《もん》うきたる葡萄染《えびぞめ》の御小袿、今様色《いまやういろ》のいとすぐれたると」である。春の殿の庭の梅に合わせた光の衣裳選びであった。紫が梅の花になっている。

【一3】（明石姫君）光が姫君の部屋へ行くと、子《ね》の日なので童《わらは》、下仕《しもづかへ》えなどは、御前《おまへ》の山の小松をひいて遊びに余念がない。

明石君から「わざとがましく集めたる髭籠《ひげこ》ども、破子《わりご》など」が届けられている。髭籠・破子をつるした作り物の「えならぬ五葉《ごえふ》の枝」と「鶯《うぐひす》」、と明石君の文

年月をまつにひかれて経《ふ》る人にけふ鶯《うぐひす》の初音《はつね》きかせよ
音せぬ里の

を見て、光は姫君に返事を書かせた。

ひきわかれ年は経《ふ》れども鶯の巣立ちし松の根をわすれめや

明石姫君は、新年で八歳（数え年）。読者に初めて示される明石姫君の歌である。ここまで成長された。

源氏物語は、薄雲巻を世代交代の巻とし、冷泉帝を皮切りとして、第二世代の人々を、少女巻（夕霧）・玉鬘巻（玉鬘）と登場させている。これに準ずれば、初音巻は、文字通り初音の和歌一つであるが、明石姫君の存在を、第二世代から第三世代に渉る主要登場人物として、クローズアップしていると見なければなるまい。ちなみに、物語に現れる紫の最初の和歌（かこつべき…）も紫八歳の詠であった。「八才」は、法華経「提婆達多品」の「八才の竜女」に通じる。

いとうつくしげにて、明け暮れ見たてまつる人だにあかず思ひきこゆる御ありさま

と光がうけとめる今日の姫君は、光に贈られた「桜の細長に、艶《つや》やかなる掻練《かいねり》」が、可愛らしさを引立てているのであろう。

光は、明石君に姫君を四年間会わせていない。明石君が六条院に移ったのは、去年の神無月である。同じ六条院内で新春を迎え、実母から新年の祝いの髭籠《ひげこ》・破子《わりご》がとどけられている。留意したいのは、明石君の贈り方を

光が「わざとがまし（仰々シスギル）」としていることである。光・紫上と、明石君とは、価値観のズレが大きいのではないか。それはそれとして、光は姫君を明石君に会わせないでいるのを、今日は「罪得がましく（非人道的ダト非難サレル事デ）心苦し（マイッタ）」と思っている。

【一4】（花散里）次いで光は、丑寅の町の主花散里に「参座」する。

　夏の御住まひを見たまへば、時ならぬけにや（夏ノ庭ノ季節デナイセイカ）、いと静かに見えて、わざと好ましきこともなく（自分ノ趣向ヲ凝ラシテ見セルトイウコトモナク）、あてやかに（イカニモ上品ニ）住みなしたまへるけはひ見えわたる。
　…いと睦《むつ》ましく、ありがたからむ妹背《いもせ》の契りばかり聞こえかはしたまふ。（一四七）

花散里と光との関係を「ありがたからむ妹背《いもせ》の契り」というのは、普通の夫婦と違い、始めから肉体関係を持たずに、信頼し合えている二人の仲をいうと見てよいであろう。筆者は花散里の姉は前坊の女君であったと見る。[注4]花散里姉妹は宮家の生れであろう。前坊死後、桐壺帝が姉妹を内住みさせ、桐壺院没後、故院の依頼により、光が姉妹の生活を支え、姉君死後、光は妹の三君を二条東院の主とし、六条院では、丑寅の殿の主とした。前坊の鎮魂を大切にする光である。光が夕霧を更に玉鬘を、花散里に預けているのは、光が彼女の素直な人柄をそれだけ高く評価しているからである。

　御几帳《きちやう》隔てたれど（光との間に几帳を置き、花散里は隠れて座っておいでたが）、（光が几帳を）すこし押しやりたまへば、またさて（光にされるまま、もとの位置に）おはす（座っておいでる）。縹《はなだ》はげににほひ多からぬあはひにて御髪《みぐし》などもいたく盛り過ぎにけり。…

贈られた衣裳は「浅縹《あさはなだ》の海賦《かいふ》の織りざまなまめきたれどにほひやかならぬに、いと濃き掻練具《ぐ》して」であった。光は花散里の新春の衣裳は、自分の選択でよかったと思っている。

こまやかに古年の御物語などなつかしう（花散里に）聞こえたまひて、西の対（玉鬘の部屋）へ渡りたまふ。

【一5】（玉鬘）「まだ、いたくも住《す》み馴《な》れたまはぬほどよりは、けはひをかしくしなして、をかしげなる童《わらは》べの姿なまめかしく、人影あまたして、御しつらひあるべきかぎりなれども、こまやかなる御調度《てうど》は、いとしもととのへたまはぬを、さる方にものきよげに住みなしたまへり。（一四七～一四八）」

（大意）六条院に迎えられてから三月そこそこであるが、いい雰囲気に工夫して、童べに新春らしい衣裳を着せ、お付きの女房の数も光が思ったよりも多く、部屋のお道具は、必要最小限度で、細々としたお道具類は、整えてはいらっしゃらないが、それなりに小綺麗に住みこなしておいでる。

初春だからといって「わざとがましさ」がないのは、右近の采配よりも、花散里を見習ったのであろう。

正身《さうじみ》も、あなをかしげとふと見えて、山吹にもてはやしたまへる御容貌《かたち》など、いとはなやかに、ここぞ曇ると見ゆるところなく、隈《くま》なくにほひきらきらしく、見まほしきさまぞしたまへる。（一四八）

（大意）ご本人も、一目見て、ああいいなあという感じで、山吹の衣裳に引立てられる容貌などは、いかにも花が咲いたようで、一点の陰りも見えず、色艶もよくきらきらしていて、魅力十二分である。

贈られた衣裳は、「雲《くも》りなく赤きに、山吹の花の細長」であり、紫上をして、「内大臣《うちのおとど》のはなやかにあなきよげと見えながら、なまめかしう見えたる方のまじらぬに似たるなめり」と実父内大臣を想像させたが（玉鬘一三六）、光の衣裳の選択眼に狂いはなかった。「見まほしき（女君トシタイ）さまぞしたまへる（初音一四八）」は、光の実感である。「恋ひわたる身はそれなれど玉かづらいかなるすぢを尋ね来つらむ（玉鬘一三二）」と紫の前で詠んだ光である。自分が選んだ衣裳に身をつつんだ玉鬘を前にして、光は、「親」と自称しつつ、夕顔恋慕の情がわいてくる。「かくて見ざらましかば（玉鬘ニ会エナカッタラ）と思ほすにつけては、えしも見過ぐしたまふまじくや（トテモ、コノママデハ終ワレマイ）。（玉鬘八）かくいと隔てなく見たてまつり馴れたまへど（初対面以来、中ニ几帳モ置カズ直接オ目ニカカルノモ馴レナサッタケレドモ）、（親ト言ワレテモ）なほ思ふに（考エテミレバ）、隔たり多くあやしきが（実父デモナイノニ理解ニ苦シムコトデ）、現《うつつ》の心地もしたまはねば（コレガ現実トイウ気モナサラズ）、まほならずもてなしたまへるも（光ニ対シテ斜ニカマエテオイデルノモ）、いとをかし（光ハ魅力ガアルト思ッテオイデル）。（初音一四八）」

光が、親の意識で、紫上の部屋にも、遠慮せずいらしてください。「いはけなき初琴《うひごと》ならふ人（明石姫君）もあめるを、もろともに聞きならしたまへ。…」とおっしゃると、玉鬘は、「のたまはせんままにこそは」と答える。

【一6】（明石君）

暮れ方になるほどに、明石《あかし》の御方に渡りたまふ。近き渡殿《わたどの》の戸押し開《あ》くるより（近クノ渡殿ノ戸ヲ押シテ開ケルヤイナヤ）、御簾《みす》の内の追い風なまめかしく吹き匂《にほ》はかして（明石君ノ部屋デ薫イテイル香ノ匂イガパットタダヨッテ）、物よりことに気高《けだか》く思さる（格別気品ガ高イト光ハ感ジナサル）。…（一四九）

庭の梅の花の匂いを生かし、自然を大切にする春の殿とは別の空間である。

正身《さうじみ》は見えず（明石君本人ハイナイ）。いづら、と見まはしたまふに（ドコニ居ルノカト、部屋ノ中ヲ見マワシナサルト）、硯《すずり》のあたりにぎははしく、草子《さうし》どもとり散らしたるを（光ハ）取りつつ（一枚一枚手ニ取ッテ）見たまふ。唐《から》の綺《き》のことごとしき（仰山ナ）縁《はし》さしたる（刺繍ノシテアル）褥《しとね》にをかしげなる琴《きん》うちおき、わざとめきよしある（正式デ格式バッタ）火桶《ひをけ》に、侍従《じじゆう》をくゆらかして物ごとにしめたるに、裛被香《えひかう》の香《か》の紛《まが》へるいと艶《えん》なり。手習ども（会エナイ姫君ヘノ実母ノ思イヲ詠ンダ習作）の乱れうちとけたるも、筋変り、ゆゑある書きざまなり。（姫君宛ノ歌ヲ）ことごとしう草《さう》がちなどにもざえかかず、めやすく書きすましたり。小松の御返り（姫君からの返歌）をめづらしと見けるままに、あはれなる古言《ふるごと》ども書きまぜて、

めづらしや花のねぐらに木《こ》づたひて谷のふる巣をとへる鶯《うぐひす》
声待ち出たる」なども あり。「咲ける岡辺《をかべ》に家しあれば」など、ひき返し慰めたる筋など書きまぜつつある
を、（光ハ）取りて見たまひつつほほ笑み《ゑ》（苦笑シ）たまへる、恥づかしげ（見テイテコチラガ気後レスル感ジ）
なり。
（光ガ）筆さし濡《ぬ》らして、書きすさみたまふほどに、（明石君ハ）ゐざり出て、さすがにみづからのもてなし
はかしこまりおきて、めやすき用意なるを、なほ人よりはことなりと思す。白きに、けざやかなる髪のかか
りのすこしさはらかなるほどに薄らぎにけるも、いとどなまめかしさ添ひてなつかしければ、新しき年の御
騒《さわ》がれもやとつつましけれど、こなたにとまりたまひぬ。（一四九～一五〇）」
「唐《から》の綺《き》のことごとしき縁《はし》さしたる褥《しとね》」、「わざとめきよしある火桶《ひをけ》」、香では「侍従《じじゆう》と裛被香《えひかう》」といった高級な
品々が取り揃えられている。瀬戸内海貿易を握る明石入道が財力にものをいわせて、娘の明石君に恥をかかせま
いとバックアップし、明石君自身もそれを可として、新春の住まいはそうあるべきだと意識している。紫上や花
散里の意識と相反する。光の迎え方にしても、「参座」があると分かっていながら、座を外し、実子の姫君に会
えない心の痛みを、事前に光に解らせようとしているとしか取れない部屋の状況である。我が子に会えない実母
の心を光に秘める心の大きさがない。光が苦笑する所以であろう。
光から贈られた衣裳は、「梅《むめ》の折枝《をりえだ》、蝶《てふ》、鳥飛びちがひ、唐めいたる白き小袿《こうちぎ》に濃きが艶《つや》やかなる重ねて」で
あった。「唐めいたる」でなければ新春の住まいぶりに調和せず、また「白き小袿」にかかる髪が「なまめかし
さ」を添えると、イメージしての光の衣裳選択であったであろう。一方、光の明石君への衣裳選択を、紫が「思
ひやり気高きを」「めざまし」と見たのは、紫は、衣裳から、明石君の住まいぶりを読み、同調同化できない強
い違和感を感じてのことであったとなろう。

光は、明石姫君の部屋で明石君の姫君への贈り物に対し、「わざとがまし」と評したが、明石君の部屋では、そうも言わず、泊まったのは、姫君との対面を依然として許さないことに対する、光なりの対応であろう。

【17】（新しき年の御騒がれ）

…新しき年の御騒《さわ》がれもやとつつましけれど、こなた（明石君方）にとまりたまひぬ。なほ、おぼえことなりかしと、方々に心おきて思す。南の殿《おとど》には、ましてめざましがる人々あり。まだ曙《あけぼの》のほどに渡りたまひぬ。かくしもあるまじき夜深《よぶか》さぞかしと思ふに、なごりもただならずあはれに思ふ。待ちとりたまへる、はた、なまけやけしと思すべかめる心の中《うち》はばかられたまひて、「あやしきうたた寝をして、若々しかりけるいぎたなさを、さしもおどろかしたまはで」と御気色《けしき》とりたまふもをかしく見ゆ。ことなる御答《いら》へもなければ、わづらはしくて、空寝《そらね》をしつつ、日高く大殿籠《おほとのごも》り起きたり。（一五〇〜一五一）

北の殿の女房から、元旦に光が北殿に泊まられたという情報が、六条院全部に流れる。「なほおぼえことなりかし（ヤハリ光君ノ明石君ヘノ御寵愛ハ抜群ダッタノヨ）」と北の殿では得意になっている。「方々に（他ノ殿デハ）、心おきて（遠慮会釈モナイ、私達トハ違ウ、北ノ殿ノ女房方ニハ気ヲツケナケレバト）思す。」と「方々」に敬語が使われている。南の殿では女房達が北の殿をメザマシと非難する。

まだ曙のほどに渡りたまひぬ。かくしもあるまじき夜深さぞかしと思ふに、なごりもただならずあはれに思ふ。」

北の殿に対しては「思ふ」と敬語抜きである。

南の殿に対しては、「待ちとりたまへる」「思すべかめる」と敬語表現である。「曙のほど」と、人目にはっきりそれと見える明るさの中、南の殿に帰って、「…いぎたなさをさしもおどろかしたまはで」と、紫に言う光を

「をかし」と女房達は見る。紫は無言のまま。光は日が高く上ってから起きた。女房社会のゴシップを計算に入れた光の元旦の夜の泊りである。

二　臨時客を迎えて

「今日は臨時客《りんじきやく》のことに紛らはしてぞ、おもがくしたまふ。（一五一）」臨時客への応対に託けて、紫上に会わずに済ませなさる。

臨時客とは、正月（主として二日）に摂関大臣家で、親王、公卿たちを饗応する儀という。寝殿正面の庭の白砂を敷き詰めた部分が、その舞台であろう。そうそうたる客達の中で、「すこしなずらひなるだに見えたまはぬものかな。（一五一）」と、何に付けても光源氏が抜きんでている。去年十月迎えられた玉鬘のうわさは広まっており、「まして若やかなる上達部《かむだちめ》などは、思ふ心などものしたまひて、すずろに心げさうしたまひつつ、常の年よりもことなり。花（梅）の香さそふ夕風のどかにうち吹きたるに、御前《おまへ》の梅やうやうひもときて」と、自然（梅の花）も客の歓迎に一役果たす。催馬楽の「この殿」が演奏され、「何ごとも、さしいらへたまふ御光にはやされて、色をも音《ね》をもますけぢめ、ことになん分かれける。（一五二）」

昨夜の一件など吹き飛ばされる、春の殿の栄えである。

三　二条東院訪問―蓮の中の世界にまだ開けざらむ心地

［三―1］（蓮の中の世界にまだ開けざらむ心地）

かくののしる馬車《むまくるま》の音をも、物隔てて聞きたまふ御方々は、蓮《はちす》の中の世界にまだ開けざらむ心地もかくやと心やましげなり。（一五二）

臨時客を迎えてのはなやぎ、楽の面白さを見聞きできないだけでなく、春の殿を出入りする客人方の馬車の音も、遠くでの音でしかない御方々（明石君方の人々〜南東の春の殿から遠い北西の殿に住む）は、春の殿でなければ駄目だ、完敗だと認識している様子だというのであるが、その気持ちを「蓮の中の世界にまだ開けざらむ心地もかくや」と言う。この一文の典拠を『観無量寿経』に求めると、〈中品中生〉の説明に、

…行者《ぎょうじゃ》、みずから見れば、蓮華の上に座せり。蓮華すなわち合して。（この人）西方《さいほう》の極楽《ごくらく》世界に生まれ、宝池の中に在り。七日を経て、蓮華すなわち敷《ひら》く。華すでに敷《ひら》きおわれば、（この人）目を開き、合掌して、世尊《せそん》を讃歎《さんたん》す。

とあるのに、よったとなりそうである。注5

春の殿を「生ける仏のみ国」とする六条院全体のカテゴリーの中では、明石君方は〈中品中生〉と位置付けられている。明石君方での高級品の扱かわれ方が、仏最優先をモットーとする紫上・花散里等の立場から見ると、欲に溺れ傲慢でメザマシと映り、悟りの段階として「蓮の中の世界にまだ開けざらむここち」と軽視されるのであろう。

【三2】（光の二条東院訪問）

…東《ひむがし》の院に離れたまへる御方々は、年月にそへてつれづれの数のみまされど、…ただ心の願ひに従ひたる住まひなり。さわがしき日ごろ過ぐして渡りたまへり。（一五二〜一五三）

【三2①】（末摘花）蓬生巻の巻末に、「二年《ふたとせ》ばかりこの古宮《ふるみや》（旧常陸宮邸）にながめたまひて、東《ひむがし》の院といふ所になむ、後は渡したてまつりたまひける。（三五五）」とあった。

「常陸《ひたち》宮の御方は、人のほどあれば心苦しく思して、人目の飾りばかりはいとよくもてなしきこえたまふ。（初音一五三）」と、二条東院で、光は、まず末摘花を訪う。初対面の頃立派だった髪も、薄く白くなり、横顔を見

てさえ気の毒なので、光は、正面からの対応を避けておいでる。暮れに、光から贈られた衣裳は「柳の織物の、よしある唐草《からくさ》を乱れ織れるも、いとなまめきたれば」であった。それを初春に、どう着こなしているかである。現実は、

　柳はげにこそすさまじかりけれと見ゆるも、着なしたまへる人からなるべし。光もなく黒き掻練《かいねり》のさゐさゐしく張りたる一襲《ひとかさね》、さる織物の袿《うちぎ》を着たまへり。いと寒げに心苦し。襲《かさね》の袿などは、いかにしなしたるにかあらん。

末摘花は、とにかく黒を下に着て、上に贈られた柳の織物を着て寒そうにしている。見かねた光の問い、「御衣《ぞ》ものなど、後見《うしろみ》きこゆる人はべりや。…」に対する末摘花の返事は、「醍醐《だいご》の阿闍梨《あざり》の君の御《み》あつかひしはべるとて、衣《きぬ》どももえ縫ひはべらでなん。皮衣《かはぎぬ》をさへとられにし後《のち》寒くはべる」である。

大体、末摘花の冬の装束は、初対面の折に、

　聴色《ゆるしいろ》のわりなう上白《うはじら》みたる一かさね、なごりなう黒き袿《うちき》かさねて、表着《うはぎ》には黒貂《ふるき》の皮衣《かはぎぬ》、いときよらにかうばしきを着たまへり。古代のゆゑづきたる御装束なれど、なほ若やかなる女の御よそひには似げなうおどろおどろしきこと、いともてはやされたり。されど、げに、この皮なうて、はた、寒からましと見ゆる御顔ざまなるを…（末摘花二九三〜二九四）

であった。思うに、末摘花は、御父、常陸親王から、黒を着、表着に黒貂の皮衣を着なさいと躾けられており、ここに至っても、父の言い付けを頑迷に守り続けていること、玉鬘巻の巻末に語られた和歌や筆跡におけるのと同一なのであろう。末摘花にとって絶対なのは、故父常陸親王である。光の教育は、消化吸収しようともしない末摘花である。でありながら、「かくあはれに長き御心のほどを穏《おだ》しきものに、うちとけ頼みきこえたまへる（初音一五四）」と、光を頼り切っている。

光は、「皮衣《かはぎぬ》はいとよし。山伏《やまぶし》の蓑代衣《みのしろごろも》に譲りたまひてあへなむ。さてこのいたはりなき白妙《しろたへ》の衣《ころも》は、七重《ななへ》にもなどか重ねたまはざらん。さるべきをりをりは、うち忘れたらむこともおどろかしたまへかし。…」とのたまひて、向ひの院（二条院）の御倉《みくら》あけさせて、絹、綾《あや》など奉らせたまふ。…（一五五）」と、現実対応をきちんとする。

【三2②】（空蟬） 空蟬の情報は、関屋巻の巻末に、夫の常陸守死後、「人にさなむとも知らせで尼《あま》になりにけり。（関屋三六四）」とあり、玉鬘巻の正月の衣裳選びの中に「空蟬《うつせみ》の尼君に、青鈍《あをにび》の織物、いと心ばせあるを見つけたまひて、御料にある梔子《くちなし》の御衣、聴色《ゆるしいろ》なる添へたまひて（一三六）」とある。

空蟬《うつせみ》の尼衣《あまごろも》にもさしのぞきたまへり。うけばりたるさまにはあらず、かごやかに局住《つぼねず》みにしなして、仏ばかりに所得させたてまつりて、行ひ勤めけるさまあはれに見えて、経《きやう》、仏の飾り、はかなくしたる閼伽《あか》の具《ぐ》なども、をかしげになまめかしく、なほ心ばせありと見ゆる人のけはひなり。青鈍《あをにび》の几帳《きちやう》、心ばへをかしきに、いたくゐ隠れて、袖口ばかりぞ色ことなるしもなつかしければ、涙ぐみたまひて、「…さすがにかばかりの睦《むつ》びは、絶ゆまじかりけるよ」などのたまふ。尼君ものあはれなるけはひにて、「かかる方に頼みきこえさするしもなむ、浅くはあらず思ひたまへ知られはべりける」と聞こゆ。…（一五五〜一五六）

（**大意**）出家した空蟬の部屋へも、光は顔をお出しになった。得意げな様子ではなく、人目につかないひっそりした局にして、部屋の面積の大部分は仏に譲り、仏道修業に専心している様子に、光は心動かされる。置いてある経、仏の飾り、何でもない感じの閼伽の道具なども、いい感じで、しっとりとした美しさがあり、細々と神経を使っているとわかる部屋の雰囲気である。依然として生れ乍らのセンスのよさが感じられ、本人は青鈍の几帳に身をすっかり隠して坐り、見えるのは袖口だけであるが、それが墨染めであるのも光にはかえって近親感があって、涙ぐみながら、「…何といってもこの程度の心の通じ合いは、絶えるものではなかったのでした」などとおっしゃる。尼君もしんみりした雰囲気で「このように君のお世話になりましてから、浅くはない御縁だったのだと思うようになりました。」と申し上げる。

いにしへよりも、もの深く恥づかしげさまさりて、かくもて離れたることと思すしも、見放ちがたく思さるれど、はかなき言をのたまひかくべくもあらず、おほかたの昔今《むかしいま》の物語をしたまひて、かばかりの言ふかひだにあれかしと、あなたを見やりたまふ。（一五七）

（大意）忘れかけているあの頃よりも、深みがそなわり、見るからにこちらが引けを感じるようになり、このように二条東院で過ごさせ、距離をおいてしまったものだと思いなさるにつけても、このままにしておけない気になりなさるが、その場かぎりの言葉など口にすべきでもなく、一般的な昔今の世間話をなさって、せめてこの程度の話し甲斐だけでも在って欲しいと、「あなた（末摘花の部屋の方）」に視線が行く。

上述の最後の部分であるが、故父常陸親王を絶対としている結果であろうが、光の教育を消化吸収しようともせず、光に揶揄を与えながら、そうと意識も出来ない末摘花である。にもかかわらず、末摘花を、諦めて切り捨てず、何とかできないかと、執着を持ち続ける光源氏である。

［三2③］（二条東院に暮らす他の人々）

かやうにても、御蔭《かげ》に隠れたる人々多かり。みなさしのぞきわたしたまひて、…なつかしくのたまふ。いづれをも、ほどほどにつけて、あはれと思したり。…ただかばかりの御心にかかりてなん、多くの人々年を経《へ》ける。（一五七〜一五八）

二条東院新築当初、光は西の対に花散里を迎え、東の対に明石の君を予定し、「北の対はことに広く造らせたまひて、かりにてもあはれと思して、行《ゆ》く末《すゑ》かけて契《ちぎ》り頼めたまひし人々集《つど》ひ住むべきさまに、隔て隔てしつらはせたまへるしも、なつかしう見どころありてこまかなり。（松風三九七）」であった。

（**大意**）北の対は、格別広く造らせなさり、その場だけのことでも、愛しいと思い生涯共にと光が約束し頼らせた人々全員が住めるように、一部屋一部屋を独立させて造られた。それが、こういう部屋に住みたいと思わせる趣向を各部屋にそれぞれ施して、細かいところまで神経が行き届いていた。

光源氏が守らなければならない女性達とは、そのすべてが恋の相手であったとは限るまい。光はストイックである。皇統の血をひく女性で、身寄りを失ったり、不当な扱いを強いられたり、保護を必要とする方々を、二条東院に集めて、光が自分の責任のもと生活を保障した、と解釈する。

四　男踏歌

今年は男踏歌《をとこたふか》あり。内裏《うち》より朱雀院《すざくゐん》に参りて、次にこの院に参る。道のほど遠くて、夜明《あ》け方《がた》になりにけり。月の曇りなく澄みまさりて、薄雪《うすゆき》すこし降れる庭のえならぬに、殿上人《てんじやうびと》など、物の上手《じやうず》多かるころほひにて、笛の音《ね》もいとおもしろく吹きたてて、この御前《おまへ》はことに心づかひしたり。御方々も見に渡りたまふべくかねて御消息《せうそこ》どもありければ、左右《ひだりみぎ》の対《たい》、渡殿《わたどの》などに、御局《つぼね》しつつおはす。西の対《たい》の姫君は、寝殿《しんでん》の南の御方に渡りたまひて、こなたの姫君、御対面《たいめん》ありけり。上《うへ》も一《ひと》所におはしませば、御几帳《きちやう》ばかり隔てて聞こえたまふ。（一五八）

（**大意**）今年は男踏歌があった。内裏からはじめて、朱雀院を経て、次に六条院の順である。六条院までは道程があるので、六条院到着は夜明け方になってしまった。折しも十四日の月が曇り無く澄み、薄雪が少し降って、六条院の春の殿の庭の美しさは格別である。殿上人などに楽才が多く、笛の音も気分が晴れ晴れとするように吹きたてて、六条院でこそ楽才を発揮しようと気負っている。六条院の女君方にも男踏歌を見物に春の殿へと、お知らせがあったので、春の殿の左右の対・渡殿などを御局として見物される。西の対の姫君（玉鬘）は、紫上のお部屋にいらして、明石姫君にもお会いになった。紫上も明石姫君と御一緒なので、几帳越しにお話をなさった。

元旦の〈参座〉の折り、親と自称する光は、玉鬘に、遠慮なく、南殿にも来て、姫君（明石姫君）が琴を習っているから、一緒に聞いて下さい、と言った。光は、男踏歌見物を機に、それを実現させた。

朱雀院の后《きさい》の宮《みや》の御方などめぐりけるほどに、夜もやうやう明けゆけば、水駅《みづうまや》にて事そがせたまふべきを、例《れい》あることよりほかに、さまことに事加へていみじくもてはやさせたまふ。影すさまじき暁月夜《あかつきづきよ》に、雪はやうやう降り積む。松風木高《こだか》く吹きおろし、ものすさまじくもありぬべきほどに、青色の萎《な》えばめるに、白《しう》襲《がさね》の色あひ、何の飾りかは見ゆる。かざしの綿《わた》は、にほひもなき物なれど、所からにやおもしろく、心ゆき命延ぶるほどなり。殿の中将の君、内の大殿の君たち、そこらにすぐれて、めやすく華《はな》やかなり。ほのぼのと明けゆくに、雪やや散りてそぞろ寒きに竹河《たけかは》うたひてかよれる姿、なつかしき声々の、絵にも描《か》きとどめがたからんこそ口惜しけれ。御方々、いづれもいづれも劣らぬ袖口ども、こぼれ出たるこちたさ、物の色あひなども、曙《あけぼの》の空に春の錦《にしき》たち出《い》でにける霞《かすみ》の中《うち》かと見わたさる。あやしく心ゆく見物《みもの》にぞありける。さるは、高巾子《かうこじ》の世離れたるさま、寿詞《ことぶき》の乱りがはしき、をこめきたる言《こと》もことごとしくとりなしたる、なかなか何ばかりのおもしろかるべき拍子《ひやうし》も聞こえぬものを。例の綿かづきわたりてまかでぬ。（一五九〜一六〇）

（**大意**）朱雀院の后宮こと弘徽殿大后の御方などを廻っているうちに、夜も次第に明けて行くので、六条院では、男踏歌参加者の接待は、水駅で事を省略するのが普通だが、通常以上に、事を加えて大層歓迎なさった。白んで見える暁の月に、雪はやうやう降り積もっていく。東南の町の山の松風が高くから吹き下ろし、普通なら寒々としそうな時刻に、麹塵《きくじん》の袍に白下襲ときまった、踏歌の人々の装束に何の飾りがあろうか。かざしの綿は、色もないものながら、場所が場所で気持ちが晴れ晴れとし、心が満たされ命が延びるほどに感じるものである。殿の中将の君（夕霧）、内大臣の御子方が、大勢の中に優れて、華やかに見える。ほのぼのと夜が明ける頃、雪が多めに散り、何か寒そうに思われる中で、竹河を歌い、数人が群れをなして、あちらによろよろと寄り、こちらへも…と、寄り動く姿、耳に馴染む歌声が、絵に描き止めるすべもないのが事志に反して残念でたまらない。春の殿の見物の御方々の出だし衣《いぎぬ》の色の微妙な美しさは、曙の空に春の錦を断ち切って霞に浮かべて巡らせたのか。男踏歌というものは、不思議なことに見る者の心が満たされるものなのだと改めて思う。実は何で面白いのかとなると、とりたててこれという物は無いのだ。

いつものように綿をかづいて、男踏歌の一行は六条院から帰った。

「松風木高く吹きおろし」は、春の殿の庭を、「南の東は山高く、春の花の木、数を尽くして植ゑ（少女七八）」て初めて可能な風である。見物の「御方々」の〈出し衣〉の美しさに六条院の女君方の美意識の高さがうかがわれる。

玉鬘にとっては、恐らくはじめて訪問した南の殿であり、紫上にも明石姫君にも初対面である。それだけでも大きな体験であった。まして、男踏歌は、玉鬘が初めて見る大きな宮廷貴族行事であり、「殿の中将の君（夕霧）、内の大殿の君たち（玉鬘の兄弟達）、そこらにすぐれて、めやすく華やかなり。」を自分の目で確かめ、「竹河うたひてかよれる姿、なつかしき声々」に接し、強い印象、深い感銘に浸る一方、見物の仕方―〈出し衣〉の心得、香の薫き方、女房の衣裳の有り様、席の占め方など―多くを学びもした。光源氏が玉鬘に授けた大きなハイレベルの教育であった。

夜明けはてぬれば、御方々帰り渡りたまひぬ。大臣の君（光源氏）、すこし大殿籠《おほとのごも》りて、日高く起きたまへり。

紫上相手に、夕霧の声を弁少将（内大臣の次男、若くから美声で知られている）に引けを取らないといって満足し、「人々のこなたに集《つど》ひたまへるついでに、いかで物の音試《ねこころ》みてしがな。私の後宴《ごえす》すべし」と言って楽器を取り出すなど女楽の準備をする。

（女楽にむけて）御方々、心づかひいたくしつつ、心げさうを尽くしたまふらんかし。（初音一六〇～一六一）

新築なった六条院に光源氏が男踏歌を迎え、「水駅にて事そがせたまふべきを、例あることよりほかに、さまことに事加へていみじくもてはやさせ」たのは、折しも末世であり、六条院の地霊に活力をあたえ、前坊の鎮魂を祈ってであったであろう。

［付］源氏物語が男踏歌を語るのは、次に真木柱巻であり、その次は竹河巻である。

［付1］（真木柱巻の男踏歌） 真木柱巻では、冷泉帝の尚侍でありながら髭黒大将の手中におさめられた玉鬘を、髭黒は、男踏歌の際に参内させた。玉鬘は、承香殿《じょうきやうでん》の東面《ひむがしおもて》の御局で、明け方帰って来る男踏歌の一行を迎えた。

ほのぼのとをかしき朝ぼらけに、いたく酔《ゑ》ひ乱れたるさまして、竹河《たけかは》うたひけるほどを見れば、内の大殿の君達《きむだち》は四五人ばかり、殿上人の中に声すぐれ、容貌《かたち》きよげにてうちつづきたまへる、いとめでたし。童《わらは》なる八郎君はむかひ腹にて、いみじうかしづきたまふが、いとうつくしうて、大将殿の太郎君と立ち並びたるを、尚侍《かむ》の君も他人《よそびと》と見たまはねば、御目とまりけり。やむごとなくまじらひ馴《な》れたまへる御方々《かたがた》よりも、この御局《つぼね》（玉鬘方）の袖口、おほかたのけはひいまめかしう、おなじものの色あひ重なりなれど、ものよりことにはなやかなり。正身《さうじみ》も女房たちも、かやうに御心やりてしばしは過ぐしたまはましと思ひあへり。みな同じごとかづけわたす綿のさまも、にほひことにらうらうじうしないたまひて、こなたは水駅《みづうまや》なりけれどけはひにぎははしく、人々心げさうしそして、限りある御饗応《みあるじ》などのことどももしたるさま、ことに用意ありてなむ大将殿せさせたまへりける。（真木柱三八二～三八三）

（大意）ほのぼのと風情豊かな朝ぼらけに、ひどく御酒が廻っている様子で、竹河を歌っているのを見ると、内大臣の君達は四五人ほど、殿上人の中でも声がよく、容貌もいい感じで続いていらっしゃるのは、全く素晴らしい。まだ童である内大臣の八郎君はむかひ腹の御子で、大層大事にされておいでて、本当に可愛らしく、大将殿（髭黒）の御長男と並んで立っているのを、尚侍の君（冷泉尚侍、玉鬘）も他人とはご覧にならない（童なる八郎君は異母弟、大将殿の太郎君は義理の長子である）ので、玉鬘は目を止めてご覧になった。身分が高く、宮中行事に馴れておいでの冷泉帝の女御方よりも、この御局（玉鬘方）の出し衣と全体としての雰囲気が時代遅れでなく、他の女御方の御局のそれらと同じ物の色合重なりであるのに、他と違って、はなやかである。尚侍（玉鬘）も女房達も、このように晴れ晴れとした気分で暫らくは宮中生活をしたいと思っている。どこでも同じように男踏歌の人々に被けわたす綿にしても、格別上手に色付けされていて、水駅を担当されたが、賑やかな雰囲気で、集まる人々は尚侍を意識して緊張気味であり、水駅としてしなければならない御饗応などをきちんとしてある様子は、特別に気をつけて大将殿（髭黒）がおさせになっているのであった。

玉鬘は、初音巻の六条院での男踏歌見物の体験を、承香殿《じょうきやうでん》の東面の御局で十二分に発揮した。

ちなみに、真木柱巻の男踏歌は、「六条院には、このたびはところせしと省きたまふ（三八二）」であった。

［付2］（竹河巻の男踏歌・後宴の女楽） 初音巻の男踏歌の語りの終わりに、後宴の女楽の準備が語られていた（初音一六〇〜一六一）。この女楽について、竹河巻に短い言及がある。

竹河巻における男踏歌（歌頭薫、一月十四日）は、

御前《おまへ》より出でて冷泉院《れぜんゐん》に参る。女御も、この御息所《みやすどころ》（玉鬘の大君）も、上《うへ》に御局《つぼね》して見たまふ。（竹河九六）

と、玉鬘の大君（冷泉院の御子懐妊中）が冷泉院の寝殿の御局で男踏歌を見るのである。

薫を迎えて冷泉院は、

故六条院の、踏歌《たふか》の朝《あした》に女方《をんながた》にて遊びせられける、いとおもしろかりきと、右大臣《みぎのおとど》（夕霧）の語られし。…

（竹河九九）

と言う。

男踏歌が、六条院南殿の玉鬘（初音巻）と、冷泉帝の承香殿東面御局の尚侍玉鬘（真木柱巻）と、冷泉院寝殿の御局の玉鬘の大君（竹河巻）と、玉鬘の栄誉をつないでいる。これは、初音巻・真木柱巻・竹河巻の三つの巻が相互に切り離せない巻々であることを示している。先に夕顔巻巻末の結文を竹河巻の前口上と繋げて捉えたの[注6]とも、矛盾なく重なる。竹河巻は、後日添加された巻ではありえない。（巻末〔補説2〕その一②）

光源氏にとって玉鬘は、「恋ひわたる身はそれなれど」と紫に打ち明けた夕顔の鎮魂のために、臣下の姫君としての最高の生を、是が非でも全うさせなければならない女性であった。玉鬘は、真木柱巻の男踏歌に見るように、物事を真っ当に認識でき、人の心を素直に理解でき、実行力もあり、自分の立場も自分で守ることのできる女性に、光源氏によって育てられた。物語は「女の御心ばへは、この君をなん本《もと》にすべきと、大臣《おとど》たち定めきこえたまひけりとや。（藤袴三四六）」と語る。上掲の男踏歌に見られる玉鬘の栄誉は、そのまま光による夕顔の鎮魂に繋がる。

【注】

1　小学館　新編日本古典文学全集『源氏物語3』一四三頁頭注一四

2　望月郁子『源氏物語は読めているのか【続】―紫上考』笠間書院二〇〇六年一月の第九章「心ざしおかれたる極楽の曼荼羅」の［二―1］［二―2］

3　望月郁子『源氏物語は読めているのか―皇統の血の堅持と女人往生』笠間書院二〇〇二年六月の「はじめに」の六頁～七頁、第一部第六章「大君の死と中君の結婚」

4　注2の文献の第四章「空に通う御心」の［五2］

5　『浄土三部経（下）』ワイド版岩波文庫の『観無量寿経』［散心の凡夫、往生をうる九種の方法］―九種とは帚木巻で語られる〈上品上生〉から〈下品下生〉に至る「九品」を言う―の九種全部に渉って、『源氏物語』の当該本文〈蓮の中の世界にまだ開けざらむ心地〉の典拠を求め、関係部分を抜き出してみた。

〈中品上生《ちゅうぼんじょうしょう》〉「…みずから己《おの》が身を見れば、蓮華の台《うてな》に座せり。長跪《じょうき》合掌して、仏《ほとけ》に礼をなす。いまだ頭《こうべ》を挙げざる頃《あいだ》に、すなわち極楽《ごくらく》世界に往生《おうじょう》することを得て、蓮華すなわち開く。華、敷《ひら》く時にあたりて、もろもろの音声《おんじょう》を聞くに、…」

〈中品下生《ちゅうぼんげしょう》〉蓮の華の語り無し。

〈下品上生《げぼんじょうしょう》〉「宝蓮華に乗り、化仏《けぶつ》の後《しりえ》に随って、宝池の中に生まる。七七日を経て、蓮華すなわち敷《ひら》く。…」

〈下品中生《げぼんちゅうじょう》〉「…六劫《ろくこう》を経て、蓮華すなわち敷《ひら》く。…」

〈下品下生《げぼんげしょう》〉「…不善業《ごう》の五逆《ごぎゃく》・十悪《じゅうあく》を作り、（その他）もろもろの不善を具す。…（かの）善友《ぜんぬ》、告げていう、『汝よ、もし（仏《ほとけ》を）念ずることあたわざれば、まさに無量寿仏《むりょうじゅぶつ》（の名）を称うべし』と。かくのごとく、至心《ししん》に…〈南無《なむ「も」》阿弥陀仏《あみだぶつ》〉と称えしむ。…一念の頃《あいだ》ほどに、すなわち極楽《ごくらく》世界に往生《おうじょう》することをえ蓮華の中において、十二大劫《だいこう》を満たし、蓮華まさに開く。…」

以上、蓮華の開き方から見て、初音巻の当該箇所に該当するのは〈中品中生〉と見る。

6　本書の第三章の三夕顔巻の巻末の結文

第七章　胡蝶巻――六条院の「春の御前」の晩春

内容

一　「生ける仏の御国」の池の舟遊びと夜を撤しての楽と舞

［一1］（舟遊び）

三月《やよひ》の二十日《はつか》あまりのころほひ、春の御前《おまへ》のありさま、常よりことに尽くしてにほふ花の色、鳥の声、他《ほか》の里には、まだ古《ふ》りぬにやとめづらしう見え聞こゆ。山の木立《こだち》、中島《なかじま》のわたり、色まさる苔《こけ》のけしきなど、若き人々のはつかに（チラリトシカ見エズ）心もとなく（モットヨク見タイト）思ふべかめるに（思ウニチガイナイノデ）、唐《から》めいたる舟造らせたまひける（実ハ造ラセテオイデタ）、（ソレヲ）急ぎさうぞかせたまひておろし始めさせたまふ日は、雅楽寮《うたづかさ》の人召して、船の楽せらる。親王《みこ》たち、上達部《かむだちめ》などあまた参りたまへり。

（胡蝶一六五）

春も末の三月二十日余になっても、春の殿の庭は、花の色艶も鳥の声も衰えず、ここだけは春が終わっていなかった。

六条院造営に当たって、光源氏が最も力を入れたのは、四町を占める六条院の南側の山の裾を、東南を大きく開けて、西へゆったりと流れ、舟遊びを楽しめる大きな池造りであり、とりわけその「池の鏡」造りであった。光は、長続きする今年の春を、池から眺めるとどう見えるか、急遽、竜頭鷁首《りようとうげきしゆ》の舟（二艘）を完成させ、進水の日は、雅楽寮の玄人達を招じて船の楽を演奏させ、親王達、上達部達が余るほど春の殿に集まった。

中宮が、南西の秋の殿に里さがりされた。昨年秋、中宮は、新築なったばかりの秋の殿の紅葉を讃えて歌を紫上に贈った。光はその返歌は、春にと紫に言い、春秋論争として保留しておいた。

光は、六条院の春を秋好中宮のご覧に入れたかったが、軽々しいことは出来ず、中宮付きの若い女房で、センスがよく歌の巧い人々の舟遊びを企画された。南の池は、中宮方に通じている。小さな築山を春の殿と秋の殿との池の境の隔ての関と見えるように造ってある。その築山の崎から漕ぎ出して、春の殿の池の最も東に在る東の釣殿に、紫上付きの若い女房達を出迎え役として待機させなさる。

竜頭鷁首《りようとうげきしゆ》（二艘）を、唐風に飾り立て、梶とりの棹をさす童べは、みな角髪《みづら》を結わせ、唐風な衣裳を着せた。舟が大きな池の真ん中あたりに出ると、池の中から周囲の風景を見たことのない女房などは、本当に知らない国に来たような気分になり、興がわき、気持ちが晴れ晴れとする。中島の入江の岩陰に舟をさし寄せて見ると、なんでもない石の立て並べ方も絵のようである。舟中より見れば、南側の池の周りの山を覆う花や木草の美しさ、中島の植込、北側の「お前の方」の柳・花・「廊《らう》を繞《めぐ》れる藤」「池の水に影うつしたる山吹《やまぶき》」「鴛鴦《をし》の波の綾《あや》に文《もん》をまじえたるなど」船中から見る〈春の殿〉の自然の素晴らしさを、中宮付きの若い女房達は堪能し、歌を詠み合った。

暮れかかる時分に、皇麞《わうじやう》という楽が演奏され、これを聞きながらもっと乗っていたいと思っていると、釣殿に舟がさし寄せられて、中宮付きの若い女房たちは、舟をおりた。釣殿の内部は、簡素で素朴な感じがし、集まった中宮付きとそれを迎える紫付きの若い女房達の装束と容貌は、「花をこきまぜたる錦《にしき》」と見える。楽人は、めったに演奏されないめずらしい楽を演奏する。舞人などは、光に念入りに選択されていて、見物の人々が満足できるように、ありとあらゆる舞の手を披露する。（以上一六五～一六八）

夜に入り暗くなってしまっても、飽き足らない気持ちがして、御前の庭に篝火をともし、御階のもとの苔の上に、楽人を召して、上達部、親王たちも、みなおのおの弾き物、吹物を演奏なさる。名人級の専門の楽士が双調《さうでう》を吹くと、堂上で待っていた方々が弦楽器をはなやかに掻きたてて、安名尊《あなたふと》を遊びなさる、その間、「生けるかひありと、何《なに》のあやめも知らぬ賎《しづ》の男《を》も、御門《みかど》のわたり隙《ひま》なき馬《むま》、車《くるま》の立処《たちど》にまじりて、笑《ゑ》みさかえ聞きけり。」し管弦を楽しんで明かしなさる。音取が入って、喜春楽《きしゅんらく》になり、兵部卿宮は青柳《あをやぎ》を折り返しおもしろくうたひなさる空の色、物の音も、春の調べ、響きは、まったく他の季節とは違うと、区別がついておいでるのでしょう。夜通し管弦を楽しんで明かしなさる。

舟遊びに続く楽と舞は、夜を撤して催され、門の辺りは、「生けるかひありと…賎《しづ》の男《を》」も「馬《むま》、車《くるま》の立処《たちど》にまじりて笑みさかえ聞きけり。」光源氏は、春の殿のこの一昼夜を「生ける仏の御国」として演出し、賎の男も含めて、参加者に「生けるかひあり」と、浄土の荘厳を印象付けた。

この舟遊びの体験者を秋好中宮付きの「若き女房のものめでしぬべき」に光がしぼったのは、光がこの舟遊びとそれに続く楽と舞を捧げる対象を示唆する。光の六条院造営は、前坊の旧邸六条宮を前坊の遺児秋好中宮の里さがりの邸として改築し、まずは前坊の鎮魂に努めたいという祈りが根底にあると見る。前坊の鎮魂のための六条院造営において、自然の美しさを可能な限り結晶させようとした結果が、池の中に入って池の鏡を楽しむ舟遊びに至った。それを体験する最初の人々を、中宮付きの「若き女房のものめでしぬべき」とするところに、光の、故前坊尊重に重ねて中宮付きの若い女房の感受性尊重が伺える。

夜も明けぬ。朝ぼらけの鳥の囀《さへづり》を、中宮は、物《もの》隔てて ねたう（モット近クデ聞キタイト）聞こしめしけり。

（一六九）

【一2】（六条院春の殿に集まった人々）「西の対の姫君（玉鬘）」が特に欠点も無く、「わざと思しあがめきこえたまふ（正式ニ娘トシテ大切ニナサル）」光源氏のご機嫌の良さなど、評判になっており、光の予想通り「心なびかしたまふ（玉鬘ニ思イヲ寄セ）」意思表示する人、出来ずに気持ちを高ぶらせる若君達なども出てくる。「内の大殿の中将（柏木）」も「事の心（玉鬘の実父）」を知らず、「すきぬ（夢中ニナッテシマッテイル）べかめり。」舟遊びに続いた夜を撤しての楽と舞いに、見物しているであろう玉鬘の目を意識するそれらの人々を、光が見逃すはずもない。

北の方に先立たれて三年になる兵部卿宮はすでに求婚の意志を光に標示していた。「今朝もいたうそら乱れして、藤の花をかざしてなよびさうどきたまへる御さまいとをかし。」光は、つとめて「知らず顔」で通し、酒を勧めていた。

二　中宮の季の御読経における紫上による仏への献花

「今日（舟遊びの翌日）は、中宮の御読経《みどきやう》（季の御読経といい、春秋二季—二月・八月 、又は三月・九月—僧を請じて四日間、大般若経を講ずる）のはじめ（初日）なりけり。」昨夜から春の殿につめていた貴族たちは、「日の御装《よそ》ひ（束帯姿）」に着替え、「午《むま》の刻《とき》（正午）ばかりに、みなあなた（中宮の秋の殿）に参りたまふ。（一七一）」六条院の「町々の中の隔てには、塀《へい》ども廊《らう》などを、とかく行き通はして、け近くをかしき間《あはひ》にしなしたまへり。（少女八一）」昨年の長月（九月）、秋好中宮が花紅葉を紫に奉った折には、使者の「大きやかなる童《わらは》」が「廊、渡殿《わたどの》の反橋《そりはし》を渡りて（紫の住む春の殿の御前に）参る（少女八一～八二）」であった。今日の御読経への参列者は、光源氏をはじめ、昨日春の殿に集まった「上達部《かむだちめ》、親王《みこ》たち（胡蝶一六八）」、「殿上人《てんじやうびと》なども残るなく参る（一七一）」であった。中宮の季の御読経を念頭において、光はその前日に舟遊びと夜を撤しての楽と舞いを企画したのである。

以下、紫上の仏への献花の語りである（【　】内以外は、旧来、春秋論争とされてきた部分である）。

【「春の上の御心ざしに、仏《ほとけ》に花奉らせたまふ。鳥、蝶《てふ》にさうぞき分けたる童《わらは》べ八人、容貌《かたち》などことにととのへさせたまひて、鳥には、銀《しろかね》の花瓶《はながめ》に桜をさし、蝶は、黄金《こがね》の瓶《かめ》に山吹《やまぶき》を、同じき花の房いかめしう、世になきにほひを尽くさせたまへり。南の御前の山際《やまぎは》より漕《こ》ぎ出でて、（秋の殿の）御前に出づるほど、風吹きて、瓶の桜すこしうち散り紛《まが》ふ。いとうららかに晴れて、霞《かすみ》の間《ま》より立ち出でたるは、いとあはれになまめきて見ゆ。わざと平張《ひらばり》なども移されず、御前に渡れる廊を、楽屋《がくや》のさまにして、仮に胡床《あぐら》どもを召したり。童べども御階《みはし》のもとに寄りて、花ども奉る。行香《ぎやうがう》の人々取りつぎて、閼伽《あか》に加へさせたまふ。】御消息《みせうそこ》、殿の中将の君して聞こえたまへり。

花ぞののこてふをさへや下草に秋まつむしはうとく見るらむ

宮、かの紅葉《もみぢ》の御返りなりけりとほほ笑《ゑ》みて御覧ず。昨日《きのふ》の女房たちも、「げに春の色はえおとさせたまふまじかりけり」と花におれつつ聞こえあへり。【鶯《うぐひす》のうららかなる音《ね》に、鳥の楽《がく》はなやかに聞きわたされて、池の水鳥もそこはかとなく囀《さへづ》りわたるに、急になりはつるほど、飽かずおもしろし。蝶はまして、はかなきさまに飛びたちて、山吹の籬《ませ》のもとに、咲きこぼれたる花の蔭に舞ひいる。（一七一～一七三）】

（**大意**）春の上（紫上）は、ご自身の仏に対する御心ざしを表明する目的で、仏に献花をなさった。鳥の装束をつけた童四人と蝶の装束をつけた童四人、容貌など整っていて体型も大差のない童計八人を選び出し、鳥には、銀の花瓶に桜をさし、蝶には、黄金の瓶に山吹を、花の房が同じように立派で、めったにない色のきれいなものを、春の庭の山吹のなかから選びぬいてであろう、さしてある。その花瓶を鳥と蝶に持たせて昨日の舟に乗せ、南の殿のお前の山際から漕ぎ出て、秋の殿のお前に出る。丁度その辺りで、風が吹いて、瓶の桜がすこし散ってはらはらと舞った。空はうららかに晴れていて、霞の間から桜が散るかのようで、感無量で、しっとりと美しい。中宮は、昨日の平張などをこちらに移したりはなさらず、御殿に続いている廊を楽屋のようにして、仮に胡床（略式の椅子）を用意させておいでる。

舟を下りた童達は御殿の御階のところに近寄って、鳥は銀の瓶の桜、蝶は黄金の瓶の山吹を奉った。行《ぎやう》香《がう》の（僧に香を配る）人々が、花瓶を取次いで、閼伽《あか》に加えなさった。

紫上から秋好中宮へのご挨拶は、夕霧を使者として申し上げなさる。

花園のこてふをさえや下草に秋待つ虫はうとく見るらむ

受け取られた中宮は、あの（去年の秋の）紅葉の御返事なのだったと、苦笑して、紫の歌をご覧になる。昨日舟遊びを楽しんだ女房達も、「全く、この院では春の色の美しさは低く見ることはできますまい」と花に圧倒されて、そう申し上げている。

鶯のうららかな鳴き声にはやされて、鳥の楽が一際はなやかになり、池の水鳥も、それぞれが声を張り上げて囀りつづけるうちに、楽は急になってしまい、その急が、素晴らしく、こころが晴れ晴れする。鳥の急の舞にもまして、蝶ははかない感じに飛び立ち、山吹のまがきのもとに咲き溢れた花の陰に舞ながら入った。

対仏となった時の紫上の演出力の豊かさに圧倒される。昨日、池を西から東へ漕ぎ渡ったのに対し、今日は、仏に奉る花瓶を鳥と蝶に持たせて東から西へと、池を有効に使っている。鳥と蝶を演じる童べの衣裳は、形式の決まったものであろうが、紫上の指揮のもと、この場の雰囲気を盛り上げるように仕立てられたものであろう。「生ける仏の御国」の女君にふさわしく、〈仏への献花〉に枠を懲らし、浄土を彷彿とさせる紫上である。

宮の亮《すけ》（中宮付きの役人）をはじめて、さるべき上人《うへびと》ども、禄《ろく》（引出物）とりつづきて、童べに賜《た》ぶ。鳥には桜の細長《ほそなが》、蝶には山吹襲《がさね》賜《たまは》る。かねてしもとりあへたるやうなり（前以テ話ガ通ジテイタカノヨウニ、実ニピッタリシテイル）。物の師ども（楽・舞の師）は、白き一襲《ひとがさね》、腰差《こしざし》など次々に賜ぶ。中将の君には、藤の細長添へて、女の装束《さうぞく》かづけたまふ。（一七三）

と用意周到な中宮である。

春秋論争といわれてきた歌のやりとりであるが、紫の「花ぞのの…」に対して、

御返り、「昨日《きのふ》は音《ね》に泣きぬべくこそは。

こてふにもさそはれなまし心ありて八《や》重《へ》山吹《やまぶき》をへだてざりせば」

とぞありける。すぐれたる御労《らう》どもに、かやうのことはたへぬにやありけむ、思ふやうにこそ見えぬ御口つきどもなめれ。（一七三）

物語の批判とはうらはらに、従来、胡蝶巻といえば、この二人の歌だけがクローズアップされる向きが強いのは、物語享受層の和歌重視の反映であろうか。

まことや、かの見物《みもの》の女房たち、宮のには、みな気色《けしき》ある贈物ども（紫上は）せさせたまうけり。さやうのこと委《くは》しければむつかし。明け暮れにつけても、かやうのはかなき御遊びしげく、心をやりて過ぐしたまへば、さぶらふ人もおのづから、もの思ひなき心地してなむ、こなたかなたにも聞こえかはしたまふ。

（一七四）

春の殿と秋の殿相互のなごやかな交流が、こうして築かれた。

三　光源氏・玉鬘それぞれの悩み

[三1]（玉鬘の急成長）玉鬘が六条院に迎えられて半年近くが経過している。

西の対の御方は、かの踏歌《たふか》のをりの御対面《たいめん》の後《のち》は、こなた（紫上）にも聞こえかはしたまふ。（一七四）

前述［一2］では「西の対の姫君」であった。以下の「御方」に一人前の女君の意識を読むべきであろう。新春の男踏歌を春の殿で紫上と共に見て以降、春の殿の素晴らしさを紫上と共に満喫し、前述［一］［二］の催しも春の殿で楽しみ、幸福感にも浸り、紫上から教えられることも多々あって自然であり、玉鬘は、短期間にそれなりの成長を遂げていると見てよいであろう。

深き御心用《こころもち》ゐや、浅くもいかにもあらむ、気色いと労《らう》あり、なつかしき心ばへと見えて、人の心隔つべくもものしたまはぬ人のさまなれば、いづ方にもみな心寄せきこえたまへり。聞こえたまふ人（求愛ナサル男性）いとあまたものしたまふ。されど、大臣《おとど》（光）、おぼろけに思し定むべくもあらず（一七四）

（大意）「西の対の御方」は、ものごとを深く掘り下げるたちなのか、浅くても深くても、お見受けしたところ気使い気配りがきき、生来、人に親しみやすい御気性らしく、付き合うのに用心など必要もない御様子なので、紫上にも、花散里にもどなたにも好意を持たれておいでる。求愛なさる男性は全く余るほど大勢いらっしゃる。そうであっても、光源氏は、よほどの相手でなければ、彼女の男君と決めなさるはずもない。

夕霧は、同じ丑寅の町に暮らし、光に「…用意して睦《むつ》びとぶらへ（玉鬘一三二）」と紹介されて以来、光源氏の姫君と決めて疑いもしない。玉鬘の実の兄弟である「内の大殿《おほいどの》の君《きみ》たち」が、夕霧に案内されて、「よろづに気色ばみ、わび歩《あり》く」のを、玉鬘は、内心当惑し、自分の存在を実父に知られたいと思っても、それを一言も言わず、光一人を頼っておいでる様子など、光は保護意識をかきたてられ、いかにも若いと感じている。光の目には、夕顔に似ているのではないが、「なほ母君のけはひに、いとよくおぼえて（雰囲気ガ故母夕顔ソックリデ）、これは才《かど》めいたるところぞ添ひたる（一七五）」と受けとめている。

[三2]（**光による、玉鬘への文のチェックと求婚者への対応の指示**）四月になる。更衣《ころもがへ》して雰囲気が新鮮になった。「対《たい》の御方」に文がしきりに届く。太政大臣で暇な光は、玉鬘の部屋を訪れ、男からの文をチェックし、対応の仕方を教える。

兵部卿宮《ひやうぶきやうのみや》の文については、兄弟の中での一番の仲良しだが、女性に宛てた文は今まで見たことがない、初めてだと前置きし、

「…世の末に、かく、すきたまへる心ばへを見るがをかしうもあはれにもおぼゆるかな。なほ御返りなど聞こえたまへ。すこしも故《ゆゑ》あらむ女の、かの親王《みこ》より外《ほか》に、また言の葉をかはすべき人こそ世におぼえね。いと気色《けしき》ある人の御さまぞや」と、若き人はめでたまひぬべく聞こえ知らせたまへど、つつましくのみ思《おぼ》いたり。（一七六）

（**大意**）「この年になって、こんなに女性に熱中なさるのが生来の御気性と見ると、面白いとも気の毒だとも思われる。やはり、お返事などは差し上げてください。トップレベルの教養のある女性が歌で交際する相手は、この宮以外になさそうです。色気のある方ですよ」と、若い女性なら宮を評価するにちがいないように知らせてあげても、玉鬘は、付き合いたくないと思っておいでる。

光は、右大将（髭黒）の文を「さる方にをかし」とし、更に、届けられている玉鬘あての手紙全部を見比べるうちに、香を秘し染ませた細く小さな結文《むすびぶみ》を見つけ、引き開けた。

手いとをかしうて、

思ふとも君は知らじなわきかへり岩漏る水に色し見えねば

書きざまいまめかしうそぼれたり。(一七七)

光にこれはと聞かれても、玉鬘ははっきり答えない。光は右近を呼び出して、玉鬘宛ての文の扱い方の一般論を述べる。「君はうち背《そむ》きておはする、側目《そばめ》いとをかしげなり。…(一七八)」

右近もうち笑《ゑ》みつつ見たてまつりて、親と聞こえんには、似げなう若くおはしますめり、さし並びたまへらんはしも、あはひめでたしかし、と思ひゐたり。(一七九)

玉鬘が光と結ばれて欲しいが右近の本音である。(以下、光が玉鬘に会う時、右近は引き下がり、光が玉鬘に接近しやすい状況を作ることが多い。)光が例の細く小さな結び文の主を尋ねる。右近に「内の大殿《おほいどの》の中将(柏木)」と報されて、光は

「いとらうたきことかな。下臈《げらふ》なりとも、かの主《ぬし》たちをば、いかがいとさははしたなめむ。公卿《くぎやう》といへど、この人のおぼえに、かならずしも並ぶまじきこそ多かれ。さる中にもいと静まりたる人なり。おのづから思ひあはする世もこそあれ。掲焉《けちえん》にはあらでこそ言ひ紛らはさめ。見どころある文書《ふみか》きかな」など、とみにもうち置きたまはず。(一八〇)」

(**大意**)「全くいじらしいことだ。冠位はまだ低いけれども、彼レベルの若い人を、そうそう辱めることができようか。公卿であっても、このかたに対する世間の信用に、かならずしも肩を並べることのできない者は多いのだが。中でも、落ち着いているお人だ。玉鬘と交際して自然に当人同志の関係が彼に解ることがあってはいけない。露骨な言い方でなく、それとなく言わなければ。見事な手紙の書き様だ」などといって、光は、内大臣の中将(柏木)の文をじっと見て、すぐにも置きなさらない。

柏木は、玉鬘にとっては実父の長男であり、大事な兄弟である。光の柏木評は、玉鬘も柏木も傷つけないよう

に神経を使った言い方であるが、ここで「「見どころある文書きかな」など、とみにもうち置きたまはず」と柏木の女性宛ての文と筆跡を光が脳裏にインプットしたのは、周知のように、若菜下巻に至って、女三宮宛ての文の主を光に柏木と見抜かせるための伏線である。胡蝶巻執筆の段階で、若菜下巻の柏木の悲劇は作者のプロットにかなりきちんと予定されていたのが窺える（巻末〔補説3〕）。

光は、玉鬘の存在を実父の内大臣に打ち明けることについて、結婚を先にと言い、候補の兵部卿宮は女性関係が多すぎることが、髭黒大将は北の方との折り合いが悪いことが、それぞれ問題だとして、玉鬘に二人をすすめない。光は、二人のどちらにも玉鬘を渡せない、光自身が大切にするほうが、玉鬘のためであり、夕顔も浮かばれると思うのであろう。

「今はなどか何ごとをも、御心に分《わ》いたまはざらむ。まろを、昔ざまになずらへて、母君と思ひないたまへ。御心に飽かざらむことは心苦しく」など、いとまめやかに聞こえたまへば、苦しうて御答《いら》へ聞こえむともおぼえたまはず。いと若々しきもうたておぼえて、「何ごとも思ひ知りはべらざりけるほどより、親などは見ぬものにならひはべりて、ともかくも思うたまへられずなむ」と、聞こえたまふさまのいとおいらかなれば、げにと思《おぼ》いて、「さらば世の譬《たとひ》の、後の親をそれと思《おぼ》いて、おろかならぬ心ざしのほども、見あらわしたまひてむや」などうち語らひたまふ。（一八一〜一八二）

（**大意**）「今は何事であろうと、あなたご自身での御判別・御決断次第でしょう。私を、忘れられないあの方との御縁で、母君と努めてお思いください。御満足なされないことがあれば、困ります。」などと、大真面目でおっしゃると、玉鬘は当惑してお返事なさる気にもなれず、応答なしでは年甲斐もないので、「何一つ記憶に残っていない年令で親に別れてこのかた、親などいうものは見たこともございませず、何とも分別致しかねます」と、おっしゃる様子が、非常に老成した感じなので、光はなるほどと思って、

「それでは、世の譬えの後の親がそれに当たると思って、あなたに対して決して粗雑ではない私の長年の気持ちの真剣さも、ご理解いただけませんか」など、心をこめてぽつりぽつり話しなさる。

光は、玉鬘を六条院へ迎えた時点で、自分が玉鬘の親になると決めている。光は、「育ての親」として紫を八歳から育て、理想の女性に育て上げた。光は紫に対して、一対一の男女間はストイックで通しているが、親子間のスキンシップは大事にしてきた。今、玉鬘に対して、母親替りを申し出、玉鬘に「親というものを知らない」と返され、「自分（光）を後の親と思え」というのは、親とはを解らせて上げようの意である。

部屋を出ようとして、実父のことを本人がどう思っているのか確かめたく、

「ませのうちに根深くうゑし竹の子のおのが世々にや生ひわかるべき

思へば恨めしかべいことぞかし」と、御簾《みす》ひき上げて聞こえたまへば、ゐざり出でて、

「今さらにいかならむ世か若竹の生ひはじめけむ根をばたづねん

なかなかにこそはべらめ」と聞こえたまふを、いとあはれに思しけり（一八二〜一八三）

（大意）「大切にお世話してきたが、やがては実の親に引き取られて、お別れとなるのでしょうか。貴女の御本心を聞いておかなければ」と、光が、御簾を引き上げておっしゃると、玉鬘は膝を進めて、「いまさら、実の親を尋ねたりなど。せぬがましでございましょう。」と答えなさるのを、光は、聞いてはいけなかったかと思いなさった。

玉鬘は、この点では、光の心がよく解る。

大臣《おとど》の御心ばへのいとありがたきを、親と聞こゆとも、もとより見馴《みな》れたまはぬは、えかうしもこまやかならずやと、…見知りたまへば、いとつつましう心と知られたてまつらむことは難《かた》かるべう思す。（一八三）

（大意）大臣（光源氏）の玉鬘に対する独特のご好意が世間にめったにないものであるのは確かで、親と申

し上げるお方でも、幼い時からお目にもかかっていない場合は、大臣のようにここまで細かな心使いはできないのではないかと、…見てわかりなさるので、実父への思いは表に出せず、自分から実父に名乗り出るようなことは決してやってはいけないと玉鬘は心に決めている。

[三3]（光、紫に玉鬘の話をする）「殿《との》は、いとどらうたしと思ひきこえたまふ。上《うへ》にも語り申したまふ。（一八三）」「語り申す」であるが、マヲスは、有りの侭にすべてを打ち明けて言うを原義とする。光と紫との間は、隠し立てを徹底排除し、一切をオープンにが原則とされている。玉鬘自身が紫上と昵懇になっている。光が玉鬘を誉めると、紫は光の心を見抜いて、「ものの心得つべくはものしたまふめるを（モノガヨク解リナサルオ方トオ見受ケシマスガ）、うらなくしもうちとけ頼みきこえたまふらん（光ニ対シテ何ノ警戒モナサラナイ）こそ心苦しけれ」と光に釘をさす。光が反論すると「いでや。我にても、…」と、紫の体験を引き出す。このように間接的ながら玉鬘を守る紫上である。

[三4]（光、玉鬘の部屋で玉鬘に接近）雨上りの夕方、光は新緑の空を眺め、前触れなしに玉鬘の部屋へ行く。手習《てならひ》などして、うちとけたまへりけるを、起き上がりたまひて、恥ぢらひたまへる顔の色あひいとをかし。なごやかなるけはひの、ふと昔思し出でらるるにも、忍びがたくて、「見そめたてまつりしは、いとかうしもおぼえたまはずと思ひしを、あやしう、ただそれかと思ひまがへらるるをりをりこそあれ。あはれなるわざなりけり。…かかる人ものしたまうけるよ」とて涙ぐみたまへり。箱の蓋《ふた》なる御くだものの中に、橘《たちばな》のあるをまさぐりて、

　橘のかをりし袖によそふればかはれる身ともおもほえぬかな

世とともの心にかけて忘れがたきに、慰むことなくて過ぎつる年ごろを、かくて見たてまつるは、夢にやとのみ思ひなすを、なほえこそ忍ぶまじけれ。思し疎《うと》むなよ」とて、御手をとらへたまへれば、女かやうにも

ならひたまはざりつるを、いとうたておぼゆれど、おほどかなるさまにてものしたまふ。

袖の香をよそふるからに橘のみさへはかなくなりもこそすれ（一八五〜一八六）」

（**大意**）歌の習作などをして、軽い身形で楽にしておいでた最中に前触れもなく光が部屋に来られた。起き上がって、恥ずかしそうにお顔を赤らめておいでる、そのお顔の色が光をひきつける。そのやわらかな雰囲気に、ふと「昔」すなわち、忘れもしないなつかしいあの方（夕顔）が思い出されるにつけても、忍ぶことができず、「初めてお目にかかって、あなたが心に染み付いてしまった、あの時には、ここまで似てはいらっしゃらないと思ったのを覚えていますが、不思議なことに、あなたが、ただあの方（夕顔）かと錯覚する折り折りがあるのですけれど。感無量な不思議なことだとつくづく思います。…このように故母君にそっくりな方もいらっしゃったのでした」といって涙ぐみなさる。箱の蓋に盛られた御果物の中に橘があるのを手にし、

橘のかをりし袖によそふればかはれる身ともおもほえぬかな

（あなたが夕顔その方で、お子の姫君とは思えません）

時がいくら経過しても夕顔のイメージを心にかけて忘れようにも忘れることができず、慰められることも無くて何年も過ぎて来た今、こうしてお会いするのは、夢だと努めて思っていても、これ以上こらえられない。嫌わないで下さい」といって、玉鬘の御手をとらえなさった。女はこんな経験は一度もなく、全く度が過ぎていると思うけれども、何事も無いかのごとく落ち着いておいでる。

袖の香をよそふるからに橘のみさへはかなくなりもこそすれ

（私に死者を重ねられるだけで、橘の実と共に私の身が亡くなってしまうと困ります）

玉鬘に亡き夕顔を重ね、夕顔恋しさのあまり、光は玉鬘の「御手をとらへ」るに至った。光の夕顔思慕の情は、

別に纏めて述べた。[注1] この場の光の夕顔思慕は、玉鬘の「なごやかなるけはひ」に触発されて「ふと昔思し出でらるる」という本文そのままに、光の脳裏に夕顔がはっきりとよみがえったのであって、光にとっては、玉鬘が玉鬘であると同時に夕顔であるとなったと見なければなるまい。

この光の夕顔思慕が、母の記憶もない玉鬘に通じるか否かである。玉鬘はゆったりと落ち着いて、上掲の歌を返した（歌の大意は「亡き母にそっくりだと扱われるだけで、私の身さえもが、駄目になっては困ります」「私を亡者に重ねないで下さい」。歌中のモコソは、…ダトイケナイ、…ダトコマルの意）。玉鬘は、父に捨てられ、母は行方不明で、唯々乳母に守られ励まされて懸命に生きてきた姫君である。必死で夜逃げもした。今、光によって、母とはいえ、亡者を自分に重ねられることに、玉鬘は死の汚れにでも触れるような拒否反応を殆ど生理的に感じている。光を父ではないが今でも亡き母を愛している男とまでは理解できても、母は母、娘は娘、と区別して「私が死者になっては困ります」と、自己を主張する。京の深窓で育てられた姫君とは違う。親を知らず二十二歳まで懸命に生きてきた、筑紫育ちの玉鬘にふさわしい健康な意識である。玉鬘のこの意識が光に通じるか否かも問題となる。

むつかしと思ひてうつぶしたまへるさま、いみじうなつかしう、…今日《けふ》はすこし思うこと聞こえ知らせたまひける。…

雨はやみて、風の竹に生《な》るほど、はなやかにさし出でたる月影をかしき夜《よ》のさまもしめやかなるに、人々（右近たち）は、こまやかなる御物語にかしこまりおきて、け近くもさぶらはず。…なつかしいほどなる御衣《ぞ》どものけはひは、いとよう紛らはしすべしたまひて、近やかに臥《ふ》したまへば、いと心憂く、人の思はむこともめづらかにいみじうおぼゆ。…「…かばかり見えたてまつるや、何の疎《うと》ましかるべきぞ。これよりあながちなる心は、よも見せたてまつらじ。…（一八六〜一八八）」

（**大意**）光の意識が理解できず、手の着けようがないと思って、俯して顔を隠しなさるそのしぐさに、光はたまらなく引き付けられて…今日はすこし意中を話して玉鬘に判らせようとなさるのであった。…

雨はやんで、風が竹の葉を生らし、雲間から出た月の光に一際はなやかに浮かぶ夜の景色もしっとりとしていて、右近達は、光の折り入ったお話らしい雰囲気に遠慮して、お二人の雰囲気が感じ取れる距離内にも伺候していない。…光は薄いお召物を、気付かれないように上手に、滑らかして、玉鬘のすぐ近くに臥しなさる。玉鬘はうんざりして、周囲の人がどう思うか、とんでもない大変なことだと思っている。…「…こうしてお目にかけるのに、何で知らずにいたいのですか。これ以上に自分勝手な料簡は、決してお目に掛けは致しますまい。…」

紫上と光との関係において、紫は出産拒否に撤し、光源氏はストイックな男である。[注2] 当該の「これよりあながちなる心は、よも見せたてまつらじ」に偽りは無い。光に贔屓目に見ると、玉鬘に対する光の思い切った接近ぶりは、二十二歳の玉鬘が、遠からず体験しなければならなくなる光以外の男との対決を予想しての、〈男とは〉の教育であると見得る。

周囲の人目を警戒し、夜が更けないうちに、光は玉鬘の部屋を出た。出掛けに、

「思ひ疎みたまはば、いと心憂《こころう》くこそあるべけれ。よその人はかうほれぼれしうはあらぬものぞよ。限りなく底《そこ》ひ知らぬ心ざしなれば、人の咎《とが》むべきさまにはよもあらじ。ただ昔（故夕顔）恋しき慰めに、はかなきことをも聞こえん。同じ心に答《いら》へなどしたまへ」といとこまかに聞こえたまへど、…「ゆめ気色なくてを」とて出でたまひぬ。（一八八〜一八九）

（**大意**）「お心の中で私を嫌っておいでるので、私がもうもう倦むざりするのは当然だけれど。私以外の男はこんなにぽけっとなんてしていないものですよ。私は男女関係の底の底まで知ろうとは思わず、貴女の

幸せを心底からねがっているので、第三者が私に責任追求をしなければならないようなことは、決して致しません。ただ忘れようにも忘れられない故人（夕顔）を恋い慕う慰めに、どうにもなりもしないこともお耳に入れたいのだ。私と同じ心になって答えなどもして下さい。」と細々申し上げなさるが、…「決して。何もなかったのですよ。いいですね。」と言って、光は部屋を出なさった。

別れ際に、「ただ昔恋しき慰めに、はかなきことをも聞こえん。同じ心に答へなどしたまへ」という光は、玉鬘からすれば、玉鬘の真意—母と自分は別人—が全く通じていないと確認することにしかならない。

翌朝、光の後朝の文は「うちとけてねもみぬものを若草のことあり顔にむすぼほるらむ幼くこそものしたまひけれ」と男女間の「こと」とは何かを教えている。玉鬘は、「ふくよかなる陸奥国紙に「承りぬ。乱り心地のあしうはべれば、聞こえさせぬ（一九〇）」とだけ書いた。達者な突き放しである。

玉鬘に接近するために光が意図的に夕顔を重ねるのではない。光の夕顔思慕の強さは、玉鬘には、この段階では、通じないらしい。

上述の後朝文の後、二人は、光は光、玉鬘は玉鬘と平行線をたどる他はない。求婚者はであるが、光は兵部卿宮にも髭黒大将にもご機嫌がよいとうわさがあり、岩漏る中将（柏木）も内情は知らず、玉鬘に一生懸命になっている。

[三5]（第二世代の人々）第二世代の人物の登場という見地からすると、当該の巻では〈岩漏る中将〉こと柏木の登場がある。柏木は、内大臣（かつての頭中将）の最も年長の男子である。夕霧と共に次の世代を背負うべき人物と期待されて自然である。しかし、胡蝶の巻における柏木は、異母姉である玉鬘を、夕霧から光の実子と聞かされ、求婚しているという滑稽な役割を担っての登場である。

大体、内大臣の実の男子の物語登場は、「四の君腹の二郎」が、「中将の御子《こ》の、今年《ことし》はじめて殿上する、八つ九つばかりにて、声いとおもしろく、笙《さう》の笛吹きなどするをうつくしびもてあそびたまふ。四の君腹の二郎なりけり。〈賢木一四一〉」「宰相中将、権中納言になりたまふ。かの四の君の御腹《はら》の姫君十二になりたまふを、内裏《うち》に参らせむとかしづきたまふ。かの高砂《たかさご》うたひし君も、かうぶりせさせていと思ふさまなり。〈澪標二八三〉」であり、長子のはずの柏木は、当該の胡蝶巻まで物語に浮上しない。このことは、柏木の悲劇が、賢木巻までには構想されていた可能性を示唆する。

一方、第二世代の熟年期（いわゆる匂兵部卿三帖）となると、内大臣の実子としては、紅梅巻で紅梅大納言こと元「四の君腹の二郎」の熟年の有様が、次の竹河巻で玉鬘の成熟が語られる。そこに至って、物語は、内大臣の血の継承者の中で、娘の入内に成功したのは紅梅大納言ではなく、玉鬘であったと語る。と見ると、第二世代の人物として、内大臣の実子の中で玉鬘が、冷泉（薄雲巻）・夕霧（少女巻）・玉鬘（玉鬘巻）と登場するのは、極めて自然なこととなる。

【注】

1　本書第五章の［二］［三－1］

2　望月郁子『源氏物語は読めているのか【続】―紫上考』笠間書院二〇〇六年一月の第三章「新手枕での、光に対する紫の抵抗」

第八章　蛍巻——玉鬘の自我と光源氏の親としての独自性・六条院の初夏

内容

一　玉鬘の光に対する批判・抵抗

対《たい》の姫君こそ、いとほしく、思ひのほかなる思ひ添ひて、いかにせむと思し乱るめれ。…心ひとつに思しつつ、さま異《こと》に疎《うと》ましと思ひきこえたまふ。何ごとをも思し知りにたる御齢《よはひ》なれば、とざまかうざまに思し集めつつ、母君のおはせずなりにける口惜《くちを》しさも、またとり返し惜しく悲しくおぼゆ。（蛍一九五）

（**大意**）対の姫君（玉鬘）こそ、お気の毒で、まともにお顔を見れない気がする事だが、思いも掛けなかった心労が身に添い、お見受けしたところ、どうしようかと心が乱れておいでのようだ。…玉鬘に対す光の心を一人で考えては、異様で知らずにいたいと思っておいでる。何でも解っておいでる御齢なので、あれこれ思考を集中させて、母君が亡くなってしまっていらしたのが口惜しく（事志ニ反シテ残念デ）、母の命を取り返して、惜しく（手放シタクナク）、悲しい気持ちになりなさる（自分ノ非力ガ痛感サレナサル）。

胡蝶巻では、「西の対の御方（一七四）」「女（一八六）」「女君（一八九）」と称された玉鬘が、蛍巻では「姫君」と称される。玉鬘に夕顔を重ねて、夕顔思慕の情を語りながら玉鬘に接近した光に対し、光には通じなかったが、亡者と重ねられることを拒否し、光を突放した玉鬘は、「姫君」を自力で護っている。当該の「姫君」の呼称に玉鬘の光に対する批判・抵抗を読み取らなければならない。熟慮の末、まず行き着いたのは、母が生存していさえすればである。光の夕顔思慕の深さが解るだけに、生きていさえすれば、光も母も幸せで、自分もこんな目に合わなくてすむのにと、母の若死を悲しむ。玉鬘の意識は健康そのものである。但し、親子の仲とはを知らない。対するに光は、それを玉鬘に判らせたいと願い、思いを行動に移した後だけに引き下がれず、姫君に迫るが、玉鬘は「ただ見知らぬさまにもてなしきこえたまふ。」で通している。

二　兵部卿宮への対し方

兵部卿宮にせまられて光は、

「…御返り時々聞こえたまへ」とて、教へて書かせたてまつりたまへど、いとどうたておぼえたまへば、乱り心地あしとて聞こえたまはず。（一九七）

（**大意**）兵部卿宮からの文に、「時々はお返事を」と光は玉鬘に教えて書かせなさるのを、玉鬘は、一層とんでもないことと思いなさって、気分がすぐれませんといって、書きなさらない。

玉鬘にしてみれば、光自身が自分を求めながら、別の男に文をとは、という意識であろう。光は止むを得ず、母夕顔の伯父の娘の宰相《さいしやう》の君が「手などもよろしく書き、おほかたもおとなびたる人なれば、さるべきをりをりの御返りなど（光が宰相の君に）書かせたまへば、召し出《い》でて、言葉などのたまひて書かせたまふ。」玉鬘自身は、宮の文を「すこし見入れたまふ時もありけり。」であった。

光は、宮に玉鬘を見せ、宮の反応を確かめたく、演出をこらす。宮は「よろしき御返りのあるをめづらしがりて、いと忍びやかにおはしましたり。妻戸《つまど》の間《ま》に御褥《しとね》まゐらせて、御几帳《きちやう》ばかりを隔てにて近きほどなり。」光は、「そらだきもの心にくきほどに匂《にほ》はし」、代役の宰相の君に返事をさせたりする。「姫君は、東面《ひむがしおもて》にひき入りて大殿籠《おほとのごも》りにけるを、」光が入ってきて「…御声こそ惜しみたまふとも、すこしけ近くだにこそ」と言う。

すべり出でて、母屋《もや》の際《きは》なる御几帳《きちやう》のもとに、かたはら臥《ふ》したまへる。何くれと言《こと》長き御答《いら》へ聞こえたまふこともなく思しやすらふに、（光が）寄りたまひて、御几帳《きちやう》の帷子《かたびら》を一重《ひとへ》うちかけたまふにあはせて、さと光るもの、紙燭《しそく》をさし出でたるかとあきれたり。蛍を薄きかたに、この夕つ方いと多くつつみおきて、光をつつみ隠したまへりけるを、さりげなく、とかくひきつくろふやうにて。にはかにかく掲焉《けちえん》に光れるに、あさましくて、扇をさし隠したまへるかたはら目いとをかしげなり。おどろかしき光見えば、宮ものぞきたまひなむ、わがむすめと思すばかりのおぼえに、かくまでのたまふめり、人ざま容貌《かたち》など、いとかくしも具《ぐ》したらむとは、え推《お》しはかりたまはじ、いとよくすきたまひぬべき心まどはさむ、と（光が）構《かま》へ歩《あり》きたまふなりけり。…

宮は、人のおはするほど、さばかりと推しはかりたまふが、すこしけ近きけはひするに、御心ときめきせられたまひて、えならぬ羅《うすもの》の帷子《かたびら》の隙《ひま》より見入れたまへるに、一間《ひとま》ばかり隔てたる見わたしに、かくおぼえなき光のうちほのめくををかしと見たまふ。ほどもなく紛らはして隠しつ。されどほのかなる光、艶《えん》なることのつまにもしつべく見ゆ。ほのかなれど、そびやかに臥《ふ》したまへりつる様体《やうだい》のをかしかりつるを飽かず思して、げにこのこと御心にしみにけり。

「なく声もきこえぬ虫の思ひだに人の消《け》つにはきゆるものかは

思ひ知りたまひぬや」と聞こえたまふ。かやうの御返しを、思ひまはさむもねぢけたれば、疾《と》きばかりをぞ、

声はせで身をのみこがす蛍こそいふよりまさる思ひなるらめ

など、はかなく聞こえなして、御みづからはひき入りたまひにければ、いとはるかにもてなしたまふ愁《うれ》はしさを、いみじく恨みきこえたまふ。（一九九〜二〇二）」

（大意）玉鬘は部屋をすべり出て、母屋の際にある御几帳のもとで横になっておいでる。兵部卿宮のなにやかや長々おっしゃるお言葉に対して、玉鬘はお返事もなさらず、ぐずぐず考えておいでると、光が近寄りなさって、御几帳《きちょう》の帷子《かたびら》を一枚ぱっと打掛けなさるのと同時に「さと光もの」が。一瞬、紙燭《しそく》を差し出したのかと唖然とする。蛍を夕方沢山捕って薄いものの中に包んで実は光が隠し持っておいでたのを、さりげなく、几帳の帷子を引き直すやうなふりをして。突然このようにはっきりと光るので、何事かとあきれて、扇で顔をさし隠しなさった玉鬘のかたはら目（横顔）は、見るからに美しい。はっと思う光が見えれば、宮も必ずやのぞきなさるにちがいない。宮は、光の娘と思いなさるから、玉鬘にここまで御執心を見せておいでなのだ。玉鬘の人ざま（体格）や容貌など、ここまで完璧だろうとは、推量おできになるまい。女に夢中になるにちがいない宮の心をゆすぶろう、と光が計画してこうなさったのであった。

宮は、玉鬘がいらっしゃるところまでの距離を、これくらいかと推量なさって、人の居る雰囲気がやや近くだと感じ、胸をドキドキさせながら、めったにないような立派な羅の帷子の隙間から中をご覧になると、一間ほど向こうのよく見えるあたりに、このような思いもかけない光がぱっぱっとついたり消えたりするのを、魅力があるとご覧になる。ごく短い時間で何の光とも判らせずに隠されてしまった。しかし、

このほのかな光は、「艶なることのつま（色事に大切な小道具）」にも必ずやなるであろうと、宮は見なさった。ぼうっとではあったが、丈豊かに臥しておいでる体つきが魅力的だったのを、もっとしっかり見たかったとお思いになり、この一見が宮の御心に染みついた。宮は、

「なく声もきこえぬ虫の思ひだに人の消つにはきゆるものかは思ひ知りたまひぬや」（鳴く声も聞こえない虫の思ヒでさえも人が消して消えるものではない。まして私の思ヒをおわかりになったでしょうか）と申し上げなさる。このような折りの御返事は、あれこれ考えるよりも、即刻だけが取り柄と、

「声はせで身をのみこがすほたるこそいふよりまさる思ひなるらめ」（声はしないで身をこがすほたるこそ言うよりまさる思ヒでございましょう）など、努めて淡々と申し上げて、玉鬘ご本人は奥に入ってしまいなさったので、残された宮は、遠く遠く距離をおいてしまわれたのを、大層恨み（本心ヲ判ッテホシイト）申し上げなさる。

玉鬘は、宮の歌に対して、蛍に優るものなしと、光の演出を生かして、見事に宮を切り返した。玉鬘の声を宮ははじめて聞いた。宮に代役宰相の君の介在が見抜けたであろうか。そのまま「夜深く出でたまひぬ。」でこの夜は終わった。この夜の光の演出を地の文は「女親だちてつくろひたまひし御けはひ」という。

この夜の光の演出は、玉鬘に、亡き母に対する光の恋慕の情を交えない、玉鬘自身に対する光の愛情を明確に認識させた。「親などに知られたてまつり、世の人めきたるさまにて、かやうなる御心ばへならましかば、などかはいと似げなくもあらまし、…（二〇二）」と、光が故夕顔の為にと好む「女親替わり」「後の親」を否定し、実父を父としない限り、彼女の現実は虚偽でしかあり得ないとする。潔癖な玉鬘である。実父を父とした上で、光の愛を素直に受け入れることができれば、という意識に、大きく変わっていく。底の底に乳母の教育「父大臣」が強く根付いている。玉鬘は、自分と光との意識のずれをはっきり認識でき、自分を見失わない姫君である。

…をりをり人見たてまつりつけば、疑ひ負ひぬべき（光の）御もてなしなどはうちまじるわざなれど、（玉鬘は）ありがたく思し返しつつ、さすがなる御仲なりけり。（二〇三）

（大意）第三者が見付ければ、二人の仲を疑われるに違いない、光の玉鬘への器用な対応は折々混じるけれども、玉鬘は、こうまで思ってくださる方はめったにないと、気持ちを切り返し切り返して、なかなかたいしたお二人の御仲なので実はあった。

と、乗り切っていく。

三　六条院の初夏

【三1】（五月五日）

①（あやめの歌の贈答）五日には、光は、競射の行なわれる馬場殿に出なさるついでに西の対に現れ、兵部卿宮のことを玉鬘に注意する。その光を見ながら、

艶《つや》も色もこぼるばかりなる御衣に直衣《なほし》はかなく重《かさ》なれるあはひも、いづこに加はれるきよらにかあらむ、この世の人の染め出したると見えず、常の色もかへぬあやめも、今日《けふ》はめづらかに、をかしくおぼゆる薫りなども、思ふことなくは、をかしかりぬべき御ありさまかなと姫君思す。（二〇三〜二〇四）

（大意）五月五日の光の御衣は（染色の名人紫の工夫の新作で）、色も艶も直衣との調和も、どこでこんなに濁りのない清潔感が生まれるのだろう、この世の人が染め上げたとは思えない美しさだ。普段の色と変わらない文目（あやめ）も今日は目を見張るように素晴らしく、たきしめられたお香もいい感じで、神経を使わなければならないことさえ無ければ、本当に素晴らしい今日の光君の御様子だと姫君（玉鬘）は思っておいでる。

と、素直に、光の美しさに感じ入っている玉鬘である。
兵部卿宮から、長々と根を引いた菖蒲につけて、

　今日《けふ》さへやひく人もなき水隠《みがく》れに生《お》ふるあやめのねのみなかれん（二〇四）

（**大意**）五月五日でも、認めて引き入れてくださる方も無く、水隠れのあやめのように、私は音（根）をあげて自然に泣かれ（流れ）ています。

と贈られて、玉鬘は、

　あらはれていとど浅くも見ゆるかなあやめもわかずなかれけるねの
　若々しく（二〇四）

（**大意**）表立ててそう言われますと、一層浅いお心とお見受けします。

と返した。「手（筆跡）をいますこしゆゑづけたらばと、宮は好ましき御心に、いささか飽かぬことと見たまひけむかし。（二〇四〜二〇五）」というのは、代役宰相の君の「手などもよろしく書き（一九三）」を見慣れた宮が、玉鬘の「手は、はかなだちて、よろぼはしけれど（玉鬘一二四）」と判っての失望を察してのことである。
玉鬘のもとには、立派な薬玉があちらこちらから届けられた。初めて体験するスター的人気である。六条院へ迎えた当時の光の願いが現実となった。「思し沈みつる年ごろのなごりなき御ありさまにて、心ゆるびたまふことも多かるに、同じくは人の傷つくばかりのことなくてもやみにしがなといかが思さざらむ。（自分ノ身ノフリ方デオ人ヲ傷ツケルコトノナイヨウニト必ズ思ッテオイデデショウ。）（二〇五）」と地の文は云う。

②（**馬場の競射**）六条院の丑寅の町は、「北の東《ひむがし》は、涼しげなる泉ありて、夏の蔭《かげ》によれり。…東面《ひむがしおもて》は、分けて馬場殿《むまばのおとど》つくり、埒結《らちゆ》ひて、五月《さつき》の御遊び所にて、水のほとりに菖蒲《さうぶ》植ゑしげらせて、むかひに御厩《みまや》して、世になき上馬《じやうめ》どもをととのへ立てさせたまへり。（少女七九）」と、「五月《さつき》の御遊び所」である。

六条院での初めての五月である。光は、丑寅の町の主、花散里に、「夕霧が今日の衛府《つかさ》の競射の取組みのついでに、男達を引き連れて来ると言っていたから、そのおつもりで。内緒にしても親王達がそうと知ってお越しになると仰山にもなろうから、準備を」と言われた。馬場殿は、花散里の御殿の廊から見通せる。光が、「若い人々は渡殿《わたどの》の戸を開けて見物なさい。左近衛府にはなかなかの官人《くわんにん》が多い。少々《せうせう》の殿上人《てんじやうびと》に劣らない人達だ」と言われて、若い人々は見物を楽しみにしている。

対の御方（玉鬘の部屋）よりも、童《わらは》べなど物見に渡り来て、廊の戸口に御簾《みす》青やかに懸《か》けわたして、いまめきたる裾濃《すそご》の御几帳《みきちやう》ども立てわたし、童、下仕《しもづかへ》などさまよふ。菖蒲襲《さうぶがさね》の衵《あこめ》、二藍《ふたあゐ》の羅《うすもの》の汗衫《かざみ》着たる童べぞ、西の対（玉鬘方）のなめる、好ましく馴《な》れたるかぎり四人、下仕は楝《あふち》の裾濃の裳《も》、撫子《なでしこ》の若葉の色したる唐衣《からぎぬ》、今日の装《よそ》ひどもなり。こなた（花散里方）のは濃き一襲《ひとがさね》に、撫子襲《なでしこがさね》の汗衫などおほどかにて、おのおのいどみ顔なるもてなし、見どころあり。若やかなる殿上人などは、目をたてて気色《けしき》ばむ。（二〇六）

（**大意**）玉鬘付きの童・下仕も馬場の競射を見物する。その童の衵・汗衫、下仕の裳・唐衣、御簾・几帳の帷子などを、花散里方と玉鬘方と区別が付き、かつ双方相互の調和も保てるように、玉鬘は準備した。染め物・縫い物に長けている花散里に玉鬘は引けをとらず、見事であった。玉鬘を光源氏の姫君と思っている若い殿上人などは、玉鬘を意識して、緊張していた。

童、下仕のこの日の為の装束その他の準備を、玉鬘は、装束に達者な花散里に引けをとらない程度にこなしている。半年ほどで、そこまで至れる玉鬘である。

午後二時頃、馬場殿に大臣が出られると、親王方も集まられた。手結《てつがひ》（競技）も公事《おほやけごと》とは一風変わって、暮れまで続いた。「南の町も通《とほ》してはるばるとあれば、あなたにもかやうの若き人どもは見けり。打毬楽《たぎうらく》、落蹲《らくそん》など遊びて、勝負《かちまけ》の乱声《らざう》どものしるも、夜に入りはてて、何ごとも見えずなりはてぬ。…（二〇六〜二〇七）」

この日、光の演出で、丑寅の殿はその面目を果たした。

③（花散里と光源氏）その夜光は花散里と夜を共にした。話が兵部卿宮に及ぶと、花散里は、

御弟《おとうと》にこそものしたまへど、ねびまさりてぞ見えたまひける。年ごろかくをり過ぐさず渡り睦《むつ》びきこえたまふと聞きはべれど、昔の内裏《うち》わたりにてほの見たてまつりし後おぼつかなしかし（昔（桐壺院御存命中）、宮中デ、兵部御宮ニ、チラリトオ目ニカカリマシタガ、ソレキリデシタ）。いとよくこそ容貌《かたち》などねびまさりたまひにけれ。帥親王《そちのみこ》よくものしたまふめれど、けはひ劣りて、大君《おほきみ》けしきにぞものしたまひける（二〇七～二〇八）

と感じたままを述べる。花散里が姉の女御と共に桐壺帝の内裏にいた時に、兵部卿宮が花散里に近付いたと光には解った。花散里は、隠すでもなく、打ち明けるでもない。二人とも人の非難は一切口にしない。

花散里は、永年、花やぐこともなく静かな日々を過ごしてきたが、六条院に移って「今日《けふ》めづらしかりつることばかりをぞ、この町のおぼえきらきらしと思したる。（二〇八）」礼の心で、花散里から、

その駒《こま》もすさめぬ草と名にたてる汀《みぎは》のあやめ今日《けふ》やひきつる（私ノヨウナ者ヲ今日オ引キ立テ下サイマシテ）

とおほどかに聞こえたまふ。何ばかりのことにもあらねど、あはれと思したり。

にほどりに影をならぶる若駒（ノ私ハ）はいつかあやめにひきわかるべき（イツマデモ貴女ト御一緒デス）（二〇九）

と光が唱和する。

床《ゆか》をば（光に）譲りきこえたまひて、御几帳《みきちやう》ひき隔てて大殿籠る。け近くなどあらむ筋《すぢ》をば、いと似げなかるべき筋に（花散里が）思ひ離れはてきこえたまへれば、（光は）あながちにも（自分ヲ通スコトモ）聞こえたまはず。（二〇九）

花散里をたてて、それが自然にできるストイックな光源氏である。

[三2]（長雨の季節を絵、物語に熱中する六条院の女君方）

長雨《ながあめ》例の年よりもいたくして、晴るる方なくつれづれなれば、御方々《かたがた》絵、物語などのすさびにて明かし暮らしたまふ。明石《あかし》の御方は、さやうのことをもよしありてしなしたまひて、（明石）姫君の御方に奉りたまふ。（二一〇）

①（玉鬘、物語に熱中、光が玉鬘に物語とはを説く―源氏物語の新しさ―）

西の対（玉鬘）には、ましてめづらしくおぼえたまふことの筋なれば、明け暮れ書き（書キ写シ）読み営《いとな》みおはす。…さまざまにめづらかなる人の上《うへ》などを、まことにやいつはりにや、言ひ集めたる中にも、わがありさまのやうなるはなかりけりと見たまふ。（二一〇）

玉鬘は、絵や物語に初めてどっぷり浸かって、現在の自分をよりしっかりと把握したいと思っているらしいが、物語中には、まこと（本当）にせよいつはり（嘘）にせよ、「わがありさまのやうなるはなかりけり」と、光の玉鬘への対応の特異性をより鮮明に認識する。これは、言い換えれば、光と玉鬘との関係は、それまでの物語に見えない、源氏物語が新に設定した男女関係である。即ち、父母の記憶が何一つなく、「親とは」を全く体験していない二十二歳の姫君に対する、「後の親」と自認する光源氏による「親子とはの教育・スキンシップの大切さ」が語られる、ということである。

光は、どの女君の部屋でも絵や物語が散らばっているのを見て、

あなむつかし。女こそものうるさがらず、人に欺《あざむ》かれむと生《む》まれたるものなれ。ここら（物語ヤ絵）の中にまことはいと少なからむを、かつ知る知る（自分デ解ッテイナガラ）、かかるすずろごと（信頼デキルカドウカモ分ラナイコト）に心を移し、はかられ（物語ノトリコニサレ）たまひて、暑かはしき五月雨《さみだれ》の、髪の乱るる

も知らで書きたまふよ（二一〇〜二一一）

と女性が物語に熱中するのを冷やかしながら、以下、玉鬘相手に物語の効用を説く。

かかる世の古事《ふるごと》ならでは、げに何をか紛るることなきつれづれを慰めまし。さてもこのいつわりども中に、げにさもあらむとあはれを見せ、つきづきしくつづけたる、はた、はかなしごとと知りながら、いたづらに心動き、らうたげなる姫君のもの思へる見るにかた心つくかし。またいとあるまじきことかなと見る見る、おどろおどろしくとりなしけるが目おどろきて、静かにまた聞くたびぞ、憎けれどふとをかしきふしあらはなるなどもあるべし。（二一一）

（**大意**）このような世間に伝わる物語以外に、本当に何をもって、長雨の季節の変化の無い毎日を慰めることができようか。としても、このいつわりども（嘘だらけ）の中に、なるほどそういうこともあるだろうと読者に感動を与え、いかにも尤もらしく書き続けてある文章は、一方で、当てにもならないことと判りながら、無駄なことなのに心が動き、愛らしく庇ってあげたい気持ちになる姫君が悩んでいるのを見て、男女の仲が少しは判るような気にもなるのでしょうね。また、現実にあるはずもないことと思って読みながら、仰山に語られているとそうかとも思い、静かな調子で語られるのを聞く度に、神経に障るけれども興味をかきたてる一節がはっきりしているなども必ず在るものだ。

と、読み手の物語の受けとめ方・意識の様々をあげ、

「このごろ幼き人の、女房《にょうぼう》などに時々読ますするを立ち聞けば、ものよく言ふ者の世にあるべきかな。そらごとをよくし馴《な》れたる口つきよりぞ言ひ出だすらむとおぼゆれどさしもあらじや」とのたまへば、「げにいつはり馴れたる人や、さまざまにさも酌《く》みはべらむ。ただいとまことのこととこそ思うたまへられけれ」とて、硯《すずり》を押しやりたまへば（二一一〜二一二）

（大意）「この頃、幼い方が、女房などに時々物語を読ませているのを立ち聞きすると、当然のことながら、世には実に上手に喋る者がいるものですね。そらごと（事実でないこと）を上手に喋り慣れている人が、自然に口をついて言い出しているのだろうと思うけれど、そうではあるまいか。」と光がおっしゃると、玉鬘は「なるほど、いつわり（嘘）を言い慣れている方が、さまざまにそのように斟酌するのでしょう。私には、ただまこと（真実）と存じられますが」といって、（物語を書き写していた筆をとめて）硯を押しやりなさると」

「そらごと（虚構）」か「まこと（真実）」かについて、光が「そらごと」と言うのに対し、玉鬘は、「「いつはり（嘘）」を言い馴れている人が、自分に照らして「そらごと」と思うのでしょう。わたしには「まこと」と思われます」と答える。玉鬘のこの答えは、物語は読む人の意識次第で「そらごと」とも「まこと」とも双方の読みが成立するという意になる。人間理解が鋭い。光は「骨《こち》なくも聞こえおとしてけるかな。…」とて笑ひたまふ。（二一二）」

玉鬘の反論を受けて、光は書く立場に立ち、

その人の上《うへ》とて、ありのままに言ひ出づることこそなけれ、よきもあしきも、世に経《ふ》る人のありさまの、見るにも飽かず聞くにもあまることを、後の世にも言ひ伝へさせまほしきふしぶしを、心に籠《こ》めがたくて言ひおきはじめたるなり。よきさまに言ふとては、よきことのかぎり選《え》り出でて、人に従はむとては、またあしきさまのめづらしきことをとり集めたる、みなかたがたにつけたるこの世の外《ほか》のことならずかし。他《ひと》の朝廷《みかど》のさへ、作りやうかはる、同じ大和《やまと》の国のことなれば、昔今《むかしいま》のに変はるべし、深きこと浅きことのけぢめこそあらめ、ひたぶるにそらごとと言ひはてむも、事の心違《たが》ひてなむありける。（二一二～二一三）」

（大意）その人の身の上として、ありのままに語ることこそないのですが、素晴らしい事も、とんでもない

事も、この世を生きていく人の現実で、見て見飽きることもなく、聞いても全部は聞ききれない、そういうことを、（つまり）後世にも言い伝えさせたい節となる重要な問題のあれこれを、書き手の心一つに籠めておこうにも籠めてすますことができなくて、物語として、語り置き始めるのです。素晴らしい事として言うに際しては、素晴らしいことのありったけを選び出し、読者の要求に従っては、またそうあってはならない劣悪な状況でめったにない事を積極的に集めるのであって、全てが現実世界にない問題ではないのですよ。異国の朝廷の事となっただけでさえ書き方は変わる。日本の国内のこととなると昔と今とは変わって当然です。深く掘り下げるか、表面だけを語るかの違いはあるでしょうが、物語をそらごとと強引に言い切るのも、実は物語の本質に相異することになるのです。

最後の行、「ひたぶるにそらごとと言ひはてむも、事の心違ひてなむありける」は、「そらごと」即「いつわり」ではない、「そらごと」の中に「まこと」があるの意ととるべきである（前述の光の問いに対する玉鬘の答えがその実例である）。「昔今のに変わるべし」の「今」は源氏物語が意識されていて、源氏物語の物語としての新しさの主張である。更に、「仏の御法」を取り上げ、光は、

「仏《ほとけ》のいとうるはしき心にて説きおきたまへる御法《みのり》も、方便《はうべん》といふことありて、悟《さと》りなき者は、ここかしこ違《たが》ふ疑ひをおきつべくなん、方等経《はうどうきやう》の中に多かれど、言ひもてゆけば、一《ひと》つ旨《むね》にありて、菩提《ぼだい》と煩悩《ぼんなう》との隔たりなむ、この、人のよきあしきばかりのことは変わりける。よく言へば、すべて何ごとも空《むな》しからずなりぬや」と、物語をいとわざとのことにのたまひなしつ。（二一二〜二一三）

（**大意**）仏が正真真実の心で説きおかれた御法も、方便ということがあって、悟りに至らない者は、必ず、御法のあちらこちらで仏のお説とは違う解釈をしたり、疑問を抱いたりするのでしてね。方等経の中にその事は多いけれども、煎じ詰めれば、菩提と煩悩との差でして、それによって人のよきあしき（悟ってい

るか、全く駄目か）が変わるのだと私（光）には判りました。いい意味にとれば、すべて何事も空虚なものはないということになる、そうではありませんか」と、物語を、「（御法と変らぬ）いとわざとの（全く正式かつ、本格的な）こと」にしてしまわれた。

「いとわざとのこと」とは、仏の御法を物語の引き合いに出す、具体的には仏の御法を譬えに物語の説明をすることを指す。御法は「如是我聞」ではじまる。物語も同様。物語も御法と同様、誰にでも理解できるとは限らず、読者次第で、「悟りなき者」には通じない。それでも、すべて無益なものはないと、光は語っている。初瀬観音の導きによって救われた玉鬘相手の話で「仏の御法」を引き合いに出すのは、光も玉鬘も、「仏の御法」をこそ語られたものの中で、最高の読み物と信じているからであろう。この説を源氏物語そのものに当てはめれば、源氏物語の理解上、「悟りなき者」に通じない事柄があるという、読者への警鐘ともとれそうである。

以下、光は玉鬘との間柄に戻り、

さてかかる古事《ふるごと》の中に、まろがやうに実法《じほふ》なる痴者《しれもの》の物語はありや。いみじくけ遠き、ものの姫君も、御心のやうにつれなく、そらおぼめきしたるは世にあらじな。いざ、たぐひなき物語にして、世に伝へさせん」と、さし寄りて聞こえたまへば、顔ひき入れて、「さらずとも、かくめづらかなることは、世語《よがたり》にこそなりはべりぬべかめれ」とのたまへば、「めづらかにやおぼえたまふ。げにこそまたなき心地すれ」とて寄りゐたまへるさま、いとあざれたり。

「思ひあまり昔のあとをたづぬれど親にそむける子ぞたぐひなき

不孝《ふけう》なるは、仏の道にもいみじくこそ言ひたれ」とのたまへど、顔ももたげたまはねば、御髪《ぐし》をかきやりつつ、いみじく恨みたまへば、からうじて、

「ふるき跡をたづぬれどげになかりけりこの世にかかる親の心は」

と聞こえたまふも、心恥づかしければ、いといたくも乱れたまはず。かくしていかなるべき御ありさまならむ。（二一三～二一四）

（大意）「ところで、ここにある古い物語の中に、私のように大真面目な馬鹿げた者の物語はありますか。手も届かないような、大層な姫君も、あなたのように冷淡で、判っているのに判らない顔をするものは、この世にあるまい、な。さあ、前代未聞の物語にして後世に伝えさせよう」と、光は玉鬘にさし寄っておっしゃると、玉鬘は、衣に顔を引き入れて、「そんなことをしなくても、世にも珍しいこんなことは、必ずやゴシップになってしまうでしょう」と返す。「珍しいと思っておいでるのですか。本当にまたとない気持ちだけれど」といって寄り添って座りなさる光の様子は、もうもう遊び半分にスキンシップを楽しんでいる。

「思ひあまり昔のあとをたづぬれど親にそむける子ぞたぐひなき　不孝なるは仏の道にもいみじくこそ言ひたれ」（「思い余って、過去の例を探したが親に背を向ける子なんて例が見つからない。不孝ということは、仏道でも非道だと言っているけれど」）と光に言われても、顔も上げなさらない。光は玉鬘の髪を手で掻き揚げながら、大変な恨みごとを並べなさる。玉鬘が、やっとのことで

「ふるき跡をたづぬれどげになかりけりこの世にかかる親の心は」（「古い例を物語に探しても、この世にこのような親の心は一つも前例がないとよく判りました。」）と申し上げなさると、光は、そうひどくも乱れなさらない。こういうことで、お二人はどうなさるのでしょう。

光も玉鬘も、それぞれの立場で、二人の関係を相互に、既存の物語に類例がないとっている。物語史上『源氏物語』が初めて語る当該二人の関係の特異性とはを読み取らなければならない。

玉鬘サイドから。光は故母夕顔恋慕の情を玉鬘に重ねて玉鬘に接近したが、玉鬘が亡者と重ねられるのを拒否

して、光の接近に抵抗した（胡蝶巻一八五〜一九〇）。蛍巻では、光のそれは無くなり、蛍の一件で玉鬘は自分に対する光の愛を確認できた（前述二）が、実父が生存していながら、光が「後の親」「女親」と自称して接近するのが玉鬘には理不尽で許せない。実父に自分の存在を知られた上でなければ、「後の親」としての光の愛を素直に受け入れることはできない。虚偽（いつわり）に対する嫌悪が強い。玉鬘の自我の強さは、『源氏物語』中、彼女独自のものである。

光サイドから。光は玉鬘の「後の親」と自認している。親子の仲にスキンシップはなければならないものである。玉鬘は、親の記憶が全くなく、男兄弟もなく育った姫君だから、親替わりとして、手を握るとか、近くに臥すとか、髪を掻き上げるとかは、二十二歳の玉鬘が遠からず体験しなければならなくなる光以外の男との対決を予想しての〈男とはの教育〉として当然しておかなければならないスキンシップである。実父（内大臣）が姫君教育をろくにしないのは、光には判っている。光が自分には特別資格があるかのように自信をもって、現在ならセクハラで社会から追い出されるようなことを、自分は違うと開き直れるのは何故なのか。

思うに、「近やかに臥し」て言う「これよりあながちなる心は、よも見せたてまつらじ（胡蝶一八八）」、「まろがやうに実法《じほう》なる痴者《しれもの》の物語はありや（蛍二一三）」と言うのは、手を取る・近くに臥す・髪を掻き上げるということはしても、それ以上には決して出ない、それ以上に男の欲求を満足させる（露骨に言えば、懐妊させるなどの）ことは決してしないという意である。といえば、男とはそんなものではないと即座に爆笑されるのが普通であろうが、源氏物語の主人公光源氏は、世にも稀なストイック性の強い男である。十七歳の夏から秋に、帚木三帖に見るように男としての性的欲求を満足できず、徹底してストイックを強要された。[注1] 宿曜の予言は「御子三人」である（現実に冷泉・夕霧・明石姫君の三人だけである。これは、蛍巻の時点でも変わりはない）。男対女の関係と異性の親子の仲とは、はっきり区別しなければならない。子供の教育は親の責任である。光自身が、玉鬘に、誰も教えることのできない〈男とは〉を、「後の親」時には「女親」となって教えてあげているのに、光を理解しないと、光は玉鬘に訴えているのである。

玉鬘は、光によって六条院に迎えられ、光によって、他の男から守られている。玉鬘がすばらしい女性であればあるだけ、政治上の利用価値は高い。光が彼女を自分に引き付けて置きたいのは、彼女自身のために、条件が整う機会を最大限に活用したいと思ってであろう。故夕顔を大切にしている光こそが、忘れ形見の玉鬘を、幸せにすることができると、光は信じている。

②（紫上と光との話）紫の上も、姫君の御あつらへにことつけて、物語は捨てがたく思したり。くまのの物語の絵にてあるを、「いとよく描《か》きたる絵かな」とて御覧ず。小さき女君の、何心なくて昼寝《ひるね》したまへる所を、昔のありさま思し出でて、女君は見たまふ。「かかる童《わらは》どちだに、いかにされたりけり。まろこそなほ例《ためし》にしつべく、心のどけさは人に似ざりけれ」と聞こえ出でたまへり。げにたぐひ多からぬことどもは、好み集めたまへりけりかし。（二一四〜二一五）

（大意）紫上も、明石姫君の為の御注文を受けておいでるので、物語は、無視できないものと思っておいでる。くまのの物語を絵に描いたものを、紫上は、「本当にうまく描いた絵ですね」と言って見ておいでる。小さな女君が、何の警戒心もなく昼寝しておいでるところを、昔（忘レモシナイアノ時）のご自分を思い出しながら、女君（紫上）は御覧になる。光は「こんな子供どうしでさえも、こんなにも洒落ているのでした。私こそはやはり先例とされて当然で、のんびりぶりは普通の人とは似ても似つかない。」と、紫上との二人の関係の秘密を証しなさる。その通り、光は、実は、めったに人のしないことを好んでなさるのでしたね。

「心のどけさ」とは、ストイック性の強さの意。「聞こえ出で」は、秘密を打ち明ける意。ここで光は物語絵を使って紫に「聞こえ出で」て、秘密を読者に打ち明けたのである。光と玉鬘との関係は「後の親」と子との仲であるが、光と紫上との間は、セックス拒否の女君とストイックを保ち続けている男君という、世にも稀な夫婦仲である。[注2] 紫相手での体験の裏付けがあるからこそ、玉鬘に対し親であるにしても際どいところまで平気でふるまえるのであろう。

光と紫上が最も神経を使うのは、宿曜が「后」と予言した明石姫君の教育である。光は、紫上相手に、あるべき論を述べる。

姫君の御前《おまへ》にて、この世馴《な》れたる物語などな読み聞かせたまひそ。みそか心つきたるもののむすめなどは、をかしとにはあらねど、かかること世にはありけりと見馴れたまはむぞゆゆしきや」とのたまふもこよなしと、対の御方（玉鬘）聞きたまはば、心おきたまひつべくなむ（后がねの姫君となると、単なる臣下の娘とはこう違うのだと玉鬘には解るだろう）。上《うへ》「心浅げなる人まねどもは、見るにもかたはらいたくこそ。うつほの藤原《ふぢはら》の君のむすめこそ、いと重《おも》りかにはかばかしき人にて、過《あやま》ちなかめれど、すくよかに言ひ出でたる、しわざも女《をんな》しきところなかめるぞ、一《ひと》やうなめる」と（紫のうつほ批判を）のたまへば、「現《うつつ》の人もさぞあるべかめる。人々しく立てたるおもむき異《こと》にて、よきほどに構へぬや。よしなからぬ親の心とどめて生《お》ほしたてたる人の、児《こ》めかしきを生《い》けるしるしにて、後《おく》れたること多かるは、何わざしてかしづきしぞと、親のしわざさへ思ひやらるるこそいとほしけれ。げにさ言へど、その人のけはひよと見えたるは、かひあり、面だたしかし。言葉の限りまばゆくほめおきたるに、し出でたるわざ、言ひ出でたることの中に、げにと見え聞こゆることとなき、いと見劣りするわざなり。すべて、よからぬ人に、いかで人ほめさせじ」など、ただこの姫君の点つかれたまふまじくとよろづに思しのたまふ。継母《ままはは》の腹きたなき昔物語も多かるを、心見えに心づきなしと思せば、いみじく選《え》りつつなむ、書きととのへさせ、絵などにも描《か》かせたまひける。（二一五〜二一六）

（大意）明石姫君のお前で、世間にざらに在る男女の仲を描いた物語など、読み聞かせなさらないで下さい。親に内緒で男と交際する娘などは、興味を持たないにしても、男女仲とはこういうものだと、姫君が見馴れなさるようなことがあれば、それこそがタブーですよね」とおっしゃるのも、これは格別だと、対の御方（玉鬘）がお聞きになれば、必ずや差別意識を抱きなさることでしてね（玉鬘なら、后がねの姫君となると、臣下の娘とはこう違うのだと認識可能か）。紫上は、「見ただけで思慮分別のろくにない世間の人を真似たに過ぎないと判る登場人物は、私が見てもいたたまれない気がしまして。うつほの藤原の君の娘こそは、重々しくしっかりした人で、過失はないようですが、言う言葉がぶっきらぼうで、することも女性らしさがないと見えるのでして、同様です。」とおっしゃると、光は「生身の人間もそうなのでしょう。一人前の人物にと育てた親の理想とは違う。親は娘の将来をほどほどに見通せないのでしょうか。教養がなくもない親が心をこめて育て上げた娘が、子供っぽさを娘の生き甲斐とし、その娘が独力で出来ないことが多いとなると、何をして大事に育てていたのかと、親のしてきたことまでが自然に推測され、親の顔を気の毒でまともに見れない気がするけれど。まあそうは言っても、けはひ（雰囲気）が、あの親のお子と自然にわかる場合は、育て甲斐があり、親の面目も立つ。聞いていて眩しい感じになるほど、有りったけの誉め言葉を使って誉めたのに、その娘のやること、話す言葉に、なるほどと思われることが無いのは、まったく会う甲斐のない奇異なことです。総じて、トップレベルでない人に、なんとしても娘を誉めさせたくないものです。」と言われる。ただこの姫君（明石姫君）の欠点を人に突かれなさることのないようにと、あれもこれも万事に渉って、お考えになり、紫上にお話なさる。継母の意地の悪い昔物語も多いのは確かで、それらは腹の内がまる見えで、気に添わないと思いなさるので、姫君にさしあげる物語を、丁寧に選択し、きれいに書き写させ、絵などにも描かせなさるので実はあった。

「見めかしきを生けるしるしにて、後れたること多かるは…」の部分は、若菜巻の朱雀院の女三宮の伏線ともとれよう。

[三3]（第二世代の人々）

①（明石姫君と夕霧）「中将の君を、こなた（紫上）にはけ遠くもてなしきこえたまへれど、姫君（明石姫君）の御方には、さしも放ちきこえたまはず馴《な》らはしたまふ。わが世のほどは、とてもかくても同じことなれど、なからむ世を思ひやるに、なほ見つき思ひしみぬることどもこそ、とりわきてはおぼゆべけれとて、南面《みなみおもて》の御簾《みす》の内《うち》はゆるしたまへり。（二一六〜二一七）」

后がねの姫君は、男子から隔離されて育てられるのが一般であったらしいが、光は、夕霧に明石姫君の部屋である南面の御簾内に限り出入りを許した。光没後、夕霧が、兄として、光に代わって姫君を大切にするようにと考えてのことである。

あまたおはせぬ御仲らひ（二人ダケノ御兄妹）にて、（妹ニ対シ）いとやむごとなくかしづききこえたまへり（最高ノ身分ノ方ニ対スルノト等シク、大切ニナサッタ）。（夕霧ハ）おほかたの心用《こころもち》ゐなども、いとものものしく（予想以上ニ慎重デ）まめやかにしたまふ君なれば、（光ハ）うしろやすく（見テイテ安心デ）思しゆづれり（二一七）

ところで、寝殿の南面の姫君の部屋の隣は養母の紫の部屋である。光は夕霧に、紫の部屋へ接近させず、「台《だい》盤所《ばんどころ》の女房の中はゆるしたまはず」と厳しい。光の本音は、紫の処女を光が徹底して護る為である。よく言われる、父が最愛の女性を息子に奪わせまいとするアガメンノン的父子の心的争いとは抜本的に相違する。

②（夕霧・雲居雁、右中将（柏木））明石姫君の「雛《ひひな》の殿《との》の宮仕《みやづかえ》」（雛遊びのお相手）をしながら、夕霧は、内大臣自身によって連れ去られた雲居雁が思い出される。内大臣から折れて出るまではと、つっぱり続けている。

それを雲居雁の兄達は夕霧が折れてくれればと思い、長兄の右中将が「対の姫君（玉鬘）の御ありさまを、…いと深く思ひしみて」夕霧にとりなしを頼んでも、夕霧は取り合わない。それを物語は「昔の父大臣《おとど》たちの御仲らひに似たり（二一八）」という。

③**（内大臣の子達）**「内大臣《うちのおとど》は、御子（男子）ども腹々《はらばら》いと多かるに、その生《お》ひ出でたるおぼえ（正妻腹か否か）、人柄《ひとがら》（生母の血筋）に従ひつつ、心にまかせたる（本人の希望通りの）やうなるおぼえ、勢ひにて、みな（男子全員を）なし立て（要職に付け）たまふ。（二一八）」

女のお子は、正妻腹の女子（玉鬘より三歳下）を父左大臣の養女として、十二歳で春宮（冷泉）に入内させた（澪標三〇一）が、遅れて入内した斎宮女御（前坊の遺児、光が養女とする）が中宮（現秋好）となり、内大臣は劣勢を余儀なくされている。現春宮（十歳）に入内させる姫君を是非にも欲しい内大臣である。光の姫君（明石）が最有力候補として存在している。内大臣の手中には雲居雁（夕霧と恋仲）しかいない。内大臣は、ここへ来て、かの撫子《なでしこ》（現玉鬘）を忘れたまはず、もののをり（雨夜の品定）にも語り出でたまひしことなれば、いかになりにけむ、ものはかなかりける親の心にひかれて、らうたげなりし人を、行《ゆ》く方《へ》知らずなりにたること、すべて女子《をんなご》といはむものなん、いかにもいかにも目放つまじかりける、さかしらにわが子（内大臣の子）といひて、あやしきさまにてはふれやすらむ、とてもかくても聞こえ出で来《こ》ば、とあはれに思しわたる。（二一八～二一九）

（大意）帚木の「内気な女」で語った現内大臣の女子（現玉鬘、内大臣の初の子）を、内大臣は忘れなさらず、光源氏・当時の左馬頭・藤式部丞の前で喋ってしまったことであり、どうなってしまったのだろうか。頼りない女親（故夕顔）に従って、かばってあげたかったお子を、行方不明にしてしまった。女の子というものは、決して目を放してはいけないものだと、今になって解る。自分から出しゃばって、内大臣の子と名乗って、うろうろしているのではないか。とにかく、名乗って出てきたらと、ずっと気に掛けてきたのだ。夢見たまひて、いとよく合わする者召して合わせたまひけるに、「もし年ごろ御心に知られたまはぬ御子《みこ》を、人のものになして、聞こしめし出づることや」と聞こえたりければ、「女子《をんなご》の人の子になることはをさをさなしかし。いかなることにかあらむ」など、このごろぞ思しのたまふべかめる。(二一九〜二二〇)

(**大意**)内大臣は夢を見て、腕のいい夢占者を呼び寄せ、夢合わせをさせなさった。「ここ何年も御自分が世話していらっしゃらないお子様を、他の男の子として、他者の話中にお聞き出しなさることはございませんか」と申し上げると、内大臣は、「女の子が、他の男の子供となるとは、まずは無いことだ。どういうことか。」など、この頃、気にしておっしゃるようだ。

内大臣は、実子の多いこと、自分の責任で姫君を育てていないこと、光源氏と対照的である。この点での両者の相違が、各々の第二世代の繁栄と衰微に直結し、第三世代(宇治十帖)では、光源氏一族のみの栄えとなる。夕顔の遺児、玉鬘を、光源氏が、後の親となって、臣下の理想の女性と育て上げ、内大臣に手を出させなかったのが、水面下での、分岐点となった。

玉鬘の達者ぶりと、内大臣一族の悲劇が残されている。

【注】

1 本書の第一章〜第三章

2 当該事例については、前著『源氏物語は読めているのか【続】—紫上考』笠間書院二〇〇六年一月の「第三章 新手枕での、光に対する紫の抵抗」の[二—7]で述べた。

帚木巻の前口上「なよびかにをかしきことはなくて」の流れ

①帚木巻冒頭の前口上に帰る。

「光る源氏、名のみことごとしう、言《い》ひ消《け》たれたまふ咎《とが》多かなるに、いとど、かかるすき事どもを末の世にも聞きつたへて、軽《かろ》びたる名をや流さむと、忍びたまひける隠《かく》ろへごとをさへ語りつたへけん人のもの言ひさがなさよ。（以上a）（以下b）さるは（実ハ）、いといたく世を憚《はばか》りまめだちたまひけるほど、なよびかにをかしきことはなくて、交野《かたの》の少将《せうしやう》には笑はれたまひけむかし。（帚木五三）」

これはab二つに大きく分かれている。

aは、光源氏についての女房社会のゴシップである。女房社会のゴシップは、いくらでも立派に独り歩きし、通俗に通俗に流れ、止まるところ無く展開する。その「物言ひ」に対して、物語は、「さがなさ（無責任さ、意地の悪さ）」を非難し、これを是認できないものとしている。

現在、源氏物語という言葉から即座にイメージされるものは、一般には、ベッドシーンばかりが連続する通俗性に落ち切った恋の世界であり、それに「愛」とか「雅び」とかいう語がまことしやかにぶらさがっている。まさに、帚木巻冒頭のaの現代版である。源氏物語が永い時代に渉ってとにかく生き永らえる為には、女房社会のゴシップの力は、質はともかく、侮りがたいものがある。

bが源氏物語の内実である。源氏物語が語りたいのは、「なよびかにをかしきことはなくて」である。真の源氏物語を知るためには、「なよびかにをかしきことはなくて」を手がかりとして、源氏物語の読み直しをしなければならない。

（帚木三帖）「ただ人」となった光源氏がこの世を渉っていくのであるが、まずは男女の仲とはを自分で確かめようと、動いた結果は、空蟬による二度にわたる拒否であった。次の夕顔は光がもえている最中に急死した。帚木三帖において、源氏物語が男主人公に求めているものとは、読者の期待・常識に反して、男の性的欲望の抑制・ストイック性の強化という、若い貴公子である光源氏にとって屈辱的で残虐な要求である。これは同時に、女性サイドからすれば、（朱雀院の女三宮の不幸のように）女性と子供を不幸にしないために必要不可欠な条件である。そこに読者の好みを超越した、この物語の独自性を認めなければならない。

（六条物語）六条物語は、恋愛ではなく、空蟬物語の延長線上にある、別のタイプの物語である。

（光と紫との仲）正妻であった故葵上の四十九日を済ませて、二条院に帰った光は、「何ごともあらまほしうととのひはて（葵六九）」と女性として成熟した紫（十二歳）に新手枕を求めた。紫は徹底して拒否した。光は強引な出方はせず、あくまで紫の意志を尊重し、狭い意味でのセックスレスの関係を一生維持し続けた。紫の拒否の理由は特定しにくい。一〇五二年の末世到来を半世紀内に控えた源氏物語の女性の悲願は《女人往生》《女人成仏》であった。とりわけ紫は北山僧都と祖母尼君の感化が大きく、仏との「結縁（一旦結縁を結べば、以後セックスは不可能）」を僧都が幼い紫に授けた可能性が大きい。一方、紫のゆかり・かたしろ拒否も、紫八才での光との最初の歌の唱和（…いかなる草のゆかりなるらむ）から考えられる。紫には光に「後の親」を求め続ける気持ちがあった。光は「後の親」として、スキンシップ豊かに紫に接し、紫を理想的な女性に育て上げた。帚木三帖で鍛えられたストイック性の強さを支えとしてこそ、光は紫との夫婦仲を保つことができたといって過言でない。須磨蟄居の別離の生活に光・紫それぞれが耐え通せたのも、二人の夫婦としての特殊性によるところも大きかったか。

（**光の玉鬘との関係**）玉鬘を六条院に迎えた光は、玉鬘に対して「後の親」の立場で終始した。二十二歳の姫君に、光は傍目を恐れず接近し、玉鬘に「これよりあながちなる心は、よも見せたてまつらじ。（胡蝶一八八）」と、ストイック性の強さに対する光自身の自信のほどを示しながら、三歳までに父母と別れ、親の記憶が一切無い玉鬘に、親の立場上我が子に対してしなければならないスキンシップを光はやってのけ、親とは、男とはを「後の親」の立場で教えた。光の「後の親」の有り難さを、玉鬘は苦悩の末よく理解し、光の四十の賀を率先して祝った。

光の玉鬘に対する対応ぶりは、「中年の男の情念」で済まされる問題ではない。まずはストイック性に絶対の自信がなければならない。亡母夕顔の鎮魂の思いも光の意識の底に流れていよう。光の同種の態度は、基本的に、養女に対して現われて自然である。故前坊の姫君（後の秋好中宮）のケイスも、光の意識に「親代り」を見る必要もあろう。

（**光源氏の子孫**）このように、光源氏は世にも稀なストイック性の強さを身につけ、実子は、宿曜の予言通り（冷泉）・夕霧・明石姫君と少なかったが、明石姫君が入内後、子宝に恵まれ、光の第三世代を語る宇治十帖では、「光君と聞こえけん故院の御ありさまには、え並びたまはじとおぼゆるを、ただ今の世に、この御族（光源氏の御一族）ぞめでられたまふなる。右の大殿（夕霧）と（手習三五九）」と語られる（小野の尼君が訪れた紀伊守に語る言葉）。

（**頭中将の末**）光をライバルとした藤原の氏の長者の家の主、頭中将は、帚木巻でスキガマシキアダ人ぶりを発揮しており、「内大臣は、御子ども腹々にいと多かるに、その生ひ出でたるおぼえ、人柄に従ひつつ、心にまかせたるやうなるおぼえ、勢ひにて、みななし立てたまふ。（蛍二一八）」と、華々しかったが、ストイック性の強化とは逆に、性的欲望は満足されるべきものといった野放図な育て方をした。その悲劇が、朱雀院の女三宮に密通し懐妊に至らしめた、太政大臣（旧内大臣）の嫡男柏木の自滅である。有望な後継者を失って、藤原の氏の長者の家は先細りが進み、光死後の匂兵部卿三帖では、後継者たる紅梅大納言よりも、髭黒没後の玉鬘の方が、二人の姫君の入内に成功し、その意味で氏の長者の血筋の面目を保っている。第二世代の巻々の早くに玉鬘巻が据えられて当然であった。

以上、源氏物語のほぼ全体に、ストイック性の強化が一貫して流れている。まさに「なよびかにをかしきことはなくて」が物語の軸になっている。

帚木巻冒頭の「前口上」は、夕顔巻の「結文」と呼応するものではない。光源氏の生き方全体の「前口上」である。

付章　宇治八宮考

内容

一　問題提起

【1】源氏物語成立の歴史的背景は、一〇五二年の末世突入と切り離せない。一一世紀前半に生きた人々は、その世紀半ばには、太陽も月も地に落ち、世界は闇になるという恐怖と絶望に直面していた。そういう、歴史上一回性の、極めて特殊な状況下で、その恐怖と絶望が現実になると信じ、それに真剣に取り組んだ一人の女性の精神の所産が源氏物語である。

来るべき末世突入の混乱期を語るからには、規範とすべきムカシは求めようにも求めることはできない。「いづれの御時にか（コンナ天皇ガ何時イラシタダロウカ、前代未聞）」としか語り出せない危機感と絶望の中で、デカタンスとニヒルに撤して、物語は、廃頽・陰惨そのものの現実を冷徹に凝視する。方法上、史実は頼れず、フィクションに撤する他はない。

この危機に、女性にとって特に深刻なのは、男性は往生・成仏ができるが、女性は垢穢・五障の身であって成仏はおろか往生できる保障も全く無いことであった。女性の悲願である《女人往生》《女人成仏》を物語の中で実現させようとしたのが源氏物語である。筆者は、この問題を、『源氏物語は読めているのか』[注1]第二部女人往生への道、『源氏物語は読めているのか【続】─紫上考』[注2]で考察し、源氏物語執筆の第一目的が、ここにあるとしなければならないと信じるに至った。

いつの世でも女性の悲願であるべき《女人往生》《女人成仏》は、一〇五三年以後、「それ世は末世に及ぶといへども日月は地に落ちたまはず」と安堵し胡坐をかく人々に、はたして引き継がれたであろうか。一〇五二年と一〇五三年との間での人間の意識の落差ははかり知れない。

一〇五三年を契機に、男性貴族の意識は、匡房・俊頼・『大鏡』…に見るごとく、女性の悲願など眼中に無くなる。彼ら及びそれ以後の男性文人達の目に、源氏物語がどう映ったであろうか。往生における女性差別を差別と意識できるのかどうか、からして問題である。絶望の中での、女性作者による、女性の救いを求める緊張が読み取れようとは思えない。以後、源氏物語は、〈男と女の恋の物語〉とされきって現在に至っている。現在学会で通説とされているのは、源氏物語研究史の基礎とされている膨大な古注・新注尊重に撤した解釈である。それらの多くは鎌倉室町以降の男性堂上貴族並びにその信奉者達にとって、都合のよいように限定された解釈が軸とされ、源氏物語の読み方がそれ以外に無いかのごとく、現在でも依然として固定される傾向は強い。

物語の本文に従った新しい読み、例えば、①桐壺帝は「宿曜の予言」[注3]を信じて、死後の地獄堕ちを覚悟で、第二皇子（光源氏）を護ったとか、②前坊は廃太子であったなどと言うと、「そういうことは言う必要がない」の一言が殆ど反射的に返って（巻末〔補説1〕）来るのが、学会における、古注一辺倒の一部の人々の対応である。

問題は、こうした読みの固定化・硬直化により、物語の本文を物語に忠実に読むことが軽視され、都合の悪い本文は無視され、棚上げされてすまされていることである。特に、天皇・皇太子に対する神格化意識が強い。近時では太平洋戦争中の《不敬罪》に対する恐怖が、戦後六十年以上を経た現在でも生きており、源氏物語の本文を真っ当に読もうとすること自体が不謹慎とされかねない向きさえある。これは、物語の本文捏造の黙認に繋がる。

源氏物語の理解に必要不可欠なのは、源氏物語は過去の史実に立脚したものではなく、フィクションに撤した作品であるという視点である。この視点を抜きに、桐壺帝・前坊の理解は不可能である。前掲①であるが、源氏物語における〈聖帝〉とされてきた桐壺帝は、宿曜の予言（これは高麗の相人の観相と一致する）即ち「第二皇子（ただ人光源氏）の子が帝になる」を、桐壺帝が実現しなければならないという宿命を背負わされている。その実現の為に、桐壺帝は、帝の母にふさわしい女性（即ち藤壺）を入内させ、光源氏を藤壺に接近させ、藤壺に男子（後の冷泉帝）を出産させ、その男子を桐壺帝の皇子とし、皇太子に立てた。形式上は通るが、冷泉は〈ただ人〉光源氏の子であり、天皇の実子ではない。彼を立太子させることは実質上明らかに「犯し」である。桐壺帝は死後、光の夢に現れ、「我は位に在りし時、過つことなかりしかど、おのづから犯しありければ、その罪を終ふるほど暇なくて（地獄ノ苦ヲ受ケテ、罪ノ精算をシナケレバナラナカッタ）、…（明石二二九）」という。〔これはギリシャ悲劇の主題であるアガメンノン的王殺しをアガメンノン自身にさせ、実の姦夫である光源氏をアガメンノンが守り、冷泉帝の父として生存させるという、ギリシャ悲劇とは全く別の、帝王の苦悩の構想である。〕源氏物語は、帝のすることであろうと、形式にごまかされず、虚偽を許さない。光と藤壺との関係は、従来、専ら、光の藤壺との〈密通〉で片付けられてきたが、〈密通〉で片付く問題ではない。桐壺帝の造形とは、末世到来を目前に控えた前代未曾有の混乱期の帝王像の造形である。物語上の、桐壺帝の苦悩を、読者の好き嫌いを介入させず、物語上の事実と認めなければ、源氏物語の真実に接近することはできない。桐壺帝のモデルを史実に求めるのは、求めること自体が誤りである。物語冒頭の「いづれの御時にか…」を、『河海抄』の「延喜の御時といはんとておぼめきたる也。…」に従うのが、依然として一般の読みであるが、「おぼめく」ゆとりが源氏物語冒頭にあり得るであろうか。「おぼめきたる也」に違和感を禁じ得ない。

②の〈前坊〉が廃太子であるのも同様に「言う必要がない」ですまされる向きがある。

【一2】史実に類を見ない廃頽・陰惨そのものの末世世界の、政治上の問題として、源氏物語作者が五十五帖を通して今一つ意図しているのは、立太子問題の犠牲者の鎮魂である。

物語に表れる立太子問題の犠牲者は、前坊・光源氏・宇治八宮である。

前坊は桐壺帝の弟である。物語は前坊を傷つけないように細心の注意を払って、あからさまに語ろうとしないが、「前坊」という呼称―皇太子になられたが天皇にならずに終わられた方を言う―が、彼が皇太子経験者であったことを示している。「坊にも、ようせずは、この皇子（第一皇子をさしおいて第二皇子）のゐたまふべきなめり（桐壺一九）」により、物語開始時点で、春宮空位であったことが示される。また、前坊の姫君（新斎宮）の「別れの櫛の儀」の場面での「斎宮は十四にぞなりたまひける（賢木九三）」によって、物語中に「前坊」が生存していたことが明示され、前坊が〈廃太子〉であったことが、物語上動かない事実であると決定される。[注3]前坊は、皇太子でありながら引き下ろされ、公的に傷つけられた、悲運の皇子である。物語は、前坊自身は表に立たせず、御息所六条の傷の深さを印象強く語る。

次には、光源氏である。美質に恵まれた、桐壺帝の最愛の皇子（第二皇子）であるが、父帝は、第一皇子（朱雀）を皇太子に立て、第二皇子は皇位継承権を有する親王にせず、臣下に下し源氏姓とし、天皇の補佐役とした。そうすることによって、帝は第二皇子の生命を護った。〈光〉とは、末世の闇を照らす存在であることを示唆する。光源氏は、桐壺帝の政治路線を継承し、前坊の鎮魂に努め、前坊の姫君を冷泉帝の中宮とした。[注4]前坊が六条御息所・姫君（後の秋好中宮）と共に住んだのは六条の宮であった。前坊の鎮魂の為には、生前の宮を栄えさせなければならない。筆者は、光による六条院造営は、一にも二にも、前坊の鎮魂が目的であったと見る。未申の町を秋好中宮の里宮としたのと同様に、丑寅の町に花散里を住ませたのは、それが前坊の鎮魂に直接繋がるが故である。[注5] 光が紫と暮らす春の殿は〈生ける仏の御国〉といわれた。鎮魂の場である以上、浄土でなければならない。しかし、六条院の春の殿に、宇治平等院の鳳凰堂のような浄土さながらの御堂があるのではない。〈生ける仏の御国〉とは、これ以前に、春の殿の主、光と紫とが、それぞれが主催した法要で浄土の荘厳を参会者に体得させ、生身の仏と尊敬されていたことを意味する。男女の生仏―浄土を演出・実現できる生身の人間―の住む浄土と讃えられている。

光の姫君（明石）が東宮女御となって以後、六条院は、明石女御の、やがては明石中宮の里下がりの邸ともなり、光没後も、明石中宮を中心に繁栄を保った。

なお、光の立場であるが、冷泉帝が光を太上天皇にと薦め、世間がそう思っても、光自身は父桐壺帝の意志を尊重し、終生〈ただ人〉で通した。

前坊が廃太子体験者であり、光が資質は在りながら立太子を徹底して排斥されたのに対し、宇治八宮（桐壺帝の第八皇子・光源氏の弟）は、皇太子（冷泉）を出し抜いて皇位を狙う陰謀に利用され、事は失敗に終わり、孤独な一生を余儀なくされた。この八宮の全体像は、実は、明らかにされているとは言えない。

【一3】宇治八宮の語りは、橋姫巻冒頭での、光源氏の須磨蟄居から政界への返り咲きの時代の語りから始まり（後述（二））、光源氏はとうに死に、世代から言えば光源氏の孫の世代の、薫が成人した時代に至る。

八宮物語の本文を順次読み進めると（今まで筆者がそうであったが）事柄の展開は理解できるが、そこまでの時間の流れが殆ど把握できないまま終わってしまう。八宮の一生とはであるが、何歳の時に何があったのか、姫君の誕生・北の方の死・京の邸の焼失・宇治入り・薫との出会い・匂宮の宇治の中宿り…殆ど全てにわたって、八宮の年令を意識もしないですませてきた、としかならない。これでは、八宮の正当な理解とはしがたい。

物語が宇治八宮の年令を証すのは、死の直前である。

…姉君二十五、中の君二十三にぞなりたまひける。

宮は重くつつしみたまふべき年なりけり。（椎本一七六〜一七七）

同年「八月二十日のほど（椎本一八八）」八宮死去となる。

当該の厄年を「六十一歳」と見る説が有力視されている。注6 それに従って、姫君方の誕生を取り上げると（誕生時点で一才とする数え年であるから）、父八宮二十七歳で姉君、三十九歳で中の君誕生となる。

同じさまにて（女のお子で）たひらかに（御安産）はしたまひながら、（産後）いといたくわづらひて亡《う》せたまひぬ。（橋姫一一八）

中の君出産後の北の方の他界である。北の方が仮に八宮より六七才年下としても、三十歳を越えた高齢者の出産である。北の方の精神力体力も相当である。虚弱体質ではない。

年ごろ経《ふ》るに、御子ものしたまはで…（橋姫一一八）

の「年ごろ経る」とは、結婚以来であるから、二十年かそこらとなる。八宮夫妻は、もはや初老で、初老夫妻に授けられた、二人の聖なる姫君である。

橋姫巻の「年ごろ経る」「年月にそへて」「この年ごろ」といった時の経過を表わす表現には、経過した時間の長さに十分留意しなければならない。

上述の姫君の誕生の実時だけからしても、八宮の生は人一倍厳しいものである。八宮は虚弱な皇子ではない。孤独に撤して六十一才の厄年まで生きた強靭な皇子である。八宮の大君・中君の育て方の厳しさ、実父（八宮）

に認知されないが浮舟が引いている八宮の血の強さは並のものではない。この小論では、宇治十帖を率いる八宮の生をできるだけ明らかにしてみたい。

源氏物語が主要登場人物の実年令を、物語のはじめから明示せず、物語が相当程度展開した後で証す例に紫上がある。[注7] 宇治十帖においても主要登場人物の実年令隠しがなされている。〈八宮の死まで読んだら、もう一度はじめに戻って、八宮の年令を特定しながら読み直せ〉が作者によって読者に要求されている。厄年によって実年令を証すという源氏物語作者の手法が宇治十帖にも用いられている。（巻末〔補説2〕その二①）

この事実だけからしても、『源氏物語』は宇治十帖も含め五十五帖全部が同一人物の手になった可能性が極めて大きい、としなければならない。

二　宇治八宮の物語登場場面を読む

〔二―1〕（宇治十帖冒頭の本文―前半）宇治十帖は、次の本文から始まる。

そのころ、世に数《かず》まへられたまはぬ古宮《ふるみや》おはしけり。母方《ははかた》などもやむごとなくものしたまひて、筋ことなるべきおぼえなどおはしけるを、時移りて、世の中にはしたなめられたまひける紛れに、なかなかいとなごりなく、御後見《うしろみ》などももの恨めしき心々にて、かたがたにつけて世を背き去りつつ、公《おほやけ》私《わたくし》に拠《よ》りどころなくさし放たれたまへるやうなり。

北の方も、昔の大臣の御むすめなりける、…（橋姫一七一）

（大意）そのころ、世間に忘れられてしまわれた古宮（老齢の宮）がいらっしゃった。古宮の父は桐壺帝、母は、「祖父大臣（一二四）」と大臣の娘で「女御（一二四）」というれっきとした血筋であり、この宮こそが、当時の皇太子冷泉を廃して、朱雀帝を継ぐ次期天皇となるべきだと一部の人に担がれたが、政変—朱雀帝譲位、春宮冷泉即位—により、当該の「古宮」は、立場がなくなり、担がれないがましだったとなり、誰からも相手にされず、徹底して疎外された。

八宮の北の方も、人々の記憶に残っている模範的な大臣（桐壺の左大臣）の御娘なので実はあった。

これが宇治十帖の立役者宇治八宮の物語登場場面である。皇太子冷泉を廃太子にする陰謀に利用されたということである。

【二―2】主要登場人物の年令差を確かめる。

あくる年の二月《きさらぎ》に、春宮《とうぐう》（冷泉）の御元服《げんぷく》のことあり。十一になりたまへど、ほどより大きにおとなしうきよらにて…（澪標二八一）

に基づき、かつ、年立を頼れば、時に光源氏二十九歳で、光と冷泉との年令差十八歳である。

薫の誕生は光源氏四十八歳、冷泉三十歳。薫と冷泉との年令差は二十九歳である。

八宮六十一歳の逝去時点で、薫二十三歳（中君同年）、冷泉五十二歳。八宮と冷泉の年令差九歳となる。

従って、問題の事件当時の関係者の年令を示せば次のごとくである。

	光源氏	八宮	冷泉
光源氏須磨蟄居の年	二十六	十七	八
宰相の須磨訪問	二十七	十八	九
光帰京（七月）	二十八	十九	十
冷泉即位（二月）	二十九	二十	十一

【二―3】橋姫巻冒頭の内容に関連する本文を須磨巻〜澪標巻に求めてみる。

（a）まず、光が須磨蟄居した年の秋、朧月夜相手の朱雀帝の次の言葉がある。

今まで御子《みこ》たち（朱雀の皇子）のなきこそさうざうしけれ。春宮《とうぐう》を院（故桐壺院）ののたまはせしさまに思へど、よからぬことども出で来《く》めれば心苦しう（須磨一九八）」

（大意）朱雀自身の皇子が一人もいないのがものたりない。現皇太子（冷泉）を故父院のご遺言通りにと自分は思うけれども、名案と賛成できもしない案件が出てくるようで困っている。

朱雀帝の当該の言葉は、現皇太子排斥の動きが実在し、表面化しようとしていることの明かしである。その案に対し、朱雀は「よからぬことども」と批判的である。朱雀の思いは、自分が帝位を譲るのは、朱雀の皇子にであり、なろうことならば朧月夜腹の皇子が欲しい、である。これは、右大臣勢力の思いでもあろう。「古宮」を担いだのは、朱雀・右大臣勢力とは別の一派の可能性がある。

（b）「古宮」を担いだ人のねらいが、光源氏が政治上の実権を失っている現在、光が後見する春宮冷泉を追い落とし、自分が後見となって新帝「古宮」を牛耳るに至りたいという筋であったのは、見え透いている。橋姫巻冒頭の本文「（「古宮」の）北の方も、昔の大臣の御むすめなりける（橋姫一一七）」は作者が読者に与えているヒントである。この「昔の大臣」のムカシは、規範として慕われる故人である。該当者として挙がるのは、桐壺の左大臣である。として浮かび上がるのは左大臣の嫡男の宰相（かっての頭中将）である。[注8] 左大臣の嫡男宰相が、近い将来、帝の後見として政治権力を手中に握るには、政敵光源氏が須磨に蟄居しているこの時に、皇太子である冷泉を廃太子とし、父左大臣の娘を北の方とする第八皇子を立太子させ、朱雀帝を追い落として第八皇子の即位に持ち込むのが最短の道と見て、宰相は強引に動いたのであろう。宰相の北の方は右大臣の四の君であり、弘徽殿大后とも提携しやすい。光源氏を終生目の仇にしたのは、大后である。

（c）関連情報というべき物語の本文は、翌々年の新春早々までとぶ。

年かはりぬ。内裏《うち》に御薬《くすり》のこと（朱雀病弱）ありて、世の中さまざまにののしる。当帝《たうだい》の御子《みこ》は、右大臣のむすめ、承香殿の御腹に男御子《をとこみこ》生まれたまへる、二つになりたまへば、いといはけなし。春宮《とうぐう》（冷泉）にこそは譲りきこえたまはめ、…（明石二六一―二六二）

（**大意**）年が改まった。朱雀帝の健康が勝れず、世間は騒然となった。朱雀の御子は承香殿腹で二歳。春宮冷泉に譲位となった。

次いで、翌年二月二十余日冷泉即位、「坊《ばう》（春宮坊）には承香殿《そきやうでん》の皇子《みこ》（三歳）ゐたまひぬ。（澪標二八二）」これが、冷泉新政権のスタートであった。

（d）ところで、橋姫巻の第四段後半は、次のごとくである。

源氏の大殿《おとど》の御弟《おとうと》、八の宮とぞ聞こえしを、冷泉院《れぜいゐん》の春宮《とうぐう》におはしまし時、朱雀院《すざくいん》の大后《おほきさき》の横さまに思しかまへて、この宮を世の中に立ち継ぎたまふべく、わが御時、もてかしづきたてまつりたまひける騒ぎに、あいなく、あなたざまの御仲らひにはさし放たれたまひにければ、いよいよかの御次々になりはてぬる世にて、えまじらひたまはず、また、この年ごろ、かかる聖《ひじり》になりはてて、今は限りとよろづを思し棄《す》てたり。（橋姫一二五）

（**大意**）光源氏の御弟で、八宮と申し上げた、その方を、冷泉院が春宮でいらした時、朱雀院の御母弘徽殿大后が筋違いな事を計画なさって、八宮が帝位を継承なさるように、一時期、八宮を大事に騒ぎ立てなさったが、筋違いなことになり、冷泉帝・光源氏側のお仲間から、相手にされなさらず、源氏方の支配が続き、八宮は政界に入れず、また、北の方没後は、独身に撤して聖になりきり、政界に見切りを付けてしまわれた。

これによれば、「古宮」とは八宮即ち桐壺帝の第八皇子であって、八宮を「世の中に立ち継ぎたまふべく」運動したのは「朱雀院の大后（弘徽殿大后）」だという。宰相サイドからすれば、大后は、願ってもない〈隠れ蓑〉である。ことが失敗と決定した段階で、宰相は、担いだ側の責任は「朱雀院の大后」とすれば自分を傷つけないで済む。事件から時が隔たればそれだけ、語り伝えも、大きいお方にゆだねられて終わる。

橋姫巻冒頭の語り（前述［二—1］）は、須磨巻で、朱雀帝が朧月夜に言った言葉「…春宮《とうぐう》（冷泉）を院（故桐壺院）ののたまはせしさまに思へど、よからぬことども出で来《く》めれば心苦しう（須磨一九八、前述［二—3］（a））」の「よからぬことども」の実態の打ち明け話である。上述の限りでは、須磨巻〜澪標巻の語りと橋姫巻の八宮についての語り相互に、登場人物の年令をはじめ特に矛盾は見当らない。宇治十帖の構想は、須磨巻〜澪標巻の段階、それ以前の物語全体の構想の第一段階で物語の主要部分の一つとして構想されていたと見なければならない。（巻末〔補説2〕その二②）。

ちなみに、冷泉即位後の宰相であるが、

とりわきて宰相中将、権中納言になりたまふ。かの四の君の御腹《はら》の姫君十二になりたまふを、内裏《うち》に参らせむとかしづきたまふ。（澪標二八三）

（**大意**）（かっての頭中将は）権中納言に昇進。正妻腹の姫君（十二歳）の入内の準備を急ぐ。

一方、宇治十帖全般に登場する老女房弁の尼は、八宮方に身をおいている。弁の尼は、当宰相の嫡男柏木の乳母の子である。弁の尼の存在は、八宮と当宰相とのつながりの生き証人的一面を担っている。

［二—4］（**宇治十帖冒頭の本文—後半**）冒頭の文の後半が残っている。政変に失敗したあと被害者の八宮に宰相（大きくは大后）はどう対したか、その後の八宮の生をどう守るのかが、当然問題となる。

…時移りて、世の中にはしたなめられたまひける紛れに、なかなかいとなごりなく、御後見《うしろみ》などもものの恨めしき心々にて、かたがたにつけて世を背き去りつつ、公《おほやけ》私《わたくし》に拠《よ》りどころなくさし放たれたまへるやうな

り。(橋姫一―七)」(大意は前述〔二―1〕)

冷泉即位後、八宮は、担がれたにしても、冷泉の廃太子を計った当事者として、公的に責任を問われ、疎外されて当然である。であればこそ、担いだ側が、孤立した宮を陰で守らなければ、担ぎ手の人格・人間性が疑われる。「御後見なども」「もの恨めしき心々にて」とは裏切られた心情であり、「御後見なども」の「も」は八宮を含む。八宮一人が悪者とされ、心を寄せる人一人も無く、放置された。担いだ責任者が責任を放棄した結果である。その責任者をリーダーとする末世社会の廃頽ぶりである。

(当該部分に限らず、物語全体にわたることであるが、こういう廃頽が描けるのは、物語が、時を、目前に迫る末世としているからである。末世とすれば、登場人物を、いくらでも厳しく追い詰めることができる。であったからこそ、古今未曾有の物語世界を作者は意の侭に展開できた。源氏物語が世界に類の無い高度な文学として結晶された最大の理由は、この時代設定にある。フィクションに撤した物語に、古注にならって史実との対応を求めるのは、文学理解の方法として無効である。)

「…あいなく、あなたざまの御仲らひにはさし放たれたまひにければ、いよいよかの御次々になりはてぬる世にて、えまじらひたまはず。また、この年ごろ、かかる聖《ひじり》になりはてて、今は限りとよろづを思し棄《す》てたり。(橋姫一―五)」(大意前述〔二―3〕(d))

その後も、八宮は「えまじらひたまはず」と、政権を握る皇子達との兄弟付き合いもできなかった。表向きの排斥が強いのは、事が事であるから、あくまで当然である。「この年ごろ」八宮は、聖の心境(北の方の死後、妻帯を拒否し一人住みに撤することをさす)に達しきっておいでる…と、本文は言う。「この年ごろ」は北の方没後をさす。

三　時の経過をどう読むべきか――八宮の実年令

【三1】橋姫巻冒頭の「古宮」は、同巻第四段の後半に至って「源氏の大殿《おとど》の御弟《おとうと》、八の宮（一二五）」と明かされる。さらに第六段で「この院の帝（冷泉）は、十《じふ》の皇子《みこ》にぞおはしける。（一二九）」により八宮が冷泉より年長と解る。八宮についての情報が少しづつ散発的に語られるのであるが、その都度、物語の過去に立ち帰って八宮像を把握しようにも、八宮の年令は、その死の直前（椎本一七七）迄明かされない（前述［一3］）。

物語が八宮の実年令を冒頭で明かさないのはなぜなのか。

思うに、廃太子計画に乗り、失敗に終わり、一生を台無しにした一人の男に、それ以後、何時何があろうと年令にこだわる理由がどこにあろうか、年令は死亡時に示せばいい。源氏物語全体として見れば、年月は経過し、主要登場人物は光源氏の孫の世代に至っている。末世の闇が刻々と近付いてくる。〈生死長夜の長き夢〉の感覚か。

年令だけではない。前掲［一3］の「年ごろ経る（一一八）」の類の大掴みな時の経過の表現の続出についても同様である。孫達の世代に祖父の亡霊が表れるのに似た年令上の距離を置いて八宮が登場する。それをあくまで孫世代の時間軸に合わせようとした結果が、時の経過のこういう表現になるのか。
としても、八宮を理解するためには、物語の展開を八宮の実年令におきかえす努力は必要である。

【三2】（宇治八宮の年譜大略）物語理解の参考までに宇治八宮の年譜の大略の整理を試みる。基準は以下の二行（前述［一3］）である。

…姉君二十五、中の君二十三にぞなりたまひける。
宮は重くつつしみたまふべき年（六十一歳）なりけり（椎本一七六〜一七七）

以下、結果を示す。

八宮十四歳十一月　父桐壺院崩御

八宮二十歳　冷泉即位（光源氏二十九歳、冷泉十一歳）

　これ以前に十七歳で橋姫巻［一］の「筋ことなるべきおぼえ」があり、冷泉即位が実現して「世の中にはしたなめられ」公私ともに徹底して阻害された。北の方と「かたみにまたなく頼みかはしたまへり」

八宮三十七歳　大君誕生。

八宮三十九歳　中君誕生。北の方死去。「本意《ほい》も遂げまほしう」であったが、二人の姫君を八宮は男手一つで育てる。（この年薫誕生。八宮の北の方の血筋に当たる藤原の氏の長者の家では、大臣の嫡男柏木が若死にする。光源氏四十八歳）

京の屋敷「さすがに広くおもしろき宮の、池、山などのけしきばかり昔に変らでいと荒れまさる（「昔」は八宮二十歳以前）…（橋姫一二〇）」

中将君との接触と離別「「…なほ世人《よひと》になずらふ御心づかひを…」と人はもどききこえて、…聞こしめし入れざりけり（一二一）」）

八宮四十七歳頃か（姫君方八歳～十歳か）「御念誦《ねんず》の隙々《ひまひま》には、この君たちをもてあそびたまへば、…（一二二）」

八宮四十八歳春か、姫君の教育。「春のうららかなる日影に…君たちに御琴《こと》ども教へきこえたまふ（父子三人の和歌の唱和）。経を片手に持《も》たまうて、かつ読みつつ唱歌《さうが》をもしたまふ（琴などの譜を歌いなさる）（一二二）」

八宮五十八歳か「かかるほどに住みたまふ宮焼けにけり。（一二五）」

八宮五十八歳「宇治《うぢ》といふ所によしある山里持《も》たまへりけるに渡りたまふ。（一二六）」宇治の阿闍梨《あざり》が、八宮と積極的に接触し、京の冷泉院で八宮の話をする（〔六〕段）。「宰相《さいしやう》中将（薫）も、御前にさぶらひて（一二八）」とある。薫の宰相中将昇任は「十九になりたまふ年、三位宰相《さむゐのさいしやう》にて、なほ中将も離れず（匂兵部卿（二九）」である。橋姫巻の当該場面では薫二十歳。従って八宮は五十八歳と決まる。冷泉院は、宇治へ帰る阿闍梨に使者を案内させ、八宮を見舞う。薫の宇治訪問が始まる（〔七〕段）。

八宮五十八才の年、大君二十二才・中君二十才である。従来、姫君方は、京の貴族の生活を知らないと見られてきたが、貴族生活の内実はともかく、その年令まで京都で暮している。

八宮六十歳　「冷泉院《れぜいゐん》よりも常に御消息《せうそこ》などありて…をりふしにとぶらひきこえたまふこといかめしう、この君（薫）も、まづさるべきことにつけつつ、をかしきやうにもまめやかなるさまにも心寄せつかうまつりたまふこと、三年ばかりになりぬ。（〔八〕段、一三五）」冷泉が人間としての正常さを示す。

（**大意**）冷泉院からも宇治の八宮に御文などがあり、折り目・節目ごとに盛大なお見舞いをなさる。薫も、然るべき折々、風情をこらしたり実生活上に気配りをしたり、尊敬しお仕えなさって、三年ほどになった。

（秋の末、八宮の山ごもり中に薫が山荘を訪問し、二人の姫君を垣間見、弁の尼が応対に出て、昔語りをする。薫は帰京後、宇治と文を通わす。匂宮に姫君のことを語るなど。〔九〕段～〔一五〕段）

十月薫八宮訪問。八宮が薫に「…今日明日《けふあす》とも知らぬ身の残り少なさに、さすがに、行《ゆ》く末《すゑ》遠き人は、落ちあぶれてさすらへんこと、これのみこそ、げに世を離れん際《きは》の絆《ほだし》なりけれ（一五八～一五九）」と言う。

（**大意**）今日死ぬとも明日死ぬとも分からない身で、残る姫君方がどう生きていくか、これだけが臨終の絆しなのです。

宮暁方の御行い。その間、薫は弁の尼を呼び出し、弁の尼が秘持していた柏木の遺書を渡された（橋姫

〔一七〕段）。

八宮六十一歳　春、匂宮、初瀬詣での帰途の中宿を宇治にとる。川向こうの管弦の響きを聞き、八宮から文。「山風にかすみ吹きとく声はあれどへだてて見ゆるをちの白波（椎本一七二）」。匂宮が「をちこちの汀《みぎは》に波はへだつともなほ吹きかよへ宇治の川風」と「返り」をおくる。薫は音楽好きの君達と八宮方へ。八宮は「さる方に、古めきて、よしよししう（宮家ラシイ趣向豊ニ）もてなしたまへり。（一七四）」匂宮は「おもしろき花の枝を折らせたまひて、御供にさぶらふ上童《うへわらは》のをかしきして奉りたまふ。『山桜にほふあたりにたづねきておなじかざしを折りてけるかな　野をむつましみ』とやありけん。…（八宮は）中君にぞ書かせたてまつりたまふ。『かざしをる花のたよりに山がつの垣根《かきね》を過ぎぬ春の旅人　野をわきてしも』といとをかしげにらうらうじく書きたまへり。（一七五）」帰京後も匂は文をおくり、八宮は中君に返しを書かせた（匂宮と中君との文通がはじまっている）。「姫君（大君）は、かやうのこと戯《たはぶ》れにももて離れたまへる御心深さなり。（一七六）」

薫との別れ　七月薫宇治訪。八宮は「亡《な》からむ後、この君たちをさるべきもののたよりにもとぶらひ、思い棄《す》てぬものに数《かず》まへたまへ（椎本一七九）」といい、また「「…かかる対面もこのたびや限りならむともの心細きに、忍びかねて…」とて、うち泣きたまふ。（一八二）」

（大意）八宮は薫に「私の死後、姫君二人を頼む」と言い、「薫に会うのも今回が最後か」と言って泣く。

姫君への訓戒　「（八宮の死後）わが身ひとつにあらず、過ぎたまひにし御面《おもて》伏せに、軽々《かるがる》しき心ども使ひたまふな。おぼろけのよすがならで、人の言《こと》にうちなびき、この山里をあくがれたまふな。ただ、かう人に違《たが》ひたる契《ちぎ》りことなる身と思しなして、ここに世を尽くしてんと思ひとりたまへ。ひたぶるに思ひしなせば、事にもあらず過ぎぬる年月なりけり。まして、女は、さる方に絶え籠《こも》りて、いちじるしくいとほしげなるよそのもどきを負はざらむなんよかるべき。」などのたまふ。(一八五)」

(**大意**) 八宮独りの為ではない、故母君の御名誉の為にも、軽率な事に神経を使ってはいけない。実現の可能性の殆どない理想的な縁(東宮妃レベルの話)でなければ、人に勧められて、この山里から出てはいけない。この山里で一生をおくると決めてご覧。それ以外に道はないと思ってしまえば、問題もなく年月は経つものです。

山寺に参籠「まだ暁に出でたまふとても、こなた(姫君の部屋)に渡りたまひて、「なからむほど、心細くな思しわびそ。心ばかりはやりて遊びなどはしたまへ。何ごとも思ふにえかなふまじき世を。な思し入れそ」など、かへりみがちにて出でたまひぬ。(一八七)」

(**大意**) 暁(夜明け前の暗い内)に出掛けようとされて、姫君の部屋にいらして、「留守中、心細いと意気消沈なさらないで下さい。十分楽しんで楽器の演奏はなさい。何事も思い通りになるはずもないこの世ですよ。確かに。」などおっしゃって、何度も振り返って山寺にお出かけになった。

八月二十日のほど八宮逝去。

四　八宮の生・宇治山の阿闍梨の八宮救済のイメージ——極楽での楽の奏者

[四1] (八宮の悟り—聖) これも筆者に「読めていなかった」ことであるが、八宮の宇治籠もりは八宮五十八歳以後の四年間であった。阿闍梨との出会い以前に、八宮は師とする僧との交渉は特になかったらしい。

「父帝《みかど》にも女御《にょうご》にも、とく後《おく》れ(早ク先立タレ)きこえたまひて、…才《ざえ》(漢学、政治経済の学問)など深くもえ習ひたまはず…(橋姫 一二四)」

という。経典類についてどうなのか。八宮三十九歳での北の方の死後、

「持仏《ぢぶつ》の御飾りばかりをわざと（正式ニ）せさせたまひて、明け暮れ行ひたまふ。（一二〇〜一二一）」

「御念誦《ねんず》の隙々《ひまひま》には、（二人の姫君の教育をする）（一二一）」

「経を片手に持《も》たまうて、かつ読みつつ唱歌《さうが》もしたまふ。（前述八宮四十八歳）（一二四）」

こういう八宮を物語は、

「この年ごろ、かかる聖《ひじり》になりはてて、今は限りとよろづを思し棄てたり。（一二五）」

と、〈聖《ひじり》〉という。〈聖《ひじり》〉とは、世俗との交際を一切棄て、亡き北の方の冥福を祈り続け、再婚もせず、ストイックに徹することらしい。八宮の場合、その期間は宇治入り以前だけでも二十年あった。八宮は、一夫多妻制の上流貴族社会で一夫一婦に徹したい念が強かった。（その彼に我が子と認知されない姫君浮舟を実在させるのが、登場人物を極限まで追い詰めなければ済ませない、この物語の冷徹な厳しさである。）

宇治入り後、宇治山に住む「聖だちたる阿闍梨《あざり》」に教えを受けるようになった。即ち、

「この宮のかく近きほどに住みたまひて、さびしき御さまに、尊きわざ（北の方の供養）をせさせたまひつつ、（阿闍梨に）法文《ほふもん》を読みならひたまへば、尊がりきこえて常に（阿闍梨が八宮方へ）参る。（一二七）」

そういう八宮を阿闍梨は、

「八の宮の、いとかしこく、内教《ないけう》の御才《ざえ》悟《さとり》深くものしたまひけるかな。さるべきにて生《む》まれたまへる人にやものしたまふらん。心深く思ひすましたまへるほど、まことの聖《ひじり》の掟《おきて》になん見えたまふ」（一二八）

と、冷泉院に語る。聖としての評価である。

「思ひしやうに、優婆塞《うばそく》ながら行ふ山の深き心、法文など、わざとさかしげ（本格派の仏教哲学論）にはあらで、いとようのたまひ知らす。（実ニ上手ニヤサシイ言葉デ判ラセナサル）（一三三〜一三四）」

そうできる八宮を慕って薫は宇治通いをする。又の折りは、薫を迎えて、

「さきざき見さしたまへる（前回保留ニシテオカレタ）文《ふみ》どもの深きなど、阿闍梨《あざり》も請《さう》じおろして、義《ぎ》（その漢字の語義）など言はせたまふ。（一五六）」

八宮は、法文の難しい部分は、説明を阿闍梨に依頼する。薫の手前など問題にせず、素直にそうできるのが八宮である。

［四2］（音楽への造詣）八宮が若い頃から熱中したのは音楽であった。世間から見離されて以降、

「つれづれなるままに、雅楽寮《うたづかさ》の物の師どもなどやうのすぐれたるを召し寄せつつ、はかなき遊びに心を入れて生《お》ひ出でたまへれば、その方はいとをかしうすぐれたまへり。（橋姫一二四〜一二五）」

と、その道の専門家達に直接習い、楽の腕はプロ並みであった。北の方の他界後、八宮は男手一つで二人の姫君を育てるが、その教育の中心は弦楽器演奏技術の習得であるらしい。

八宮四十七歳頃（姫君方八歳〜十歳未満か）「御念誦《ねんず》の隙々《ひまひま》には、この君たちをもてあそび、やうやうおよすけたまへば、琴《こと》ならはし、碁《ご》打ち、偏《へん》つぎなど、はかなき御遊びわざにつけても、心ばへども（お二人の生得の素質）を見たてまつりたまふに（一二二〜一二三）」

翌年か「春のうららかなる日影に…君たちに御琴《こと》ども教えきこえたまふ。…経を片手に持《も》たまひて、かつ読みつつ唱歌《さうが》をもしたまふ。姫君に琵琶《びは》、若君に箏《さう》の御琴を、まだ幼けれど、常に合はせつつ習ひたまへば、聞きにくくもあらで、いとをかしく聞こゆ（一二三〜一二四）（前述八宮四十八歳）」

幼い二人の姫君の琵琶・箏の琴の合奏は「聞きにくくもあらで（神経ニ障ル所モナク）いとをかしく聞こゆ」という。英才教育の成果が上がっている。

八宮六十歳（八宮の寺籠もり中に宇治を訪れた薫が二人の姫君の演奏を聞く）「入りたまへば、琵琶《びは》の声の響きなりけり。黄鐘調《わうしきでう》に調べて、世の常の掻《か》き合はせなれど、所からにや耳馴《みみな》れぬ心地して、掻きかへす撥《ばち》の音《おと》

も、ものきよげにおもしろし。箏《さう》の琴《こと》、あはれになまめいたる声して、絶え絶え聞こゆ。（一三七）」

八宮六十一歳（薫の望みで八宮が）「御みづからあなたに入りたまひて、切《せち》にそそのかしきこえたまふ。（大君は）箏《さう》の琴《こと》をぞいとほのかに掻《か》き鳴らしてやみたまひぬ。（椎本一八一）」

（八宮最後の寺籠もりに出掛けようとして姫君に残す最後の言葉）「なからむほど、心細くな思ひわびそ。心ばかりはやりて遊びなどはしたまへ。何ごとも思ふにえかなふまじき世を。な思し入れそ（一八七）」

（大意） 前述本章［三2］の最後の引用文

「心ばかりはやりて（充分ニ楽シンデ）遊び（楽器の演奏）などはしたまへ」と、八宮は、最後の最後まで、音楽を大切にと言う。

一方、八宮自身の楽才が語られるのは、阿闍梨の仲介で冷泉院・薫との交際が始まり、薫が宇治の山荘を訪問して以降である。

（a）十月初旬の「明け方近く」薫に琵琶をすすめ、八宮が琴《きん》を弾く（一五七）。

（b）春、匂宮が初瀬詣での帰途、宇治に中宿りする。

「追風《おひかぜ》に吹き来る響きを聞きたまふに昔のこと思し出でられて、「笛をいとをかしうも吹きとほしたるかな。誰《たれ》ならん。昔の六条院の御笛の音《ね》聞きしは、いとをかしげに愛敬《あいぎやう》づきたる音にこそ吹きたまひしか。これは澄みのぼりて、ことごとしき気《け》のそひたるは、致仕《ちじ》の大臣《おとど》の御族《ぞう》の笛の音にこそ似たなれ」など独りごちおはす。（椎本一七一）」

（大意） 川向こうの楽の響きが追風に乗って聞こえて来る。八宮は、昔のことを思い出され、「笛を見事に吹き通したものだ。誰だろう。昔、六条院（光源氏）の御笛を聞き音色を覚えているけれども、なんとも魅力があり愛敬づいた音に吹きなさったが。これは、澄んで高い調子に吹き仰山な雰囲気があるのは、致仕の大臣の御一族の笛の音に似ているが」など独り言をおっしゃる。

八宮を意識して笛を吹くのは、薫であり、柏木遺愛の笛であろう。八宮は、笛の音色から、吹き手を光源氏の血筋ではなく、致仕の大臣（柏木の父）の血筋と、聞き分け、「誰ならん」と思っている。それだけの耳の持ち主である。薫の出生の秘密を笛の音色で突き止めた。

続いて、薫は「遊びに心入れたる君たち誘ひて」八宮の山荘を訪問し、「壱越調《いちこつてう》に桜人《さくらびと》遊びたまふ」。人々は八宮の琴《きん》を期待したが、八宮は「箏《さう》の琴《こと》をぞ心にも入れずをりをり掻《か》き合はせたまふ。」であった。八宮が、この場で「琴《きん》」を弾かないのは、今目前に集まっている人々の中に、八宮の琴《きん》の腕を披露して然るべき皇統の直系の血の継承者、光源氏の実子がいないと、八宮が確認したことを示唆する。薫が八宮の目の前で笛を吹けば、自然に、薫誕生の秘密の暴露となった。…それに山荘に来る度に、薫は弁の尼と昵懇にしている。

（c）（薫相手の八宮の昔物語）

「このごろの世はいかがなりにたらむ。宮中《くぢゆう》などにて、かやうなる秋の月に、御前《おまへ》の御遊びのをりにさぶらひあひたる中に、物の上手とおぼしきかぎり、とりどりにうち合はせたる拍子《ひやうし》など、ことごとしきよりも、よしありとおぼえある女御《にようご》、更衣《かうい》の御局々《つぼねつぼね》の、おのがじしはいどましく思ひ、うはべの情《なさけ》をかはすべかめるに、夜深きほどの人の気《け》しめりぬるに、心やましく掻《か》い調べほのかにほころび出でたる物の音《ね》など聞きどころあるが多かりしかな。何ごとにも、女はもてあそびのつまにしつべくものはかなきものから、人の心を動かすくさはひになむあるべき。…（椎本一八〇）」

（大意） この頃、世の中はどうなっているのでしょう。宮中などで、このような秋の月のよい夜、帝のお前の楽の宴に伺候し合って、その道の達人と目される人だけが、各々打合せた拍子などは、非常に堂々としていましたが、それよりも、上手だと評判の女御・更衣の局々で、腕比べと意識しながらも、表面は相手を立てているように見え、夜がすっかり更けてしんと静まってしまってから、かなわないなと感じさせるほど上手に、調律し、聞こえるか聞こえないかに音量をおさえた楽器の音色など、素晴らしいと思わせる女性が何人もいました。その音色は今も耳に残っています。何事にも女性は、頼りとはならないけれども、人の心を動かさずにはおかないものでして。

「宮中」の「御前の御遊び」の記憶の語りである。八宮二十歳以前のことか。八宮の心に残っているのは「ほのかにほころび出たる物の（女性のかなでる音量をおさえた弦楽器の）音」である。八宮は、女性の演奏を評価し、その弦楽器の音によって、微妙に表現されている弾き手（女性）の心を読み分ける。…八宮の意識は、次第に、後に残す二人の姫君に移っていく。

［四3］（阿闍梨の八宮救済のイメージ―極楽での楽の奏者） 八宮と親しくなった宇治の阿闍梨は、冷泉院を訪れ、八宮の聖ぶりを話し、後に残す姫君を案じていることなどを話す。物語は、

「さすがに物の音《ね》めづる阿闍梨《あざり》にて、「げに、はた、この姫君たちの琴弾《ことひ》き合はせて遊びたまへる、川波《かはなみ》に競《きほ》ひて聞こえはべるは、いとおもしろく、極楽《ごくらく》思ひやられはべるや」と古代にめづれば、…（橋姫一二九）」

（大意） さすがに楽の音に通じた阿闍梨で、「八宮の姫君だけに、やはり、姫君お二人が弦楽器を合奏して遊んでおいでる、その楽器の音が宇治川の川波の音と一つになって聞こえるのは、本当に気持ちが晴れ晴れとして、極楽にいるような気分になるのですがね。」と古風に誉めると、…

これは、『源氏物語図典』（秋山虔・小町谷照彦編　小学館一九九七年七月）の「極楽」の項に、「…極楽は菩薩が楽器を奏で、天人が舞い遊ぶところ（手習）から、宇治の姫宮たちの琴の合奏は極楽を思わせる、と宇治の阿闍梨が語る（橋姫）。」と、指摘されている。手習巻の例は、「極楽といふなる所には、菩薩などもみなかかることをして、天人なども遊ぶこそ尊かなれ（三二〇）」で、小野の大尼が「（あづま琴をひくと）この僧都（横川僧都）

の、聞きにくし、念仏よりほかのあだわざなせそとはしたなめられしかば…」というのに対し、大尼を立てて言う客中将の言葉である。

この「極楽思ひやられはべるや」という、阿闍梨の意識に留意したい。

横川の僧都は、明石中宮の前で、「竜の中より仏生まれたまはずはこそはべらめ（手習三四六）」と言った。横川の僧都のこの言葉は『法華経』提婆達多品《だいばだったほん》の説く《竜女変成《りゅうにょへんじょう》》を、僧都が信奉しており、《竜女変成》によって浮舟を往生・成仏に導きたいと、念じていることの表明である（ちなみに、浮舟は琴を弾かない）。源氏物語に《竜女変成》という語そのものはどこにも見当らない。当該の「竜の中より…」のみが、《竜女変成》を直接指した物語中唯一の、導師の発語である。大切なことほど秘めて、あらわに語らないのが源氏物語の語り方の特徴の一つであるが、読者には難解で読み落とされやすい。

これを念頭におけば、宇治の阿闍梨の「…極楽思ひやられはべるや」も、八宮を聖として尊奉する阿闍梨の、八宮とその姫君救済のイメージの表現の可能性がある。阿闍梨は、浄土における楽の演奏者として、八宮を姫君共々往生成仏させたいと願っていると見てみたい。物語は、八宮とその姫君に楽の素質と腕の冴えを要求している。

この阿闍梨のイメージは弥陀来迎図で知られる《歌舞の菩薩》[注9]に通じる。筆者は、女人往生への道として、紫上に代表される《極楽の曼荼羅》[注10]・『観無量寿経』を奉ずる韋提希《ゐだいけ》夫人的な生き方[注2]と、浮舟・明石中宮に代表される《竜女変成》をめざす生き方とを取り上げてきたが、ここで今一つ、宇治山の阿闍梨に導かれて、八宮と大君が、《極楽での楽の奏者》となる生き方をも、源氏物語は描いてみせたとなる。源氏物語は、末世到来を間近に控えた絶望と恐怖の中で、女性の悲願であった《女人往生》《女人成仏》を、三つの道のそれぞれにおいて、実現間近なところまで登場人物を導いた、つまり、女性のための救いを描いた、当時唯一の文学作品であった。

八宮にもどる。八宮は、阿闍梨が姫君二人が父君の往生の絆しにならないように、臨終に姫君に立ち合わせたりせず、一念乱れないように努めたにもかかわらず、死後、阿闍梨の夢に現われる。

「いかなる所におはしますらむ。さりとも涼しき方にぞと思ひやりたてまつるを、先《さい》つころ夢になむ見えおはしましし。俗《ぞく》の御かたちにて、世の中を深う厭《いと》ひ離れしかば、心とまることなかりしを、いささかうち思ひしことに乱れてなん、ただしばし願ひの所を隔たれるを思ふなんいと悔《くや》しき、すすむるわざせよと、いとさだかに仰せられしを、…（総角三二〇）」

（**大意**）八宮は今頃どこにおいでるのでしょう。とにかく、涼しい極楽にと推測いたしておりましたが、先日、愚僧の夢に現われなさいました。亡くなられた時のままで、厭離穢土の意識が強いから、あの世（現世）が心に止まることもなかったが、ほんの少し（大君に）心が乱れて、暫時極楽へ行けないのが悔しい。祈ってほしい。と、はっきりおっしゃいました。（そのお声が記憶に残っております。ハイ。）

と打ち明け、対応として、弟子達に〈なにがしの念仏〉をさせ、〈常不軽〉をさせていると姫君二人に言う。すでに病床についている大君は、

「いかで、かのまだ定まりたまはざらむさきに参《ま》でて、同じ所にもと聞き臥したまへり。（三二一）」

という。「修法《ずほふ》の阿闍梨《あざり》ども召し入れさせ、…加持《かぢ》まゐらせ」る中、大君は「見るままにものの枯れゆくやうにて、消えはてたまひぬる…。（三二八）」

物語はその先は語らないが、大君は父八宮に迎えられ、父子共に阿闍梨に導かれて、浄土における楽の奏者として、往生・成仏に至るのが物語の願いであろう。

なお、中君については、中君は既に匂宮と結ばれている。匂宮は「もし世の中移りて、帝《みかど》、后《きさい》の思しおきつる

ままにもおはしまさば、（中君を）人より高きさまにこそなさめ…（二九〇）」と心に決めている。[注11] 阿闍梨の問題の夢以前に、八宮が中君の昼寝の夢に現われた。

「昼寝の君、風のいと荒きにおどろかされて起き上がりたまへり。山吹、薄色などはなやかなる色あひに、御顔はことさらに染めにほはしたらむやうに、いとをかしくはなばなとして、いささかもの思ふべきさまもしたまへらず。「故宮の夢に見えたまへる、いともの思したる気色《けしき》にて、このわたりにこそほのめきたまひつれ」と語りたまへば…（総角三二一〜三二二）」

中君は故父宮の祝福を受けたのである。匂宮が、桐壺帝から光源氏が継承してきた路線、即ち立太子問題の犠牲者の姫君を中宮に立てて、犠牲者の鎮魂に努めるという政治路線をしっかりと継承している。

【注】

1　望月郁子『源氏物語は読めているのか—末世における皇統の血の堅持と女人往生』笠間書院二〇〇二年六月
2　望月郁子『源氏物語は読めているのか【続】紫上考』笠間書院二〇〇六年一月
3　注1の文献の第一部第四章「前坊廃太子」、注2の文献の第一章［一］〔補説2〕
4　注1の文献の第一部第一章［三4］②
5　注2の文献の第四章「空に通ふ御心」［五2］
6　八宮の厄年の読みは、小学館『新編日本古典文学全集源氏物語5』一七六頁頭注一四他諸注釈ともほぼ一致している。
7　注2の文献の第一章
8　大殿の宰相の須磨訪問を腹に一物持っての芝居とみた。（注1の文献の第一部第三章［二4］
9　湖月抄は、「極楽歌舞の菩薩の事をいへる也（花鳥余情）」というが、「歌舞の菩薩」という語は、源氏物語には見当らない。

室町時代に至り、能で、中将姫（「当麻」）・業平（「杜若」）・和泉式部（「誓願寺」）等が「歌舞の菩薩」と称される。念仏を唱えて舞い、仏果を得て「歌舞の菩薩」に至る。さらに、草木国土悉皆成仏の思想に従って、胡蝶も「歌舞の菩薩の舞」を舞う（「胡蝶」）。（『時代別国語大辞典　室町時代編』には「かぶ［歌舞］」の項目に「歌舞の菩薩」が追い込まれている。引用例は謡曲のみ。）

八宮も大君も楽の達人であるが、舞わない。《極楽での楽の奏者》で、室町時代の「歌舞の菩薩」と概念が一致するとは限らない。

阿弥陀の来迎に、楽器を奏でる菩薩が随行している「阿弥陀聖衆来迎図」（高野山蔵）の成立時代を筆者は知らないが、それらを踏まえて、能の「歌舞の菩薩」が成立するのではないか。

花鳥余情が源氏物語の八宮・大君を「歌舞の菩薩」と同一視するのは、室町時代の文化人相応に、能に引きずられた結果であろう。時代の風潮の拘束力の恐ろしさである。源氏物語の注釈は、あくまで、源氏物語そのものから遊離すべきではない。

10　注1の文献の第二部

11　注1の文献の第一部第六章

結――源氏物語のテーマ《女人往生》《女人成仏》

帚木巻冒頭の前口上を再度ふりかえる。

「光る源氏、名のみことごとしう、言ひ消たれたまふ咎多かなるに、いとど、かかるすき事どもを末の世にも聞きつたへて、軽びたる名をや流さむと、忍びたまひける隠ろへごとをさへ語りつたへけん人のもの言ひさがなさよ。（以上a、以下bとする）さるは（実ハ）、いといたく世を憚りまめだちたまひけるほど、なよびかにをかしきことはなくて、交野の少将には笑はれたまひけむかし。…（帚木五二）」

aは女房社会のゴシップであり、物語の語り手は、それを是認していない。源氏物語が語りたいのはbである。その内容は「なよびかにをかしきことはなくて」と、一般読者にすんなりとは歓迎されにくいものである。語りの内容を理解する上で、a・bの区別は重要である。光源氏は、若い時からゴシップ化に対する警戒を怠らなかった。読者もそれに習う必要がある。語りの手法上の基本として再確認しておく。

筆者が今までに取り上げてきた問題をふりかえる。

第一冊『源氏物語は読めているのか―末世における皇統の血の堅持と女人往生』では、源氏物語五十五帖を貫通するテーマを求めて、

①皇統の血の堅持―立太子問題の犠牲者の鎮魂

②《女人往生》《女人成仏》を物語の中で可能な限り実現に近付けること

右二つを得た。

①について。太平洋戦争後の平安時代史の専門家たちは、平安時代の政争は東宮坊に端を発すると明言されている。源氏物語の「前坊」が廃太子であるという物語上の事実を明らかにした。「皇統の血の堅持」のために、物語は、立太子問題の犠牲者の姫君を中宮に立てる。即ち、冷泉帝・秋好（前坊遺児）、今上帝・明石（光姫君）、匂宮・宇治中君（八宮遺児）と、（男系でなく）姫君の筋による皇統の血の堅持が、図式化されている。犠牲者を鬼にしないための、女性作者による考案である。

②について。浮舟は、横川僧都を導師として、竜女変成による救いをめざして修業を積み、「夢浮橋」に至る。明石中宮も僧都を導師として、信仰を大切にしている。物語は事を露骨に語らない。「竜女変成」という語は、源氏物語五十五帖を通してただの一つも現われない。横川の僧都は「竜の中より仏生まれたまはずはこそはべらめ（手習三四八）」という。これが「竜女変成」を僧が口にする唯一の事例である。

第二冊『源氏物語は読めているのか【続】紫上考』は、紫上論である。紫は自我が強く、宗教に生きた女君である。阿弥陀を信奉する北山僧都と祖母の尼君により、仏への奉仕を生き甲斐とし、結婚を夢見ないように、幼少時から育てられた（僧都が「結縁」を授けていたであろう―結縁を授かれば、以後セックス不能―）。「後の親」と自称する光源氏が新手枕を求めると、紫は徹底して抵抗した（葵巻）。光源氏は紫の意志を尊重できるだけの強いストイック性を身につけていた。紫と光とは「世の常ならぬ仲の契」を終生通した、と見る。

「紫処女」には反対が強い。仮に譲ると「世の常ならぬ仲の契」と衝突する。考え方であるが、一〇五二年の末世到来が目前に迫っている。そんに時期に、我が子を残しては死ぬに死ねない。往生は紫の悲願である。往生の絆しを断つ為の出産拒否は自我が強ければあり得る。一方、紫の「ゆかり形代」拒否もあり得る―光との初めての歌の唱和（紫八歳）で、「いかなる草のゆかりなるらん」と返している。愛し合う男対女の関係として、女にとって処女を通す以上に強い立場はあり得まい。筆者のいう光・紫の関係は、広い意味でのセックスレスではない。スキンシップは大事に保たれている。確かに「なよびかにをかしきことはなくて」であるが、光源氏は最愛の女君のためにストイックを通し続けて、彼女の往生・成仏をバックアップした。光と紫は「生ける仏」と尊敬された。

死を間近に控えて、紫は、法華経千部供養を自力で営んだ。死後、自作の極楽の曼荼羅と沢山の写経を残した。『観無量寿経』を釈迦から授かった韋提希《ゐだいけ》夫人《ぶにん》を範としたか。なお、紫の実年令を若紫巻で八歳（八歳の竜女の意が籠められているか）、若菜下巻で三十七歳、光源氏との年令差十歳と見た。

以上を承けての第三冊目が『新　源氏物語は読めているのか―帚木三帖・六条院・玉鬘』、本書である。帚木三帖を通して、物語は、性的欲望の抑制・ストイック性の強化を、若い貴公子光源氏に強要する。これこそが、女性を（例えば、朱雀院の最愛の女三宮のような）悲劇に陥れないための、必要不可欠な条件である。

光源氏は、養女の親、後の親、女親替りと、親の立場に立つと、スキンシップを重視し、親とは、男とは、女とはを教育する。玉鬘を対象に、周囲の疑惑を問題とせず、スキンシップを通して親とはを解らせることができたのは、光源氏が、女対男の一対一の対応において、ストイックに撤せる自信があるからである。

…玉鬘巻から蛍巻、さらに篝火巻・野分巻に渉る、光源氏の玉鬘に対する対応は、専ら「中年の男の情念」と捉えられてきた。確かに、光は男対女のぎりぎりまで玉鬘を追い込んでいく。ことの核心は、その都度、玉鬘がうまく光を拒否するところにある。その拒否ぶりに、光は玉鬘に対する信頼を深めていく。そこに、婚期に達している玉鬘に対する、「後の親」の立場に立つ光源氏による、臣下の女子教育の真意を読み取らなければならない。

三冊を振り返って痛感するのは、源氏物語はきちんと読まれたことがあったのかどうかである。

本書の第三章［付5］並びに付章「宇治八宮考」のはじめに述べたが、末世元年（一〇五二年）を目前に控えた十一世紀初頭に成立した源氏物語が求めたものとは、《女人往生》《女人成仏》であることは動くまい。一〇五二年を迎える人間の精神、その緊張と恐怖と、一〇五三年以降の「それ世は末世に及ぶといえども日月は地に落ちたまはず」と言えた人間の精神との間には埋めようのない落差がある。一〇五三年以後の人々に、源氏物語の精神の緊張が読めたとは思えない。

源氏物語成立当時の読者は、源氏物語を読み通せば、テーマが何であるかは、通じたであろう。と同時に、「女人禁制」を大前提とする仏教界が、《女人往生》《女人成仏》を黙認できるはずがないのも、当時の知識人の共通認識であったに違いない。作者もそれは重々承知の上で、末世突入を目前にして、女性の悲願である《女人往生》《女人成仏》の達成を物語に求めた。男性本位の仏教社会に対する女性による女性の悲願の当然の訴えである。

当時、読めた人は沈黙を守る以外にあるまい。

仏教界が徹底して排斥したであろうことは想像に難くない。

とすると、俊成が「源氏見ざる歌詠みは遺恨の事なり」と言った真意は、仏教界から排斥された源氏物語の文学としての真価を知れ、文学に携わるからには、まずは源氏物語を読め、にあったであろう。「歌」に限定してはなるまい。

現に、紫式部の墓が小野篁に並べられ、「紫式部は地獄に堕ちた」と言われてきた。仏教界から、そこまで排斥されなければならなかったところにこそ、源氏物語の文学としての真価がある。

「いかに、いまは言忌し侍らじ。人、といふともかくいふとも、ただ阿弥陀佛にたゆみなく經をならひ侍らむ。世の厭はしきことは、すべて露ばかり心もとまらずなりにて侍れば、聖にならむに、懈怠すべうもはべらず。
（紫式部日記　日本古典文学大系五〇一頁）」

作者は、そうなる総てを見通していた。「阿弥陀佛にたゆみなく經をならひ侍らむ」は、当時の仏教界すべてを切り捨て、頼れるのは「阿弥陀佛」と明言して微動だにもしない。作者の信仰の確かさである。

以後、現在に至るまで、何をタブーとして源氏物語が排斥されたのか、肝心のタブーは不鮮明のまま、「源氏物語にはテーマはない」が罷り通っている。「ない」のではない。「仏教界に排斥された」のである。名誉回復をさせて、源氏物語は《女人往生》《女人成仏》をテーマとし、物語の中で可能なかぎりそれを実現に近付けた、後にも先にも唯一の文学作品であると認めなければならない。

（異端視されて以後）

［1］筆者はまだ手懸けていない作業であるが、源氏物語の享受の史的展望となると、この「結」冒頭の帚木巻の前口上で、是認されていないａの、女房社会のゴシップの独り歩きに乗って、源氏物語は、男主人公光源氏のストイック性も《女人往生》《女人成仏》も胡散霧消され、専ら平安貴族社会の贅沢三昧の雅びを背景とする、通俗的な男女の愛と憎しみと苦しみの物語として、享受者の好みと時代の風潮に流されて、さまざまなジャンルの中にさまざまな形で生き続け、現代では源氏物語ブームに至っている。

［2］（室町時代、能における《女人往生》《女人成仏》の実現）十一世紀に仏教界から締め出された《女人往

生》《女人成仏》は、十五世紀に至って、能の世界において実現の道が開かれた。今、気が付くままに、当該の曲の、当該部分を列挙する。

「…竜女変成と聞く時は、竜女変成と聞く時は、姥（通盛の妻小宰相局）も頼もしや、祖父は言うに及ばず、願いも三つの車の…（「通盛」世阿弥が井阿弥原作を改訂）」

「…いふがほの笑みの眉　開くる法華の　はなぶさも　変成男子の　願ひのままに　解脱の衣の　袖ながら…（「夕顔」世阿弥作か）」

「法華読誦の力にて　法華読誦の力にて　幽霊まさに成仏の　道あきらかになりにけり（「砧」世阿弥）」

「今この経の徳用にて　天龍八部　人与非人　皆遥見皮　龍女成仏（「海女」金春禅竹）」

「今この聖も同じ便りに　弔い受けんと思いしに　思いのままに執心はれて　都卒に生まるる嬉しきと、…（「浮舟」素人よこを元久といふ人の作。節は世子付く）」

「われも仮なる夢の世に　和泉式部と言われし身の　仏果を得るや極楽の歌舞の菩薩となりたるなり。二十五の菩薩聖衆の御法には…　都卒天は、菩薩になるべき人の行くところ（「誓願寺」作者未詳）」

「法にひかれて　仏果に至る　胡蝶も歌舞の　菩薩の舞の　姿を残すや…（「胡蝶」観世小次郎）」

終わりの二曲の「歌舞の菩薩」は、室町時代成立の語であるらしい。

（「…業平は極楽の　歌舞の菩薩の化現なれば、よみおく歌の詞もみな　発心説法の妙文なれば…花もさとりの　心ひらけて　すはやいまこそ　草木国土　すはや今こそ草木国土、悉皆成仏の　みのりをえてこそ　かへりけれ（「杜若」金春禅竹）」）

と、禅竹は女性に限らず、「草木国土悉皆成仏」を謡った。

世阿弥は晩年佐渡に流された。理由は明らかでない。観世大夫の継承をめぐって、将軍義教の怒りに触れたかと云われている。世阿弥は、能において、女性を往生・成仏に導いた。さすがの世阿弥であるが、仏教界が、それを放任してすませたであろうか。流罪の、表向きの理由とされた可能性は十分考えられる。とすれば、娘婿の金春禅竹が、「草木国土悉界成仏」と、性を超越した成仏思想に立脚して、能を作ったのも、うなずける。

「誓願寺」の和泉式部は、一遍上人との出会いを得てはじめて仏果に至れた。「洛陽誓願寺縁起」に拠るなど、能には、能以前の「縁起」における《女人往生》《女人成仏》に拠るものもある。

［3］（「源氏供養」）上掲のように《女人往生》《女人成仏》が能において実現される中で、それらとは全く別の石山寺と繋がる能「源氏供養」がある。

新潮日本古典集成『謡曲集中』の各曲解題（執筆伊藤正義）は、「いわゆる源氏供養については、唱導で名高い安居院法印の関与が特に注目される。……《源氏供養》の直接的典拠としては、南北朝には成立していたと認められている『源氏供養草子』を比定したい。」という。

石山の観世音の信奉者である安居院（あぐい）の法印がワキ、紫式部がシテである。

「ありつる源氏の物語　まことしからぬ事なれども　供養をのべて紫式部の　菩提を深くとうべきなり」

とし、キリ（最終場面）では、

「紫式部と申すは　かの石山の観世音　かりにこの世にあらわれて　かかる源氏の物語　これも思へば夢の世と　人に知らせん御方便」

とする。要するに石山寺と紫式部・源氏物語を結合させた能である。源氏物語研究の立場からすれば、『源氏供養草紙』成立時点で、本説とされた源氏物語の本とはがまず問題であるが、源氏物語享受の実態に筆者は疎い。

能「源氏供養」は、紫式部に、源氏物語五十五帖を否定し、天台六十巻に合わせて「源氏六十帖」と言わせ、

「供養」を依頼させるなど、寺院に対する精神的従属が強制されており、率直に言って源氏物語の精神との距離は甚だしい。「供養」とは、筆者は詳らかでないが、寺院では、例えば、経を書写し終わると、装丁などを整え、書写された経を聖なるものとすべく、「供養」して、寺院の宝に加える、そういう事があったらしい。能「源氏供養」は、源氏物語が仏教寺院に対して、そういう供養をしていないのを非とし、それを紫式部に依頼させれば、それでよしとしている観がある。

能「源氏供養」は、「狂言綺語をふりすてて」と、源氏物語を「狂言綺語」と批判する。北村季吟の『湖月抄』が本文の前にかかげる『表白』（安居院法印聖覚作と伝える）には、「狂言綺語のあやまりをひるがへして」という。これらの「狂言綺語」とは何を指すのかが問題である。

「源氏供養」は、「夢のうき橋をうち渡り、身の来迎を願ふべし」と、「夢の浮橋」を往生への掛け橋と見ながら、キリを「思へば夢の浮き橋も夢のあひだの言葉なり、夢の間のことばなり」と結び、「夢の浮き橋」を否定する。能「源氏供養」のいう「狂言綺語」とは、女人禁制を大前提とする仏教界にとっての、源氏物語がめざす《女人往生》《女人成仏》そのものを、「ふざけるな」と戒める言葉に他なるまい。

十一世紀から四百年経過して、能の世界に源氏物語の女性登場人物を往生に導く能「夕顔」「浮舟」が現われたのに対し、それ以前の南北朝成立の『源氏供養草紙』を典拠とする能「源氏供養」は、往生における男女差別など問題ともしていない。仏教界が源氏物語の何をタブーとしたかについては、安居院の法印は沈黙に終始し、紫式部を救うべく、〈供養〉と逃げた。そこに、《女人往生》《女人成仏》を求めた源氏物語に対する仏教界の排斥のすさまじさが依然として生きていると見なければならない。

［4］（源氏物語の古注）下って、延宝元年（一六七三年）成立の湖月抄が本文の直前にかかげる「表白」（前掲）は、能「源氏供養」のクセと大幅に一致する。往生における男女差別は、湖月抄に至っても「源氏供養」と大同

小異であった。

問題は、源氏物語の古くからの研究書とされている室町以降の古注執筆者の源氏物語本文に対する基本姿勢である。

本書第四章の［二］並びに［付］で述べたが、前坊の解釈・六条御息所と光との関係・夕顔殺害者を誰と見るかなど、源氏物語五十五帖の本文を丁寧に読んでいれば決してそうはならない、恐らく時代の風潮に乗って、当時既存の著名な能「葵上」に引きずられているのではないか、としか思えない細流抄・湖月抄の解釈が、現在なお巾を効かせ、尊重されている。古注執筆者達の物語本文軽視の結果である。

能が夕顔・浮舟・和泉式部などを往生・成仏に導いているのであるから、それらにならって、古注も源氏物語に登場する女君達をその方向で読んでよさそうなものであるが、今のところ一つも筆者の管見に入らない。

源氏物語がタブーを含む書となって以後、古注の執筆者達は、何がタブーかを突き止める以前に、仏教界を刺激しないように最大の注意を払っていたらしい。仏教界を恐れる生身の人間の限界と言えばそれまでである。

往生・成仏における男女差別が、差別として一般に意識されるのは、何時に至ってであろうか。

仏教界が厳しく排斥しなければならなかったところにこそ、源氏物語の真価がある。

何はさておき、源氏物語の本文を、源氏物語を引く芸能・文学作品・古注に、引きずられず、きちんと読み解かなければならない。

【補説】 源氏物語の理解のために―筋・謎の整理

源氏物語は長編物語である。一つの巻の中で、一つの話が終わるのではない。大切なことは最初から読者に知らされるとは限らない。謎のまま語りが進む。謎の種証しは必ずしも理解され安くは書かれていなかったりもする。巻を越えて、次へ次へと繋がり、長編物語が組み立てられている。繰り返し繰り返し熟読しなければ読者に通じないように、話が組み立てられていることもある。以下、若干の問題について、理解の補助のために、要点の本文を上げながら整理を試みたい。

［補説1］（光源氏の一生の予言　付章　宇治八宮考［一1］①理解のために）

桐壺巻の高麗人の観相（三九〜四〇）・宿曜の占いの結果を取り込んでの桐壺帝の判断（四〇）・若紫巻での光源氏の夢とその占いの結果（二三三）・明石巻での光相手の桐壺帝の亡霊の打ち明け話（二二八）・澪標巻で光源氏が知った宿曜の予言（二八五）が、実質上の必読箇所であり、宿曜の予言が最大の謎証しである。この全てを消化し理解しないと、ことの理解に至れない。

①（高麗の相人の観相）「相人おどろきて、あまたたび傾きあやしぶ。「国の親となりて、帝王の上なき位にのぼるべき相おはします人の、そなたにて見れば、乱れ憂ふることやあらむ。朝廷のかためとなりて、天の下を輔くる方にて見れば、またその相違ふべし。」と言ふ。（桐壺三九〜四〇）」

時に光源氏六歳以上十二歳以前。右大弁が引率。帝になるべき相であるが、なってはいけない。天下の柱石となるべきである。とすると「またその相違ふべし」と言う。秘密保護のため中国語での会話か。幼い光は難題どもきちんと記憶したであろう。

②（桐壺帝の対応）「帝、かしこき御心に、倭相を仰せて思しよりにける筋なれば、今までこの君を親王にもなさせたまはざりけるを、相人はまことにかしこかりけりと思して、無品親王の外戚の寄せなきにては漂はさじ、わが御世もいと定めなきを、ただ人にて朝廷の御後見をするなむ行く先も頼もしげなめることと思し定めて、いよいよ道々の才を習はさせたまふ。際ことにかしこくてただ人にはいとあたらしけれど、親王となりたまひなば世の疑ひ負ひたまひぬべくものしたまへば、宿曜のかしこき道の人に勘へさせたまふにも同じさまに申せば、源氏になしたてまつるべく思しおきてたり。（桐壺四〇～四一）」

桐壺帝の結論は、第二皇子を〈ただ人源氏〉にするとなった。そう決める前提として、「宿曜のかしこき道の人に勘へさせたまふに同じさまに申せば」がある。宿曜の予言は、ここでは帝一人が知る秘密の予言であり、後に明石姫君誕生直後、光源氏が預言者自身から証されるまで、物語読者には知らされない。この「同じさま」とは宿曜の予言と実質一致という意であろうが、読者には、何が「同じさま」なのか、が残る。

③（宿曜の予言と高麗の相人の「またその相違ふべし」）宿曜の予言とは、「宿曜に「御子三人、帝、后かならず並びて生まれたまふべし。中の劣りは太政大臣にて位を極むべし」と勘へ申したりしこと、さしてかなふなめり。…（澪標二八五）」である。光源氏の実子の予言である。ただ人光の実子が帝になる。これと実質同じ予言が、高麗の相人の「またその相違ふべし」であった。この事実は澪標巻の宿曜の予言そのものと突き合わせないかぎり、読者には解明不

可能である。

湖月抄の引く古注は、この「またその相違ふべし」を「太上天皇の尊号を得給へる也」とする。現在でもこの古注が採られる向きがあるが、明らかに誤読誤解である。太上天皇云々は、薄雲巻の天変と切り離せない。

④（光への夢の告げ）関連事項に今一つ、若紫巻の、光への夢の告げがある。高麗の相人の「またその相違ふべし」に対する光へのヒントであると見る。

「中将の君、おどろおどろしうさま異なる夢を見たまひて、合はする者を召して問はせたまへば、及びなう思しもかけぬ筋のこと（光にとって在り得ない、思ってもみなかった筋）を合はせけり。「その中に違ひ目ありて、つつしませたまふべきことなむはべる」と言ふに、わづらはしくおぼえて、「みづからの夢にはあらず、人の御事を語るなり。この夢合ふまで、また人にまねぶな」とのたまひて、心の中には、いかなることならむと思しわたるに、この女宮の御事（藤壺の宮懐妊のこと）聞きたまひて、もしさるやうもや（光が天子の父となるのか）と（高麗の相人の謎を）思しあはせたまふに、いとどしくいみじき言の葉尽くし聞こえたまへど、命婦も思ふに、さらにたばかるべき方なし。はかなき一行の御返りのたまさかなりしも絶えはてにたり。
（若紫二三三〜二三四）」

⑤（桐壺帝の覚悟と対応）桐壺帝は、宿曜の予言と高麗の相人の「またその相違ふべし」が同一であり、光は帝にできないが、光の子が帝になるのを嘉として、賜姓源氏を決意したのであった。となると、桐壺帝は光の男子を帝にしなければならないという使命を負うことになる。これに桐壺帝がどう対応したか。手がかりは、須磨の嵐に憔悴しきった光の前に現われた桐壺院の亡霊が光に言われた言葉である。

「…心にもあらずうちまどろみたまふ。かたじけなき御座所なれば、ただ寄りゐたまへるに、故院ただおはしましさまながら立ちたまひて、「などかくあやしき所にはものするぞ」とて、御手を取りて引き立てたまふ。「住吉の神の導きたまふままに、はや舟出してこの浦を去りね」とのたまはす。いとうれしくて、「かしこき御影に別れたてまつりにしこなた、さまざま悲しきことのみ多くはべれば、今はこの渚に身をや棄てはべりなまし」と聞こえたまへば、「いとあるまじきこと。これはただいささかなる物の報いなり。我は位に在りし時、過つことなかりしかど、おのづから犯しありければ、その罪を終ふるほど暇なくて、この世をかへりみざりつれど、いみじき愁へに沈むを見るにたへがたくて、海に入り、渚に上り、いたく困じにたれど、かかるついでに内裏に奏すべきことあるによりなむ急ぎ上りぬる」とて立ち去りたまひぬ。（明石二二八〜二二九）」

問題は、「おのづから犯しありければ」の「犯し」である。桐壺帝は、藤壺腹の男子（後の冷泉）を第十皇子とし、春宮に立て、帝にしようとしている。第十皇子は、藤壺腹の光源氏の子で桐壺帝の実子ではない。それを「犯しありければ」と桐壺帝は自認し、「その罪を終ふるほど暇なくて」つまり桐壺帝が地獄の苦を受け、罪科の清算を身をもってしていたと、光に打ち明ける。桐壺帝は地獄落ちを覚悟の上で、第十皇子を立太子させた。高麗人の観相と宿曜の予言を信じ、そうまでして光の子を帝にしたかったのである。更に遡れば、そのためにまず、帝の母にふさわしい女性藤壺を入内させ、光を藤壺に近付け、光の子を懐妊させた。桐壺帝の覚悟と周到な事の運びを読者は重視しなければならない。光と藤壺との関係は、従来言われてきた《密通》で片付くことではないのであった。

古注の解釈は、「おかしありければ【細】延喜の御門の天子に父母なしと仰せられし事を引り、又さも非ずとも【哢】同」（湖月抄による）。説明たり得ない。古注は、ことを桐壺巻から切り離し、明石巻だけのことと読んでいるのではないか。

【補説２】源氏物語五十五帖一貫成立証明の手がかり

（その一　匂兵部卿三帖との繋がり）

①夕顔巻の結文と竹河巻の前口上が、ともに物語の語り手による語りの責任の明記であって、相互に呼応している（第三章三）。（夕顔巻の結文は帚木巻冒頭の前口上と呼応しない。）

②男踏歌が、六条院南殿の玉鬘（初音巻）と、冷泉帝の承香殿東面御局の尚侍玉鬘（真木柱巻）と、冷泉院寝殿の玉鬘の大君こと冷泉院御息所（竹河巻）と、玉鬘の栄誉を繋いでいる（第六章四）

③六条院の呼称「生ける仏の御国（初音巻）」と「仏の国（匂兵部卿巻）」

光と紫が生存中は「生ける仏の御国」であるのに対し、光・紫亡き後、

「…六条院へおはす。…げにここをおきて、いかならむ仏の国にかは、かやうのをりふしの心やり所を求めむと見えたり。（匂宮三四）」

と「仏の国」と称されている。

まとめれば、①夕顔巻と竹河巻、②初音巻と真木柱巻と竹河巻、③初音巻と匂兵部卿巻と、それぞれ相互に呼応関係が存在している。匂兵部卿三帖は、後期挿入ではあり得ない。

（その二　宇治十帖との繋がり―八宮を軸に）

①八宮の年令隠し

「…姉君二十五、中の君二十三になりたまひける。

宮は重くつつしみたまふべき年なりけり（椎本一七六～一七七）」

当該の厄年は「六十一」が有力視されている。同年「八月二十日のほど（一六八）」八宮死去。死去の年令から

さかのぼって、八宮三十七歳で大君、三十九歳で中の君誕生、京の宮焼失、宇治入りが五十八歳となる。

主要登場人物の年令隠しに紫上があった。紫は「今年は三十七になりたまふ（若菜下二〇五）」と、実年令は、厄年まで伏せられていた。

紫上・宇治八宮両者の厄年までの年令隠しは、共通の手法である。

②八宮の立太子問題

橋姫巻冒頭の「筋ことなるべきおぼえなどおはしけるを…（橋姫一七一）」は、朱雀帝の朧月夜相手の言葉「…春宮（後の冷泉）を院（故桐壺院）ののたまはせしさまに思へど、よからぬことども出で来れば心苦しう（須磨一九八）」と呼応する。八宮をかついだのは、表向きは、光源氏を終生目の敵とした「朱雀院の大后（橋姫一二五）」であった。宇治十帖の構想は、光源氏の須磨蟄居と切り離せない。

筆者には、翌年春、須磨に光源氏を訪問し、「しめやかにもあらで帰りたまひぬる（須磨二一六）」宰相中将（旧頭中将）に、朱雀帝の意を無視して、八宮を担ぎ出した主某者の自信が感じ取れてならない（第一冊の第一部第三章［一―4］）。湖月抄は「抄…此中将のおはしたるは朋友の信ある也。奇特におはしたる也。」とする。

以上①②からして、宇治十帖が、源氏物語の構想の早い時点で、その深いところに組み込まれていたのは明らかである。五十五帖全帖が一貫している。

［補説3］伏線の役割を荷なう部分

（岩漏る中将（柏木）の玉鬘宛ての文を光源氏が見る）

玉鬘宛てのラブレターを光源氏がチェックする。

「…みな見くらべたまふ中に、唐の縹《はなだ》の紙の、いとなつかしうしみ深う匂へるを、いと細く小さく結びたる

あり。「これはいかなれば、かく結ぼほれたるにか」とてひきあけたまへり。手いとをかしうて、

思ふとも君は知らじなわきかへり岩漏る水に色し見えねば

書きざまいまめかしうそぼれたり。（胡蝶一七七）」

光に求められて、右近が文の主を「内の大殿の中将（柏木）」と証す。玉鬘にとっては、第一の異母弟である。光は相手を傷つけないようにと注意し、「見どころある文書きかな」など、とみにもうち置きたまはず（一八〇）」と、じっくりその文を見た。

この時の、柏木の文の記憶が、周知のことであるが、後に、女三宮に送られた文を光源氏が見付けて、「何心もなく引き出でて御覧ずるに、男の手なり。…紛るべきかたなくその人（柏木）の手なりけりと見たまひつ。（若菜下二五〇）」

と、柏木の女三宮密通発覚に繋がる。

胡蝶巻執筆の段階で、女三宮と柏木との悲劇は、作者の構想にかなりきちんと予定されていたのがうかがえる。ちなみに、柏木の物語登場は、胡蝶巻に至ってであるが、内大臣（旧頭中将）の子供の物語登場は、「中将の御子の、今年はじめて殿上する、八つ九つばかりにて、声いとおもしろく、笙の笛吹きなどするをうつくしみもてあそびたまふ。四の君腹の二郎なりけり。（賢木一四一）」

「かの四の君の御腹の姫君十二になりたまふを内裏に参らせむとかしづきたまふ。かの高砂うたひし君（二郎）も、かうぶりせさせていと思ふさまなり。（澪標二八三）」

であって、長子の柏木は軽視されている。柏木の悲劇の構想は、賢木巻執筆段階までに固まっていたと見るべきである。

既発表論文と各章との関係

はじめに　新規執筆

第一章「帚木・空蟬両巻における光源氏の体験」（二松学舎大学人文論叢第76輯、二〇〇六年三月）

第二章「スキガマシキアダ人―帚木巻の頭中将」（二松学舎大学人文論叢第75輯、二〇〇五年十月）

第三章「夕顔巻（帚木三帖の一帖として）における光源氏の体験」（二松学舎大学人文論叢第77輯、二〇〇六年十月）

第四章「六条御息所再考」新規執筆

第五章「玉鬘の登場」新規執筆

第六章「初音巻―新築成った六条院の新春」新規執筆

第七章「胡蝶巻―六条院の「春の御前」の晩春」新規執筆

第八章「蛍巻―玉鬘の自我と光源氏の独自性・六条院の初夏」新規執筆

　帚木巻の前口上「なよびかにをかしきことはなくて」の流れ　新規執筆

付章「宇治八宮考」（二松学舎大学人文論叢第78輯、二〇〇七年三月）

結　源氏物語のテーマ《女人往生》《女人成仏》　新規執筆

【補説】源氏物語の理解のために―筋・謎の整理　新規執筆

あとがき

あとがき

源氏物語をその本文だけにこだわって、新しい読みを求め、本書にまとめてみました。

《女人往生》《女人成仏》は、女性の悲願です。一〇五二年の末世突入が間近に迫った、源氏物語成立時代にこそ、その達成は急務であったでしょう。源氏物語が語る、それへの祈りは大切にされなければなりません。源氏物語における「愛」は、そこに結晶されています。

仏教界の源氏物語排斥は、紫式部生存中から始まっています。（享受史の第一歩はそこにあります。）仏教支配が絶対的であった社会での《女人往生》《女人成仏》を取り上げようとして、「女人禁制」なるものの重圧に対して、勢いラディカルになりすぎ、疲れました。

学界のアウトサイダーである筆者の、源氏物語三冊目の出版を、笠間書院が、また、承けて下さいました。大久保康雄氏には、今回も、大変ご厄介になりました。社長の池田つや子様はじめ、関係諸氏に、厚く御礼申し上げます。

二〇〇七年八月

望月郁子　記

■著者略歴

望月郁子（もちづき　いくこ）

略　歴　昭和8年11月21日，静岡県藤枝市に生れる。
昭和31年，津田塾大学英文科卒業。昭和35年，法政大学大学院日本文学科修士課程修了。学習院大学国文科聴講生。常葉女子短期大学助教授，静岡大学教養部教授，同人文学部教授を経て，二松学舎大学大学院文学研究科教授［2003年3月退職］。

編　著　『類聚名義抄四種声点付和訓集成』（笠間書院）
『類聚名義抄の文献学的研究』（笠間書院）［第1回関根賞受賞］
『仏教界に辞書は在ったか』（笠間書院）
『源氏物語は読めているのか—末世における皇統の血の堅持と女人往生—』（笠間書院）
『源氏物語は読めているのか【続】—紫上考—』（笠間書院）

現住所　〒150-0001　東京都渋谷区神宮前4-13-13-303

新　源氏物語は読めているのか
—帚木三帖・六条院・玉鬘—

2007年10月30日　初版第1刷発行

著者　望月郁子

発行者　池田つや子

発行所　有限会社　笠間書院

東京都千代田区猿楽町2-2-3〔〒101-0064〕

NDC分類：913.36　電話　03-3295-1331　Fax03-3294-0996

ISBN978-4-305-70356-9　モリモト印刷

出版目録は上記住所または下記まで。
http://www.kasamashoin.co.jp